Andrea Delfin

Palabras inolvidables

El juez

Pájaros cautivos

COLECCIÓN «PREMIOS NOBEL»

Paul Heyse
(PREMIO NOBEL EN 1910)

Andrea Delfin
Palabras inolvidables
El juez
Pájaros cautivos

EDICIONES RUEDA

Colección «Premios Nobel»

Coordinación editorial:
G.D.A. Ediciones, S. L.

Cubierta:
Arnaiz Consultores

Los Mesejo, 11
28007 Madrid

Primera edición: 2002
ISBN: 84-8447-086-5
Depósito Legal: M-4.362-2002
Printed in Spain-Impreso en España por:
Atanes Lainez, S. A.

ANDREA DELFIN

A mediados del siglo pasado en una callejuela de Venecia llamada Della Cortesia existía una casa de una sola planta. Una de las muchas casas hidalgas que abundan en la ciudad. En el portal había una imagen de la Virgen situada dentro de una hornacina entre dos retorcidas columnas de madera y una amplia moldura de ornamentación barroca. A sus pies brillaba incesantemente un candil, que desprendía humildes y rojizos destellos.

Cualquiera que penetrase en su amplio vestíbulo de baja techumbre, se chocaba con una escalinata de piedra que conducía al piso superior. También allí ardía constantemente una lámpara, suspendida del techo por una delgada cadena, pues en su interior no penetraba la luz del día más que cuando se abría la puerta de la casa. Sin embargo, a pesar de esta eterna penumbra, era la escalera el lugar preferido de la señora doña Giovanna Danieli, propietaria de la casa. Según ella porque el dolor por la muerte de su esposo había debilitado de tal modo sus ojos, que ya no podía soportar la luz del sol. Pero los vecinos decían, a sus espaldas, que si se pasaba todo el santo día sentada en el descansillo superior de la escalera era solamente para enterarse de todo lo que pasaba a su alrededor: quien entraba y salía de la casa, y poder hacerle un interrogatorio completo en beneficio de su curiosidad y charlatanería. Desde la muerte de su esposo vivía en compañía de su única hija, Marieta, y de algunas personas de costumbres ordenadas y tranquilas a los que alquilaba algunas habitaciones. Por la época en que transcurrieron los acontecimientos que vamos a relatar, una razón semejante no la hubiera movido a preferir el duro asiento de un escalón de piedra a la comodidad de un blando sillón. Era por el mes de agosto de 1762. Las habitaciones que solía alquilar estaban vacías desde casi medio año antes y la viuda no tenía mucha relación con sus vecinos. Aquel anochecer cuando era muy improbable una visita a esas horas, estaba la menuda señora sentada en su puesto de guardia, con la mirada perdida en la penumbra del vestíbulo. La niña ya estaba acostada y ella estaba a punto de hacerlo. Tenía un par de calabazas a su lado que iba a limpiar antes de irse a dormir. Pero hoy su mente no paraba de evocar recuerdos, pensamientos y visiones. Tenía las manos apoyadas sobre la falda, y la cabeza en la barandilla; no sería la primera vez que se quedaba dormida en esa postura.

Muy cerca andaba ya de ello cuando la sobresaltaron tres pausados, pero fuertes golpes en el portal.

—*¡Misericordia!* —exclamó, levantándose. Se quedó inmóvil, con las manos cruzadas—. ¿Qué es esto? ¿He soñado, o he oído bien? ¿Es posible que sea él?

Prestó atención, con el aliento contenido. Al poco se repitieron los pesados golpes con el aldabón.

«No —se dijo—. No es Orso. Suenan de otra manera. Y tampoco es el alguacil. Veamos quién es.»

Y comenzó a bajar dificultosamente las escaleras; cuando llegó junto a la puerta preguntó, a través de ella, quién era.

Le respondió una voz masculina; era un extranjero, que buscaba alojamiento en la casa. Se la habían recomendado hace mucho tiempo y quería quedarse una temporada y ser grato a la dueña. Todo esto dicho en un veneciano tan puro y galán, que la señora doña Giovanna, a pesar de lo tarde que era le abrió la puerta. El aspecto exterior de su huésped fortaleció aún más su confianza. Alcanzó a distinguir en la semioscuridad el traje negro y sencillo del estado llano; llevaba el recién llegado un portamantas de cuero bajo el brazo, y el sombrero, cortésmente, en la mano. Sin embargo, su rostro causó sorpresa a la viuda. No era ni joven ni viejo, tenía la barba negra, sin canas, la frente despejada y tersa, ardiente la mirada; pero, la expresión de su boca y su manera de hablar eran fatigadas y dolientes, y sus cortos y recios cabellos, en contraste con los juveniles rasgos, estaban totalmente encanecidos.

—Perdonad, buena señora —dijo—; os he interrumpido vuestro sueño, y quizá inútilmente. Para no perder más tiempo, me gustaría disfrutar de una habitación que tenga ventana abierta sobre un canal, sino no seré vuestro inquilino. Vengo de Brescia; mi médico me ha recomendado mucho los húmedos aires de Venecia para mi pecho y debo forzosamente habitar encima del agua.

—¡Alabado sea Dios! —dijo la viuda—. Al fin, viene alguien que sabe hacer el debido honor a nuestro canal. El pasado verano tuve en mi casa a un español, que se fue porque decía que el agua despedía una pestilencia tal, que no parecía sino que en ella habían cocido ratas y melones podridos. ¿Y a vos os la han recomendado? Razón tenemos en Venecia cuando decimos:

Agua de canal,
cura radical.

Pero esto tiene también otro sentido, señor, un sentido perverso, si pensamos que, más de una vez, ha salido una góndola con tres personas por mandato superior y oculto, hacia las lagunas y ha regresado con dos ocupantes. Pero no hablemos de estas cosas. ¡Dios nos guarde a todos! ¿Tenéis vuestro pasaporte en orden, señor? Si no fuera así, no podría admitiros en mi casa...

—Esta es la tercera vez que lo presento, buena señora; en Mestre, en la góndola que hace el recorrido y en el Traghetto. Me llamo Andrea Delfin; mi profesión, escribano notarial, que ejerzo habitualmente en Brescia. Soy un hombre pacífico, y nunca he tenido tratos con la Policía.

—Tanto mejor, tanto mejor —dijo la buena mujer, mientras comenzaba a subir la escalera delante de su huésped—. Más vale prevenir que curar, y un ojo al gato, y otro, al cazo. Más útil es tener miedo que vergüenza. ¡Oh, en los tiempos que corren, señor don Andrea!... Más vale no pensar en ello. El pensar acorta la vida, aunque la pena abre el corazón. Pasad, pasad y ved vos mismo —y diciendo esto abrió una puerta que comunicaba con una amplia habitación—. Qué, ¿no es lindo? ¡No da gusto vivir aquí? Allí está la cama cuya colcha hice yo, cuando era joven. Y aquí tenéis la ventana que da al canal; no es muy ancho, como podéis ver; pero sí, en cambio, muy profundo; y aquella otra, que se abre a la callejuela, y que tendréis que mantener cerrada siempre, porque los murciélagos son cada año más atrevidos. Mirad allí, al otro lado del canal, casi se puede alcanzar con la mano, el palacio de la condesa Amidei; con sus cabellos de oro ¡y ha pasado por tantas manos...! Pero yo no dejo de hablar, y vos no tenéis todavía ni luz ni agua y supongo que estaréis desfallecido de hambre.

El forastero había reconocido la habitación con una rápida mirada, yendo de ventana en ventana, y arrojó ahora su portamantas encima de un sillón.

—Todo está muy bien señora. Sobre el precio del alquiler todavía no hemos hablado. Traedme ahora un bocado, si os place, y si tenéis en casa, también un poco de vino. Después me iré a acostar.

Los rasgos de su cara mostraban una persona autoritaria, aunque el tono de su voz fuese tierno y humilde. La mujer obedeció, al instante, y le abandonó durante pocos minutos. El recién llegado se asomó una vez más a la ventana, se inclinó hacia afuera para contemplar el estrecho canal, que permanecía en calma no como el oleaje encrespado del viejo Adriático. Frente a él, el palacio alzaba su pesada mole, con todas sus ventanas oscuras, porque su parte delantera no daba al canal; tan sólo en su parte baja se abría una estrecha puertecilla, justamente encima de la superficie del agua, ante cuyos mismos umbrales estaba amarrada una góndola negra.

Todo esto satisfizo por entero los deseos del nuevo huésped, así como también el hecho de que nadie pudiese molestarle ni observarle, a través de la otra ventana; pues al otro lado del callejón había un muro sin ventanas. En tan sórdido rincón sólo podría haber gatos, martas y aves nocturnas.

Un rayo de luz se coló en la estancia, la puerta se abrió, y la menuda dueña de la casa entró de nuevo en ella, llevando una vela en la mano, y detrás, a su hija, que había tenido que levantarse para ayudar a la madre a prepararlo todo. La muchacha era más pequeña todavía que la madre, aunque parecía mayor, por efecto quizá de la delicadeza de sus formas y su esbeltez adolescente, y por su manera de andar de puntillas; pero en sus rostros se dejaba ver un grandísimo parecido, diferenciado tan sólo por el inevitable paso de los años. Sin embargo, había algo en ella que diferenciaba por completo y era la expresión de ambas caras. Entre las espesas cejas de la señora Giovanna había un pliegue de expectación y de penosa tensión, que no existía en la blanca frente de Marieta, ni siquiera con las amargas experiencias de la edad. Aquellos ojos tenían que sonreír sin cesar, aquella boquita debía de estar siempre entreabierta para corear con su risa cualquier broma. Era un espectáculo divertido ver cómo pugnaba en su cara, todas juntas y a una, la somnolencia, la sorpresa, la curiosidad y la travesura. Al entrar giró la cabeza, cuyas sueltas trenzas estaban mal sujetas por un fino pañuelo, para ver mejor al nuevo inquilino de la casa, cuya grave expresión y canoso cabello no rebajaron en absoluto su alegre curiosidad.

—Madre —susurró, mientras ponía sobre la mesa una fuente con jamón, pan e higos frescos y una botella con vino hasta la mitad—, ¡tiene una cara muy rara! ¡cuantas canas!

—¡Calla, condenada! —dijo la madre—. No te fíes de las canas, que son engañosas. Has de saber que está enfermo y harías bien en tener un poco más de respeto, porque los males entran a brazadas y salen a pulgadas, como dice el refrán; quiero decirte, hija, que vienen a caballo y se marchan a pie. Y Dios nos guarde a ti y a mí, porque los enfermos comen poco, pero la enfermedad, arrasa con todo. Anda, ve a buscar un poco de agua, si la hay en la casa. Mañana nos tendremos que levantar temprano y comprar las provisiones necesarias. Mira, se ha sentado y, parece que se ha dormido. Él está cansado del viaje, y tú lo estás de callar y estar sentada. Así es el mundo.

Mientras tenía lugar esta conversación, que susurraban madre e hija, el forastero se había sentado junto a la ventana y había apoyado la cabeza en la palma de la mano. Cuando levantó la mirada, apenas pareció darse cuenta de la presencia de la linda muchachita, que le hizo una graciosa reverencia.

—Venid, señor Andrea, y comed algo —dijo la viuda—. Quien de noche no come, hambre pasa en sueños. Los higos que aquí veis son frescos, y tierno, este pernil; y en cuanto al vino, es vino de Chipre, de la bodega del propio duque. Su bodeguero nos lo proporciona por la amistad que le unía a mi marido. Mas vos habéis viajado, señor. ¿No os habéis encontrado nunca a mi Orso, Orso Danieli?

—Señora —dijo el forastero, vertiendo un poco de vino en su vaso y abriendo uno de los higos—, jamás he salido de Brescia, y nos conozco a nadie que lleve semejante nombre.

Marieta salió de la estancia, y mientras bajaba por la escalera iba cantando en voz baja una cancioncilla.

—¿Oís a la niña? —dijo la señora Giovanna—. Nadie la creería hija mía, aunque la gallina negra pone blanco el huevo. Siempre cantando y saltando, como si no estuviéramos en Venecia, donde es fortuna que los peces sean mudos, porque, de otro modo, hablarían cosas que a más de uno le erizarían los cabellos. Pero ¿qué queréis? Así era también su padre, Orso Danieli, el primer trabajador de Murano, donde hacen esos vasos multicolores, tan lindos, que en todo el mundo pueden igualarlos. Quien canta, sus males espanta, solía decir él. Un buen día se me acercó y me dijo: «Giovannina, yo no resisto más tiempo aquí, este aire me oprime la garganta; ayer volvieron a ahorcar a otro, y después le colgaron del patíbulo por los pies, sólo porque habló más de lo permitido en contra de los inquisidores y el Consejo de los Diez. Sabes dónde has nacido, pero no dónde morirás, y hay más de uno que cree sentarse sobre el caballo y se encuentra sentado en el santo suelo. Así que, Giovannina —me dijo—, me marcho a Francia; quien tiene arte va por toda parte, y quien tiene dineros pinta panderos. Yo se hacer algunas cosas, y cuando haya logrado hacer fortuna allá fuera os venís tú y la chiquilla.» Os diré, señor Andrea, que el angelito tenía entonces ocho años y que se echó a reír cuando besó a su padre, sacándole a él también la última sonrisa. Pero yo, pobre de mí, me eché a llorar, y los dos nos deshicimos en lágrimas. Pese a todo, se fue en su góndola tan contento, y aún le oí silbar cuando doblaban la esquina. Un año pasó. Y ¿qué diréis que sucedió? Pues que la *Signoria* vino un día a preguntar por él; me dijo que estaba prohibido exportar el arte de la fábrica de Murano a otros países, porque no querían que nadie más que Venecia supiera efectuarlo; tuve que escribirle, noticiándole que volviera, bajo pena de muerte. Rióse de la carta y de la amenaza; pero los señores del tribunal nunca hacían bromas. Y una mañana, cuando estábamos en la cama todavía, me sacaron a mí y a mi hija de mi casa, y nos arrastraron hasta la prisión; y allí tuve que escribirle de nuevo, diciéndole dónde nos encontrábamos, yo y la niña, y que allí me quedaría para siempre hasta que él mismo viniese a buscarnos y sacarnos. Poco después tuve respuesta; las cosas ya no le hacían tanta gracia y, según decía, llegaría a Venecia poco después de la carta. Esperé que cumpliese lo dicho, un día tras otro. Pero pasaron semanas, y aun meses, y yo sentía cada vez más pena en mi corazón y más flojera en mi cabeza, porque aquello es el mismísimo infierno, señor Andrea; por suerte, tenía conmigo a mi niña, que nada entendía de aquel dolor, si no es que comía mal y pasaba mucho calor durante aquellos días de verano; pero, sin embargo, cantaba para ponerme alegre, lo que me hacía casi imposible contener mis lágrimas. Tres meses pasamos así, hasta que un día nos sacaron de la mazmorra, notificándonos que el soplador de vidrio Orso Danieli había muerto en Milán, de fiebres, y que podíamos volver a nuestra casa. Otros me han dicho lo mismo también; pero el que tal cosa crea no conoce a la *Signoria.* ¿Muerto?, ¿quién se moriría sabiendo que tiene en la cárcel a su mujer y a su hija y que sólo él puede sacarlas de allí?

—Pues ¿qué creeis que ha pasado con vuestro marido? —dijo el forastero.

Ella le miró con unos ojos que evocaban todos esos días que había vivido bajo los techos malditos de las prisiones.

—Hay quienes viven y no regresan nunca —dijo—, y hay quien está muerto y, a pesar de eso, vuelve. Pero mejor no hablemos de estas cosas. ¿Quién me asegura a mí que luego no iréis vos y repetiréis cuanto os he dicho delante del tribunal? Aparentáis ser un *galantuomo,* sin duda; pero

¿quién es hoy día recto y leal? De cada mil, uno; de cada ciento, ninguno. No lo toméis a mal, señor Andrea; pero ya sabéis lo que se dice por aquí:

> Con mentiras y engaños se sale adelante;
> con astucia y embustes se medra.

Hubo un silencio. El huésped había dejado de comer hacía ya un rato y escuchaba a la viuda con mucho interés.

—De ningún modo me voy a ofender porque vos no queráis confiarme vuestros secretos; vuestra vida no me concierne en absoluto, y aunque fuera de otro modo, tampoco podría ofreceros ayuda. Pero no entiendo una cosa, señora: ¿cómo es posible que toleréis, y aun os agrade, a vos y a todo el pueblo de Venecia, este tribunal, bajo cuya tiranía tanto habéis sufrido? No estoy muy enterado de cómo se han desarrollado los acontecimientos en Venecia —ni me ha interesado nunca la política—; pero sí he oído que el año pasado se levantó aquí un motín popular para derribar a ese tribunal secreto y siniestro, que hasta se levantaron también en contra suya algunos miembros de la nobleza, y el Gran Consejo de la República eligió una Comisión para que estudiase sosegadamente el asunto, dividiéndose la vida de la ciudad en dos facciones, a favor y en contra. Estas noticias llegaron hasta mi escritorio de Brescia. Y cuando, al cabo, todo volvió a estar como antes, y el poder del Tribunal secreto más fuerte que nunca, ¿por qué, queréis decirme, encendió el pueblo hogueras de júbilo y escarneció a los nobles que se habían manifestado en contra del tribunal y que ahora tenían tantas razones para temer su venganza? ¿Por qué nadie impidió a los inquisidores desterrar a Verona a sus osados enemigos? Y eso que nadie sabía si los dejarían vivir allí en paz, o si estarían afilándose las dagas que debían enmudecerlos para siempre. Yo, señora, no sé nada de todo esto y en realidad me es totalmente indiferente todo cuando aquí sucede. He venido hasta aquí sólo porque estoy enfermo, pero en cuanto me cure me iré de este revuelto y oscuro mundo. Pero me sorprende la inconstancia de este pueblo, que hoy llama tiranos a esos tres hombres, y mañana se regocija con la caída de quienes pretendían poner fin a esta tiranía.

—No digáis eso, señor —replicó la viuda, sacudiendo la cabeza—. Vos no conocéis al que fue cabecilla de la rebelión, al señor *avogadore* Ángel Querini, a quien desterraron, porque declaró la guerra a la justicia secreta. Pero yo sí que le he visto, y otras muchas personas también; y todos coinciden en que era un honrado caballero y un gran sabio, que había estudiado noche y día las antiguas historias de Venecia y que conocía las leyes como la palma de su mano. Todo el que le veía pasar por la calle, o le encontraba en el Broglio, junto a sus amigos, recostado en una columna, y con los ojos semicerrados, reconocía al momento que era un *nobile* de la cabeza a los pies. Y todo cuanto dijo e hizo contra el tribunal no era para el pueblo, señor, sino para los grandes señores. Pero al gentío le da igual, señor Delfin, que los degüellen o que los devore el lobo, y

Cuando el prior no está
retozan los monacillos.

Y por eso fue tan grande la maldad, que el tribunal volvió a ser restablecido en todos sus derechos, y al igual que antes, a nadie tenía que rendir cuentas de sus hechos, sino a Dios Nuestro Señor en el día del Juicio, y a su propia conciencia todos los días. En el canal Orfano, de ciento que allí rezaron su último avemaría, diez pertenecen a la gente pobre, y noventa, a los grandes señores. Pero si los nobles criminales y los ciudadanos fuesen juzgados y condenados públicamente por el Gran Consejo... ¡Misericordia! Entonces tendríamos ochocientos verdugos, en lugar de tres, y el ladrón grande colgaría al pequeño.

Él quiso responder algo, pero se dio por satisfecho con una breve y seca carcajada, que la viuda consideró una expresión de asentimiento. Entonces entró Marieta en la habitación, con una jarra de agua y un fumigatorio, en el que ardía una hierba de olor áspero y picante. El humo daba directamente en la cara de la muchacha, que no paraba de hacer gestos, entre toses, estornudos y mucho lloriqueo. Dejó la jarra en la mesa, y después comenzó a dar vueltas por la habitación, con pasos cortos, muy cerca de las paredes, que estaban cubiertas por un sinnúmero de moscas y mosquitos.

—¡Largaos de aquí, gentuza —dijo, mientras fumigaba las paredes—, sanguijuelas, que sois peores que los abogados y los doctores! ¿Os gustaría también cenar higos y probar el vino de Chipre? Bien que os reiríais, y después, para darle las gracias a este señor, le acribillaríais la cara cuando estuviese dormido, asesinos, traidores. Pero esperad, esperad, que os voy a dar algo que os hará dormir sin cenar...

—¡Eres una charlatana muy malhablada! —dijo la madre, que había seguido todos los movimientos de su hija con miradas relampagueantes—. ¿No sabes que perro ladrador, poco mordedor, y quien mucho habla mucho yerra?

—Madre —dijo la muchacha sonriendo—, tengo que cantarles a los mosquitos una nana; ¡mirad de cuánto sirve! Ya empiezan a caer dormidos por docenas. ¡Buenas noches, gandules, pillos, que no pagáis alquiler y siempre andáis husmeando en todas las ollas! Mañana volveremos a vernos, si no tenéis bastante con lo de esta noche.

Balanceó una vez más sobre su cabeza las brasas, y después se acercó a la ventana, tiró las cenizas al canal, hizo una leve reverencia al huésped, y abandonó la habitación ligera como el viento.

—¿No es una pícara, una criatura insoportable y malcriada? —dijo la señora Giovanna, levantándose y disponiéndose a su vez a retirarse—. Pero cada oveja con su pareja. Y, por lo demás, ahí donde la veis, tan menuda e incorregible, es lista y hacendosa como ella sola, y de ella se podría decir aquello de «vale más poco y bueno que mucho y malo». ¡Si no fuese por mi niña, señor Andrea, qué sería de mí! Pero vos queréis dormir, y yo, necia de mí, no paro de hablar. ¡Que descanséis bien, y bien venido a Venecia!

Respondió él secamente a su saludo, sin darse cuenta de que ella esperaba una frase de elogio de su niña. Cuando se quedó a solas, su cara se fue agriando y torciéndose por momentos. La luz ardía con una larga mecha, y las moscas que habían logrado escapar a las hechicerías de Marieta cubrían en hirvientes grumos los higos maduros; afuera, en el callejón, volaban los murciélagos delante de la ventana, rozando continuamente la reja. Pero el solitario huésped parecía muy cansado para todo cuanto sucedía a su alrededor, y sólo sus ojos brillaban con extraña luz.

Cuando dieron las once en el reloj de la torre de alguna iglesia próxima, se levantó mecánicamente y examinó todo. Junto al techo, flotaba en espesas y perezosas volutas el áspero humo de la hierba mágica, y a ellas se unía el de la vela. Andrea abrió la ventana, para purificar el aire. Entonces vio luz enfrente, en una ventana medio cubierta por una blanca cortina, y distinguió una muchacha, que estaba sentada a la mesa ante una fuente y desmenuzaba los restos de una gran empanada, llevándose a la boca después, con los dedos, los trozos de comida, y bebiendo de vez en cuando de una botella de cristal. Su cara tenía una expresión ligera, pero no provocativa, y había pasado ya de la primera juventud. En sus ropas, descuidadas y negligentes, y en sus cabellos no del todo recogidos, había un no sé qué de estudiado y consciente, que, empero, no resultaba desagradable. Debía de haber notado hacía tiempo que la habitación de enfrente tenía un nuevo inquilino; sin embargo, aunque le vio ahora asomado a la ventana, prosiguió comiendo tranquilamente, y sólo cuando bebió alzó la botella hasta su cara, como si quisiese saludar a otra persona o brindar junto con ella. Después echó a un lado la vacía fuente, arrimó a la pared la mesa con la lámpara, de modo que toda la luz daba a un amplio espejo que había al fondo de la habitación, y comenzó a probarse ante dicho espejo, uno por uno, un montón de trajes de máscaras que estaban sobre un sillón, dejando ver su figura, reflejada en el espejo, al desconocido. Parecía estar muy satisfecha de sus disfraces. Miraba a su propia imagen y le dirigía los gestos más amables y picarescos, se reía a carcajadas, contraía las cejas para dar a su cara una expresión unas veces trágica, otras languideciente, y en medio de toda aquella pantomima, lanzaba de cuando en cuando secretas miradas de reojo a su mudo contemplador, a quien veía también en el espejo. Pero como la oscura silueta permaneció inmóvil, y las esperadas demostraciones de aplauso y complacencia no llegaron, se enojó sin duda y preparó un golpe maestro. Se ató a la cabeza un gran turbante rojo, coronado por una joya muy brillante y una pluma de garza. Le favorecía mucho ese color, y armonizaba bien con el tono dorado de su cara y sus cabellos. Al contemplarse así, hízose a sí misma una profunda reverencia de aprobación; pero al ver que él seguía quieto y mudo, acabósele la paciencia y se dirigió directamente a la ventana, con el turbante sobre la cabeza. Descorrió del todo la cortinilla y dijo con tono amistoso y desenvuelto:

—Buenas noches, *monsú*. Parece que vais a ser mi vecino. Espero que no toquéis la flauta, como el anterior, el cual no hubo noche que me dejara dormir tranquila.

—Querida vecina —dijo el forastero—, no os molestaré con música alguna, a fe mía. Soy un enfermo y el primero que desea que no se perturbe su sueño soy yo.

—¡Vaya!... —dijo la joven, con un dejo de burla en su voz—. ¿Conque sois un enfermo? Decidme: ¿y no sois también rico?

—No; ¿por qué lo preguntáis?

—Porque es terrible ser a un mismo tiempo pobre y enfermo. ¿Quién sois vos y cuál es vuestro empleo u oficio?

—Andrea Delfin es mi nombre. He sido escribano de Audiencia en Brescia, y ahora busco un trabajo más sosegado en casa de algún notario veneciano.

La respuesta echó por tierra, al parecer, todas las esperanzas que la joven había puesto en su reciente conocimiento. Se puso a jugar, distraídamente, con una cadena de oro que colgaba de su cuello.

—Y vos ¿quién sois, linda vecina? —preguntó él con un tono de ternura y afecto en contraste con la seca y dura expresión de su cara. Tener tan cerca vuestra bella imagen será un consuelo en medio de mis penas.

Ella se sintió halagada, ostensiblemente, al escuchar por fin las palabras que había esperado oír desde el principio.

—Para vos —dijo—, soy la princesa Esmeraldina, que os permite languidecer de lejos por su favor y privanza. Cada vez que me veáis ponerme este turbante, tenedlo por señal de que me siento inclinada a concederos un rato de plática, pues me aburro mucho más de lo que sería de esperar, dada mi juventud y mis encantos. Habéis de saber —prosiguió, dando de lado la comedia—, que mi señora la condesa no me permite tener ningún amorío, aunque ella cambie de amantes con más frecuencia que de camisa. Dice mi señora que ha despedido de su servicio a su confidente y doncella de cámara en cuanto ha querido servir a dos señores; es, a saber: a ella y al pequeño dios alado. Y aquí me tenéis, suspirando sin cesar; que si no ocuparan ese cuarto, aunque sea de tarde en tarde, algún desconocido y extranjero galán, que se enamore un poquito de mí...

—¿Quién es en estos días el amante de tu señora? —la interrumpió Andrea secamente—. ¿Recibe en su casa tan sólo a la nobleza de Venecia o entran y salen también los legados y embajadores extranjeros?

—La mayoría de las veces vienen con antifaz —respondió Esmeraldina—; pero sé muy bien que el joven Gritti es su más grande amor, más que cualquier otro haya sido, al menos durante el tiempo que llevo a su servicio. Más sin duda que el embajador austriaco, que le hace la corte de un modo tal que es risa verle. ¿Conocéis vos también a mi señora la condesa? Es linda.

—Soy forastero aquí, niña. No la conozco.

—Pues habéis de saber —prosiguió con rostro astuto y burlón—, que se llena de cremas y pinturas, y ni siquiera ha cumplido los treinta. Si queréis verla es muy sencillo. Se tiende un tablón entre vuestra ventana y la mía; vos pasáis por ella y yo os conduciré a un sitio, donde podréis contemplarla sin ser visto. ¿Qué no se debe hacer por un vecino? Pero..., esperad. Sí, me llaman. ¡Buenas noches!

—¡Buenas noches, Esmeraldina!

La joven cerró la ventana.

—Pobre... y enfermo —díjose, mientras corría la cortinilla—. En fin, parece que esto no va a ser aburrido.

También él había cerrado la ventana y cruzaba ahora su habitación andando lentamente.

—Bien está esto —dijo—, me viene como anillo al dedo. En el peor de los casos podré sacar algún beneficio de esto, sin duda alguna.

Su gesto y su actitud mostraban a las claras que pensaba en cualquier cosa antes que en aventuras amorosas.

Desató su portamantas y lo deshizo. Traía un poco de ropa blanca y un par de libros de oraciones, lo colocó todo en un armario que había empotrado en la pared. Uno de los libros cayó al suelo, y la baldosa devolvió un sonido hueco. Al punto apagó él la luz, corrió el cerrojo de la puerta y comenzó a registrar y palpar el suelo minuciosamente, a la tenue luz de la lejana lámpara de Esmeraldina. Tras un breve esfuerzo consiguió levantar la pétrea baldosa, que estaba encajada perfectamente, aunque sin argamasa, y dejó al descubierto un hueco bastante amplio, del hondo de una mano y del ancho de un pie, en cuadro. Se quitó rápidamente la casaca y se desató después una pesada faja llena de bolsillos, que traía enrollada alrededor del cuerpo. La había colocado ya en el agujero cuando se detuvo.

—No —dijo—; podría ser una trampa en la que me dejase cazar. No sería la primera vez que la Policía ha descubierto semejantes escrondrijos en viviendas de alquiler, y en los registros de las casas sabe ya muy bien dónde tiene que mirar y dónde que golpear. Este es un sitio harto goloso para poder confiar en él.

Colocó de nuevo, cuidadosamente, la loseta, y se entregó a la búsqueda de un sitio más seguro para sus secretos. La ventana que daba al callejón sin salida estaba cerrada por una reja, cuyos barrotes dejaban pasar un brazo. La abrió, sacó la mano y tanteó un buen rato la parte exterior del muro. Detrás de la moldura tanteó un pequeño agujero, que debió de ser en otro tiempo nido de murciélagos; desde abajo no se vería y desde arriba tampoco porque estaba suficientemente oculto por la cornisa. Sigilosamente, agrandó con su daga la abertura, sacando de ella piedras y argamasa, y pronto lo hubo ensanchado hasta el punto de que pudo colocar en él, sin problemas, su amplio cinturón. Cuando terminó su obra tenía la frente cubierta por un sudor frío. Investigó por última vez si no sobresalía algún trozo de correa o alguna hebilla, y después cerró herméticamente la ventana. Una hora después estaba tumbado sobre la cama, vestido y durmiendo. Los mosquitos zumbaban a su alrededor, y afuera las aves nocturnas revoloteaban curiosas sobre el agujero donde había ocultado su tesoro. Pero los labios del durmiente estaban demasiado apretados para dejar escapar, ni siquiera en sueños, una palabra comprometedora sobre sus secretos.

Esa misma noche un hombre en Verona estaba sentado ante su solitaria lámpara, y acababa de desdoblar una carta, que le había entregado disimuladamente aquella tarde un capuchino mendicante, cuando paseaba él por las cercanías del Anfiteatro. El sobre no traía remite. A su pregunta de cómo y porqué sabía el mensajero si entregaba o no aquel escrito a su verdadero destinatario, había respondido el monje que en Verona los niños conocían al noble Angelo Querini como si fuera su propio padre. Y a continuación había desaparecido de su lado sin dar más explicaciones. El desterrado había conseguido llegar hasta su casa con el mensaje sin que lo notaran los que le vigilaban a todas horas. Y ahora, después de cerrar cuidadosamente puerta y contraventanas, se dispuso a leerla, mientras afuera resonaban los pasos del centinela, secos y amenazadores. La carta decía como sigue:

«Al señor Angelo Querini:

»No puedo esperar que recordéis aquel fugaz momento en que os encontré personalmente. Ha pasado mucho tiempo desde ese día; yo había crecido en la paz campesina de nuestra posesión, junto con mis hermanos, allá en Friaul. Cuando perdí a mis padres me separé por primera vez en mi vida de mis hermanas y mi hermano pequeño. Pocos días después me había engullido el torbellino seductor de Venecia. Entonces me presentaron a vos un día en el Palacio Morosini. Todavía siento sobre mí la mirada con que nos examinasteis a todos y cada uno de los componentes de aquel grupo juvenil. Vuestros ojos decían: "¿Y ésta es la generación sobre cuyos hombres descansará algún día el porvenir de Venecia?" Alguien os dijo entonces mi nombre al oído. Con mucha discreción y tacto llevasteis entonces la conversación que sosteníais conmigo a la pasada grandeza del Estado al que mis antepasados habían ofrecido sus servicios. De la época presente, y de los servicios de que le era yo deudor, preferisteis callar, con discreta elegancia.

»Desde aquella conversación, comencé a leer día y noche, febrilmente, un libro que nunca antes hubiera leído: era la historia de mi patria. El fruto de estos estudios fue que abandoné para siempre, lleno de horror y de repugnancia, la ciudad que antes dominaba tierras y mares y que ahora era esclava de una lamentable tiranía, tan vergonzosa contemplada desde fuera como cruel y despótica se la sufría desde dentro. Regresé junto a mi hermano, y conseguí prevenirle contra la miseria interna de una vida que tan esplendorosa parecía desde lejos. Pero entonces no pensé que todo cuanto hacía con la esperanza de salvarle y salvarnos, nos perdería al final.

»Vos conocéis la rivalidad que existe entre los gobernantes de la ciudad madre de Venecia y la nobleza de los territorios sometidos. En los dichosos tiempos en que era un honor servir a la República Serenísima, nunca se dejó de temer un movimiento emancipador de los territorios de la península. Entonces, surgieron desgracias e infortunios sin límite, unas culpables, otras inevitables por la voluntad humana, habían provocado un cambio radical en el puesto y poderío de Venecia entre los demás pueblos, aquel temor fue la fuente de las más insólitas intrigas, de los crímenes más crueles.

»Para qué hablar de los sucesos fatales que ocurrieran en la provincia vecina; de las artimañas por las que se intentó quebrantar y aniquilar la independencia y la autosuficiencia de la nobleza de Friaul; del ejército que se envió contra los insubordinados. Cómo se intentó introducir la discordia en las familias, envenenar las amistades, plantar la traición y la hipocresía en el seno de las más estrechas comunidades, son cosas que vos conocéis mucho mejor que yo.

»Las disolutas e inofensivas costumbres que llevaba yo en Venecia les pusieron en guardia sospechando que yo podía llegar a ser peligroso algún día. Cuando fui a solicitar en nombre de mi hermana el permiso para entregar su mano a un noble caballero alemán, el Gobierno negó en redondo su consentimiento. Se imaginaron que mi hermano y yo estábamos en relaciones con la política imperial, y decidieron hacernos purgar aquella culpa.

»Una protesta colectiva de la provincia contra su gobernador, que firmamos mi hermano y yo fue el pretexto que puso la Inquisición para atraparnos.

»Mi hermano fue llamado a Venecia para justificar su actitud y exponer cuanto creyera oportuno a su favor. Cuando llegó a la ciudad le metieron en prisión, y durante muchas semanas intentaron arrancarle alguna declaración, con amenazas, y tentadoras ofertas. Aquel paso no necesitaba de encubrimiento alguno, pues era algo perfectamente legal, y fuera de eso nada tenía que confesar, porque nada habíamos realizado o emprendido en contra del Estado. Así, hubieron de ponerle al fin en libertad. Pero nunca pensaron perdonarle.

»Yo le había rogado por escrito que no partiese de viaje inmediatamente, para no levantar sospechas sobre su persona. Preferíamos pasarnos sin él durante unos meses. Pero pocos días después de regresar a casa, le perdimos para siempre. Sucumbió a un veneno de efecto lento que le habían mezclado en la comida, en cualquiera de las lujosas mansiones a las que solía ir.

»Aún no estaba bien asentada la lápida sobre su tumba, cuando el gobernador de la provincia solicitó la mano de mi hermana. Ella le rechazó con indignación y dureza; y en su dolor dijo cosas que hallaron eco en la sala del Tribunal de la Inquisición.

»Se decidió imponer una nueva carga a la nobleza de Friaul, y fue la exigencia de mejorar el estado de las tierras. Yo me mantuve alejado de todos los preparativos secretos, porque estaba convencido de que no llegarían a buen término. Pero la conciencia criminal de los amos de la República dirigió hacia mí todas sus miradas y me consideró el cabecilla de la rebelión porque era el que más tenía que vengar por mi hermano muerto. Un tropel de *bravi* asalariados asaltó por la noche nuestra villa, solitaria en medio del monte. Yo no tenía a nadie más que me defendiese que la servidumbre. Cuando aquellos miserables nos encontraron bien armados y pertrechados, y decididos además a vender caras nuestras vidas, prendieron fuego a la casa por los cuatro costados. Entonces hice con mis gentes una desesperada salida, llevando en medio de nosotros a mi hermana, que también iba armada de una pistola. Pero recibí un golpe en plena frente y caí al suelo inconsciente.

»La recobré a la mañana siguiente en un desierto e informe montón de escombros. Mi hermana había muerto entre las llamas, y mis bravos servidores, asesinados unos y otros desaparecidos entre las humeantes ruinas de la casa.

»Muchas horas permanecí junto al escenario de aquella tragedia, con la mirada perdida en el desastre que tenía ante mí. Cuando vi subir por el valle algunos campesinos, volví en mí y pude rehacerme. "Mientras me crean vivo —pensé—, me considerarán un enemigo y me perseguirán por dondequiera que vaya." Aquella tumba de brasas era muy grande; si yo desaparecía del mundo de los vivos nadie pondría en duda que descansaba para siempre entre los míos. En mi errante huida entre los peñascos de la serranía encontré en el suelo una pequeña cartera perteneciente a uno de mis criados, que era natural de Brescia y había viajado mucho por diversos países; dentro estaban todos sus papeles y documentos. Me los apropié, confiando en la suerte, y escapé a traves de los matorrales y las piedras. A nadie me encontré que hubiese podido delatarme. Al fin, cuando me dejé caer de bruces, desfallecido de sed y de fatiga, en las aguas de un pequeño lago, vi que tampoco mi aspecto externo podría delatarme. Mis cabellos habían encanecido en una noche y mis rasgos estaban envejecidos como si hubieran transcurrido años.

»Una vez que llegué a Brescia pude hacerme pasar sin dificultad por mi sirviente, pues éste se había ido de la ciudad cuando era muchacho y no tenía en ella familiares que pudiesen reconocerle. Durante cinco años viví como un criminal de mala ralea, evitando todo trato con los hombres. Mi espíritu estaba como adormecido, con una sensación de impotencia tal que parecía que aquel golpe que me derribó sin sentido al suelo hubiese abatido mi voluntad.

»Pero cuando me enteré de vuestro comportamiento frente al tribunal y de vuestra rebelión me hizo ver que no estaba destruido, sino tan sólo paralizado. Con una tensión febril, que me rejuveneció y me dio la fuerza suficiente para seguir viviendo, empecé a interesarme por las noticias que llegaban de Venecia. Cuando tuve conocimiento del fracaso de vuestra valerosa hazaña, volví a sumirme durante unos momentos en mi antigua y sorda resignación. Pero al instante sentí como si una bola de fuego atravesase todo mi cuerpo. Tomé la decisión de llevar a cabo la obra que vos no habíais podido realizar por medio de la justicia y de la ley, por el camino de la fuerza y la defensa propia, para salvación de mi queridísima patria.

»Desde entonces no he parado de darle vueltas a esta idea, y he encontrado irreprensibles mis propósitos. Sé que no me mueve el odio personal, ni la venganza por el dolor sufrido, ni siquiera la justa pesadumbre por el sufrimiento que cayó sobre mis seres queridos, lo que ha armado mi brazo contra los amos todopoderosos de la República. Lo que me hace alzarme como salvador de un pueblo subyugado en una vergonzosa servidumbre, y cumplir la sentencia que impuso en otros tiempos, por la voluntad colectiva de una nación libre y soberana, sobre los poderes injustos, ilegales, homicidas y fuera del alcance del brazo de la justicia, lo que me mueve a esto, digo, no es ni la voluntad personal ni el ansia de gloria. Es el sentimiento de una deuda que he cargado desde mi juventud inútil y carente de acciones nobles y que vos me recordasteis con tan hidalga delicadeza en aquella tarde del Palacio Morosini.

»Dios, bajo cuya protección he emprendido esta tarea, me concederá, sin duda, la gracia de poder estrechar algún día vuestra mano en la liberada Venecia, como única recompensa que ansío por todo cuando me ha arrebatado. No rechazaréis la mano manchada de sangre, que de otro modo no hallará mano amiga en la que descansar. Pues quien ha ejercido el oficio del verdugo, condenado está a la soledad y debe rehuir la mirada de los hombres. Pero, si muero en mi empresa, sabrá aquel cuyo aprecio me es entre todos el más valioso que en la joven generación no faltan hombres que quieren perecer por Venecia.

»Os entregará esta carta un hombre de confianza, que ha cambiado su atuendo de secretario de la Inquisición por el hábito monacal para expiar con oraciones y cilicio los pecados de la República, a los que tantas veces hubo de prestar su pluma. Quemad esta carta en cuanto hayáis terminado su lectura. ¡Adiós! —*Candiano.*»

Cuando el desterrado terminó de leer la misiva no pudo moverse durante casi una hora, tenía la mirada llena de honda pesadumbre, ante aquellas hojas tan rebosantes de sentimientos. Después las alzó, mantúvolas sobre la llama, diseminó las cenizas en la chimenea y estuvo caminando de un lado a otro de la habitación hasta la mañana siguiente, mientras el infeliz cuya confesión había recibido él llevaba largo rato sumido en un sueño reparador, completamente convencido de la justicia de sus intenciones y que cree tener al cielo por valedor.

* * *

A la mañana siguiente el huésped de la calle Della Cortesia salió muy temprano. Las alegres canciones que Marieta hilvanaba una tras otra en el vestíbulo le hubieran permitido quizá seguir durmiendo, pero las reprimendas y gritos de la madre, que armaba un ruido capaz de levantar a un muerto, le despertó antes de lo que hubiera deseado. Se detuvo en la escalera, puesto de guardia de su patrona, el tiempo imprescindible para informarse de los domicilios de algunos abogados y notarios, cuyos nombres le había proporcionado un amigo suyo de Brescia. Cuando averiguó todo lo que necesitaba saber y se marchó. No fueron capaces de detenerle ni los tiernos cuidados de la viuda, preocupada por su salud, ni la cinta encarnada que Marieta se había puesto en la cabeza; para la buena mujer, que en otros casos se había esforzado por impedir el trato entre sus inquilinos y su hija, resultaba una ofensa que aquel forastero ignorase tan obstinadamente la existencia de aquella linda criatura. No encontraba explicaciones para aquella actitud, sus canas no podían haberle dejado ciego a la vida. Debía de tener alguna secreta pena, o sentirse tan enfermo que le importunase ver una persona fresca y sana. Sin embargo, caminaba con paso rápido y enérgico y su pecho era ancho y robusto; sin duda la enfermedad de la que hablaba debía de tener muy adentro su raíz. Tampoco el color de su rostro era sospechoso. Mientras paseaba por las calles de Venecia muchas muchachas le miraron atraídas; y también Marieta le siguió con la vista, no sin interés, desde una de las ventanas del piso superior.

El desconocido sabía muy bien cual era su objetivo y se dirigía hacia él sin más rodeos y aunque la señora Giovanna le había explicado muy bien cual era el camino que debía tomar y le había dicho que si no lo encontraba que preguntara porque «preguntando se va a Roma», al parecer se supo orientar sin ayudar, y perfectamente, en aquel laberinto de callejuelas. Buena parte del día la pasó visitando a los abogados, que concedieron poca importancia a la recomendación de un colega de Brescia, quizá por considerarle sospechoso, a pesar de su actitud humilde y discreta. Y es que en el pliegue que cruzaba su frente había un no sé qué de altivez y de orgullo que decía claramente a un observador perspicaz que consideraba muy por debajo de su dignidad y méritos el trabajo que pretendía realizar. Por último, llegó a casa de un notario que habitaba en una de las callejuelas extremas de la *Merceria* y que, al parecer, se dedicaba de paso a toda clase de actividades leguleyas. Encontró allí una plaza de escribano, por un salario mínimo, y para empezar de prueba. Aceptó con rapidez todas las condiciones impuestas lo que hizo pensar al notario que era uno de esos nobles arruinados, que con tal de ir tirando aceptaba cualquier trabajillo sin excesivos miramientos por lo que a sueldo se refería.

Andrea, muy satisfecho al parecer del éxito de sus esfuerzos, entró en la taberna más próxima, pues ya era cerca del mediodía. En ella estaban sentadas gentes de la clase baja, que consumían sencilla pitanza en largas mesas sin mantel y bebían abundantemente un vino oscuro y opaco. Se sentó en un rincón cercano a la puerta y se comió sin decir nada el pescado rancio que le sirvieron, tras de hacer a un lado el vino, después que lo hubo probado.

Cuando iba a pagar al tabernero un individuo que estaba sentado a su lado le preguntó algo. Aquel hombre, que le había pasado completamente inadvertido hasta ese momento, llevaba largo rato sentado ante su botella de vino, sin comer nada y bebiendo de vez en cuando un sorbo, después de lo cual contraía la boca de un modo regular. Tenía los ojos semicerrados, aparentemente de fatiga; pero en realidad observaba con interés las caras de la gente, hasta que sus ojos se posaron en nuestro bresciano, que por su parte no había notado en él nada digno de atención. Era un hombre de unos treinta años, de cabellos rubios y rizados. Era judío aunque su negra ropilla veneciana lo disimulaba. De sus orejas colgaban varios anillos de oro, y en las hebillas de sus zapatos relucían dos gruegos topacios. Sin embargo, el cuello y pechera de su camisa estaban rotos y sucios, y su casaca de fino corte llena de polvo.

—Al señor no le gusta el vino, según parece —dijo a media voz, inclinándose con deferencia hacia Andrea—. Pues el señor se ha equivocado de sitio, porque en esta taberna no se recibe a huéspedes de más elevado rango social.

—Perdón, señor —respondió Andrea tranquilamente, aunque tuvo que hacer un verdadero esfuerzo antes de decidirse a contestar—, ¿qué sabéis vos de mi rango social?

—Por el modo que tiene el señor de comer veo que está acostumbrado a otra compañía que la que se suele reunir en esta taberna —dijo el judío.

Andrea le midió con una firme mirada, ante la cual bajó el otro sus ojos escrutadores. Entonces surgió en él una idea repentina, que le inclinó a tratar al importuno con cordial familiaridad.

—Sois un buen conocedor de los hombres —dijo—. No se os ha escapado que yo he visto días mejores y he bebido un vino sin adulterar. También frecuenté la buena sociedad, aunque soy hijo de un hidalgo segundón y apenas pude estudiar las leyes, sin alcanzar título oficial alguno. Pero todo cambió, porque mi padre se arruinó, y nos volvimos pobres de la noche a la mañana, y hoy, vos mismo podéis ver mi situación; un pobre escribano de audiencia no puede aspirar a nada mejor de cuanto aquí se halla en esta taberna.

—Un caballero letrado siempre puede exigir respeto y homenaje —dijo el otro esbozando una sonrisa cortés—. Me encantaría poder ayudar a vuesa merced; habéis de saber que yo siempre me he esforzado por tratar con hombres instruidos y sabios, y que en el ajetreo de mis negocios he tenido muchas veces la oportunidad de acercarme a ellos. Si me fuese permitido ofrecer a vuesa merced un vaso de vino de mejor calidad que este que aquí se halla...

—No puede pagar vino mejor que éste —dijo el otro con tono indiferente.

—Sería para mí un alto honor ejercer con el señor, que parece forastero, la hospitalidad veneciana. Si pudiese ser útil en cualquier modo al señor con mi patrimonio o con mi conocimiento de esta famosa ciudad...

Disponíase Andrea a contestarle con alguna cortés evasiva, cuando notó que el tabernero, que estaba sentado en una mesa, al fondo del local, le hacía señas para que se acercara a él. También otros clientes, que eran en su mayoría artesanos, vagabundos y vendedores de mercado, algunos intentaban llamar su atención disimuladamente, advirtiéndole que tenían que comunicarle algo de interés, que no se atrevían a decir en voz alta.

Con el pretexto de pagar su cuenta antes de responder a la amable invitación, abandonó su sitio y se dirigió al tabernero, preguntando con voz sonora cuánto le debía.

—Señor —le susurró el buen viejo—, guardaos de él. Tenéis que véroslas con un mal sujeto. Los inquisidores le pagan para que averigüe los secretos de todo forastero que llega a Venecia. ¿No veis que está vacío el rincón donde él se ha sentado? Todos le conocen. Pero aunque yo me veo obligado a soportar su presencia, para no pillarme los dedos quiero advertiros que tengáis cuidado.

—Os lo agradezco, amigo —dijo Andrea—. Vuestro vino es un poco turbio, pero es sano. Buenos días.

Regresó a su sitio, tomó su sombrero y dijo a su servicial vecino.

—Venid, señor, si os place. Aquí no se os ve con buenos ojos —prosiguió bajando la voz—. Os tienen por un espía, según he podido saber. Podemos seguir hablando en cualquier otro lugar.

El delgado rostro del judío empalideció visiblemente.

—¡Por Dios, que se equivocan quienes tal cosa piensan! Pero no puedo reprocharles que anden con recelo y precaución, porque las calles de Venecia están llenas de sabuesos de la *Signoria.* Mis negocios —prosiguió, ya en la calle—, mis muchas relaciones me llevan a algunas mansiones y lugares tales que bien puede parecer que me inquieto por conocer secretos ajenos. Que Dios me conceda cien años de vida, es cosa que deseo; pero ¿qué diantre se me da a mí de gentes extrañas? Si me pagan lo que me deben, jamás hablaré nada de ellos. ¡Que me muera ahora mismo si miento!

—No obstante, yo creo, señor..., ¿cómo es vuestro nombre?

—Samuel.

—Pues yo creo, señor Samuel, que juzgáis mal a quienes espían en bien del Estado los planes e intrigas de los ciudadanos y desvelan las conspiraciones que hay contra la República antes que puedan dañarla.

El judío se detuvo, cogió al otro del brazo y le miró a los ojos.

—¿Por qué no os habré reconocido al momento? —dijo—. Tenía que haberme dado cuenta de que vos no podíais haber ido a parar a aquella miserable taberna por casualidad, que en voz saludaba a un compañero y a un colega. ¿Desde cuándo estáis en el empleo?

—¿Yo? Desde pasado mañana.

—¿Qué decís? ¿Os burláis de mí?

—No, voto a tal —respondió Andrea—. Y en tal fecha espero ingresar en vuestra Orden. Como ya os he dicho, mis asuntos no andan bien, y he venido a Venecia para mejorar mi situación económica y social. El sueldo de escribano por el que trabajaré desde hoy en casa de un notario no es en absoluto lo que yo esperaba recibir de mi suerte y de mis pequeños conocimientos. Venecia es una hermosa ciudad, una alegre ciudad; y en la risa de sus bellas mujeres vibra siempre un retintín dorado que me hace añorar otros tiempos. Espero, sin embargo, que esto no dure mucho tiempo.

—Vuestra confianza me honra sobremanera —dijo el judío con gesto meditativo—. Pero debo deciros que los señores no admiten a su servicio al primer desconocido que se presente, mientras que pasa el período de prueba y demuestra su buena disposición. Si yo puedo ayudaros con mi bolsa hasta ese momento..., cobro intereses muy bajos a mis amigos.

—Os doy las gracias, señor Samuel —replicó Andrea—. Vuestra protección es para mí mucho más valiosa de cuanto había podido esperar. Pero esta de aquí es mi casa. No os invito a que me acompañéis dentro, porque tengo mucho trabajo que hacer para mi nuevo patrono. Mi nombre es Andrea Delfin. Si alguna vez me necesitais, pensad en mí: Andrea Delfin, calle Della Cortesia.

Estrechó la mano de su extraño amigo, que permaneció un rato frente a la casa, observando detenidamente el edificio y sus alrededores, y después, con un gesto de duda y de astuta reflexión, murmuró para sí que el de Brescia no superaría el período de prueba tan pronto como pensaba.

Cuando Andrea entró en el vestíbulo, se encontró con la señora Giovanna y le fue imposible pasar de largo sin entablar una conversación. No le gustó el mísero puesto que había hallado su inquilino, dijo que no descansaría a gusto hasta que no encontrase otro más digno y se despidiera del actual. El sacudió la cabeza.

—Basta y sobre con éste, señora —dijo gravemente—, para el poco tiempo que tengo.

—¿Qué estáis diciendo? —refunfuñó la mujer—. Buscar lo bueno y rechazar lo malo, conviene hacerlo siempre y en todo caso. Y aunque no hay miel sin hiel, aquélla se apura y ésta se escupe. Ved ese lindo sol que baña las calles, y avergonzaos de venir a casa tan temprano, mientras en la *piazetta* tocan música y toda la belleza, distinción y riqueza de la ciudad anda paseando por la plaza de San Marcos. Allí debierais hallaros vos, señor Andrea, y no en vuestro aposento.

—Yo no soy bello, ni rico, ni distinguido, señora Giovanna.

—¿Y no os gustaría disfrutar la vida? —dijo ella, mientras miraba de reojo por si Marieta andaba por allí cerca—. ¿No estaréis, quizá, enfermo de amores?

—No, señora Giovanna.

—¿Entonces, os parece mal estar ser alegre y desahogado? Habéis dejado sobre vuestra mesa un librico... Tan sólo lo digo porque me ha sorprendido ver un libro de oraciones. Es el primer inquilino que tengo que posee uno, Dios les perdone a todos. Pero escuchad, señor Andrea: la juventud de hoy dice que la mejor jugarreta que se le puede hacer al diablo es vivir disfrutando y morir piadosamente y reconciliado con la Santa Iglesia. Que por Navidad también ayunan los gorriones sobre el tejado.

—Buena señora —dijo él sonriendo—, se preocupa usted mucho por mí, pero no es posible ayudarme. Cuando me siento a mi mesa de trabajo, en silencio y sosiego, me siento mejor que en cualquier otro lugar; y me haríais un grandísimo favor si me consiguiérais recado de escribir y un poco de papel.

Poco después Marieta le llevaba todo esto a su alcoba, donde estaba él sentado junto a la ventana, abstraído en sus propios pensamientos. En idéntica postura le encontró al anochecer, cuando entró trayéndole luz. Cuando le preguntó qué deseaba para cenar, él pidió tan sólo pan y vino. La muchacha no tuvo arrojo para preguntarle si le molestaban los mosquitos, y quería fumigarlos de nuevo.

—Madre —díjola cuando se sentó junto a ella en la escalera—, no vuelvo a entrar en su cuarto. Tiene unos ojos como los de los mártires de la capilla de San Esteban. Cuando él me mira se me corta la risa.

¿Qué habría dicho si hubiese entrado en la habitación del huésped algunas horas después? Estaba éste asomado a la ventana, mientras la noche reflejaba sus estrellas sobre las negras aguas del canal, manteniendo un vivo diálogo con la doncella de enfrente y esforzándose por dar a sus ojos una expresión mundana y galante.

—Bella Esmeraldina —decía—, no podía esperar el momento de verte de nuevo. Al pasar por delante de un taller de orfebrería me he acordado de ti y te he comprado un prendedor de filigrana, muy poca cosa para ti, naturalmente, pero al menos más puro y auténtico que el broche de tu turbante. Abre la ventana, y te lo tiraré por el aire, que ya muero de impaciencia por seguir yo mismo ese camino y caer a tus pies.

—Sois muy gentil —dijo la joven sonriendo, y atrapó en el aire el regalo, que Andrea había envuelto en un papel—. ¡Oh! ¡Qué gusto tan delicado tenéis! ¿Y decíais que erais pobre? ¿Hoy estaba deseando recibir una alegría? Harto hemos tenido que soportar durante todo el día, porque la condesa mi señora está de un humor de perros. Su amante, el joven Gritti, hijo del senador del mismo nombre, no ha vuelto desde hace veinticuatro horas. Ella ha enviado gente a su casa para buscarle; pero tampoco estaba allí. Parece que el Tribunal le ha encerrado secretamente. Mi señora está fuera de sí, no quiere recibir a nadie y se ha pasado todo el día tumbada y llorando como una insensata. Hasta me ha pegado cuando me acerqué a ella para consolarla.

—¿No sabéis cual es la causa del encierro?

—Ni idea, señor. Pero de lo que sí estoy segura es de que este muchacho no tenía en la cabeza el menor pensamiento en contra del Estado. ¡Santo cielo, si acababa de cumplir veintitrés años y en su corazón no había cabida para nada que no fuese mi señora y en todo caso el juego. Pero estos señores de la Inquisición hilan muy fino y lo bastante fuerte como para estrangular al más recio gaznate. Y quién sabe si esta vez no reza sólo contra su padre, el senador...

—Sed más precavida con los supremos mandatarios de esta ciudad —dijo Andrea en voz más suave—. Los instituyó la sabiduría de los padres y no debe atentar contra ellos la locura de los tíos.

La muchacha le miró, incrédula, y procuró escudriñar en sus ojos si había hablado en serio o no; pero no era cosa fácil desvelar el enigma de aquellos rasgos.

—Idos —dijo entonces—; os estáis poniendo serio, y eso no lo puedo aguantar. No hace mucho tiempo aún que estáis aquí, por eso tenéis todavía respeto a esos viejos y sangrientos jueces, a esos verdugos, que desde lejos, o en pintura, tienen un aspecto digno y venerable. Pero yo los he visto más de una vez de cerca y puedo deciros que son hombres como Adán lo fue.

—Puede ser, niña —dijo él—; pero tienen el poder en sus manos, y un pobre ciudadano, como yo, no actúa bien al sostener tan insidiosas conversaciones en una ventana abierta. Si alguien se enterara que pensamos que la justicia encargada de la República de Venecia está constituida por un mísero puñado de hombres mortales, a ti te protegería el encanto de tu belleza, Esmeraldina; pero yo tendría que andar, sin duda, el húmedo camino tan tristemente famoso, o cuando menos me vería obligado a cambiar mi alojamiento en la calle Della Cortesia por la mazmorra o la prisión.

—Aquí se puede hablar sin miedo —dijo la doncella—; muy pocas son las ventanas que dan a este canal, y, además, a estas horas nadie pasa por aquí; a vuestro lado no hay más que ese muro desnudo. Y quien pueda pagarse otro mejor, no escogerá esta turbia cloaca de ahí abajo. Pero... ¿sabéis una cosa? Dentro de una hora podríais venir acá; nuestra charla sería bastante más cómoda, y un vaso de vino, de buen moscatel de

Samos, y una partida de *tarot* calmarán sin duda mis nervios, después de los bofetones de la condesa.

—Iría con gusto —dijo él—, pero llamaría la atención y mi patrona no me dejaría entrar después de la medianoche.

—No, no, no es preciso recurrir a tal rodeo —dijo la doncella, riendo—. Aquí tengo una tabla, con la que podemos simular un puente sin muchas dificultades. Si se puede cruzar el canal con las manos, ¿por qué no con los pies? ¿O tenéis vértigo?

—No, mi bella amiga. Un instante sólo, y estaré allí.

Apagó la luz, cerró el cerrojo de su puerta, escuchó atentamente si todo estaba tranquilo y en silencio en la casa, y después salió de nuevo a la ventana. Esmeraldina mientras tanto había preparado el puente, pues la tabla estaba ya colocada. Reposaba en ambos antepechos, ofreciendo un seguro paso sobre el abismo y lo bastante ancho para permitir el paso de un hombre sin dificultad. Al otro lado la joven, con rostro alegre y picaresco, le había señas para que cruzase. Rápidamente se subió al antepecho y puso un pie en la tabla, sin quitar ojo al abismo que se cernía a sus pies. Finalmente alcanzó la otra ventana con un par de seguros pasos. Cuando saltó de ella, la joven le recibió en sus brazos y rozó con sus labios la mejilla de Andrea. Pero él prefirió adoptar una actitud tímida y fingir que tanto acercamiento le había intimidado, cosa que ella recibió con notoria sorpresa. Esmeraldina retiró la tabla y sacó el vino y las cartas. Tenía ya una mesa preparada al lado de la ventana y allí se sentaron y comenzaron a hablar con mucha familiaridad. La joven llevaba puesto el turbante granate un poco caído hacia la nuca porque al quitar el tablón de la ventana se le había resbalado, y sobre el pecho llevaba prendido el alfiler de filigrana que Andrea le había regalado.

Acababa de servirse el segundo vaso de vino, y reprendía a su huésped por beber tan despacio y obstinarse en no abandonar su reserva, cuando alguien hizo sonar violentamente una campana en el interior del palacio.

—¿Veis? —dijo la muchacha levantándose y arrojando furiosa las cartas—. Esta es mi vida; ¡no tengo ni un momento de paz! Antes me echa de su lado, porque quería desnudarse sola, y ahora me molesta a estas horas. Esperad diez minutos, amigo mío; al momento estoy con vos.

Se precipitó afuera y él pareció consolarse pronto con su soledad. Se asomó a la ventana y observó atentamente la pared de enfrente, entre su ventana y el canal. No tendría más de veinte pies de altura, y la cal estaba desmenuzada y corroída de la humedad, de manera que las piedras desnudas ofrecían resquicios y asperezas suficientes para que en caso de necesidad se pudiese trepar por ellas. Bajo la ventana de la doncella sobresalía la escalerilla que llevaba al agua, como había visto la noche anterior, y amarrada al poste lateral estaba la estrecha góndola, dejando apenas espacio para que pasase otra embarcación. Todo aquello le satisfizo ostensiblemente.

«No hubiera podido imaginarlo mejor», murmuró para sí.

Pensativamente detuvo su mirada sobre las aguas del canal, que discurrían, tenebrosas, entre las orillas de las casas sin ventanas. Entonces distinguió al otro lado una tenue lucecilla, que se acercaba, y poco después escuchó claramente el batir de unos remos. Una góndola se aproximaba lentamente, y al fin se paró junto a la escalerilla de piedra. Cautamente se retiró de la ventana para no ser visto, pero pudo distinguir cómo se enderezaba un hombre y ponía pie en la escalera. El picaporte retumbó con tres recios golpes y a poco escuchó una voz que preguntaba a través de la puerta quién pretendía entrar.

—¡Abrid en nombre del augusto Tribunal de los Diez! —fue la respuesta.

El criado obedeció al instante y el portón se cerró tras el nocturno visitante.

Poco después Esmeraldina entró de nuevo en la habitación desencajada, con la cabeza destocada y las mejillas ardiendo.

—¿Habéis oído? —susurró—. ¿Dios mío, se llevarán a la señora condesa, la estrangularán o la ahogarán en un canal! Y ¿quién me pagará después los seis meses de sueldo que me debe?

—Consuélate, mi dulce niña —dijo Andrea rápidamente—. Mientras tengas buenos amigos no estarás sola. Pero si pudieras hacerme un gran favor llevándome a cualquier lugar oculto desde el cual pudiera oír lo que quiere de tu señora el Gran Consejero. Confieso que soy curioso, como todo forastero. Pero es que, además, quizá podría seros útil a ti o a tu señora. Porque como trabajo con un abogado, si el asunto termina en una acusación pública y formal, pongo a vuestra disposición, rendidamente, mis humildes servicios.

Ella lo consideró unos momentos.

—La cosa sería fácil —dijo—. El lugar es seguro, y yo misma me he ocultado allí muchas veces. Pero ¿y si lo descubren?

—En ese caso cargaré sobre mí todas las culpas, y nadie sabrá jamás por qué camino logré entrar en la casa. Mira —prosiguió—, aquí tienes tres cequíes, para el caso de que no pudiera después demostrarte mi gratitud. Y si todo sale bien, compartiré gustosamente lo poco que me sobra con una amiga tan discreta como tú.

Ella se embolsó sin más el dinero, abrió la puerta y miró si había alguien en el oscuro corredor.

—Quitaos los zapatos —susurró—. Dadme la mano ahora y acompañadme sin hacer ruido. Todo el mundo duerme en la casa, excepto el portero.

Apagó la luz de su aposento y echó a andar sigilosamente por el largo pasillo, a oscuras guiando al intrépido joven. Atravesaron varias amplias y oscuras estancias, hasta que la joven abrió una puerta de cristal que comunicaba con el salón de baile, iluminado por un débil resplandor que penetraba a través de los tres altos ventanales de la fachada. A un lado estaba la escalera que llevaba al escenario donde solían tocar los músicos. La muchacha se llevó un dedo a los labios.

—¡Cuidado! —advirtió—. La escalera cruje un poco. Os dejo solo aquí. Arriba hay una abertura, a través de la cual podréis ver y oír todo el tiempo que os plazca, porque en la habitación de al lado está el gabinete de la condesa donde recibe todas sus visitas. Cuando se haya ido la de esta noche, vendré a buscaros. ¡Pero no os mováis de aquí hasta que yo venga, por lo más sagrado!

Le dejó solo y él subió sin dudarlo los pocos peldaños que le separaban del escenario. Una vez en él comenzó a tantear minuciosamente la pared, hasta que dio con el rayo de luz que penetraba a través de la pequeña grieta. El salón estaba separado de la estancia inmediata por un delgado tabique de madera, pues en tiempos de mayor esplendor ambos aposentos habían formado un solo y lujoso salón, para las fiestas y saraos. El resplandor procedía de un candelabro de plata colocado sobre una mesita ante el diván de la condesa, e iluminaba apenas, con su tenue luz, los cuadros que decoraban las paredes. Andrea tuvo que arrodillarse para ver a través de la rendija. Pero a pesar de ser su postura tan incómoda, más de uno se habría cambiado gustosamente por él, aunque no le hubiese importado tanto oír como ver.

Si bien la doncella tenía razón al decir que su señora era en exceso dada a los afeites y cosméticos, la verdad es que lo hacía más por seguir la moda actual que porque tuviese necesidad de fingir belleza. Estaba recostada en el diván, con un atavío que indicaba claramente que no estaba preparada para recibir tan tardía visita, sino para retirarse a descansar. Sus cabellos eran abundantes y rojizos artísticamente peinados, sus ojos muy brillantes colmados de lágrimas, y en las redondas y pálidas mejillas las huellas recientes de su llanto. El hombre que estaba sentado en un sillón de cuero, delante de ella y volviendo la espalda a Andrea, la miraba fijamente; al menos movía muy rara vez la cabeza y escuchaba las vehementes palabras de la hermosa mujer sin añadir una voz o un gesto.

—Verdaderamente —decía la condesa, y en su gesto había la misma dolorosa amargura que en el tono de su voz—, me llena de asombro que tengáis la osadía de volver por aquí, después de haber quebrantado las más solemnes promesas. ¿Para qué os he prestado tantos y tan útiles servicios para que vos ahora os mostréis tan cruel y tan hostil conmigo? ¿Dónde habéis trasladado a mi pobre amigo, al único al que he amado y al que me prometísteis respetar y tratar con benevolencia? ¿Teníais que llevarosle a él para ocupar el vacío de vuestras mazmorras? Y ¿qué crimen ha cometido, en qué ha pecado contra la alta y serenísima República, es que no ha habido un castigo más suave para él que el destierro, y que me hubiese lastimado a mí menos que éste? Sabéis, porque nunca os lo he ocultado, que le amaba, y que cualquiera que le tocase un solo cabello se convertiría en enemigo mío. ¡Devolvédmelo o romperé toda relación con vos, para siempre, y abandonaré Venecia y buscaré a mi amigo en el destierro, y os haré sentir cuánto os habéis equivocado y cuánto tenéis que purgar a causa de esta traición infame, de esta acción vergonzosa y perversa!

—Olvidáis, condesa —dijo el hombre—, que podemos impedir vuestra fuga, y que, aunque consiguiérais escapar, nuestro brazo llega muy lejos y es suficientemente fuerte para encontraros dondequiera que os halléis. El joven Gritti ha merecido su castigo. A pesar de la advertencia que le hicimos llegar ha insistido en proseguir su trato íntimo y sostenido con el secretario del embajador austriaco, un joven muy iniciado en los secretos del Estado. Las leyes de Venecia prohíben tales relaciones bajo penas severísimas, como sabéis muy bien. Además, se ha interceptado una carta de Angelo Querini en la que se contienen alusiones llenas de alabanza para ese irreflexivo joven. Ha sido una medida paternal el desterrarle antes de que incurriese en mayores culpas. Pero al mismo tiempo, sabemos que estamos en deuda con vos, Leonor. Y por esto precisamente me han enviado, para daros explicaciones e intentar compensar lo sucedido, si sois razonable y discreta y os avenís a lo que os proponemos.

—Estoy harta —dijo ella con aspereza— de recibir órdenes vuestras. Hoy me habéis demostrado que tarde o temprano la desgracia caerá sobre mí si sigo confiando en voz, y me imagino que todos mis sacrificios a favor vuestro me serán recompensados algún día, sí, que me protegerán de las humillaciones y sufrimientos más indignos. No os necesito, ni quiero nada de vos. Todo ha terminado entre ese alto gobierno, que echa a un lado, con idéntica y brutal indiferencia, a amigos y enemigos, y yo.

—Me entristece oírla decir esto —dijo entonces él—, porque no podemos dar por terminadas las relaciones con vos, condesa. Comprenderéis que no vamos a dejar escapar a tierras extrañas a la cómplice de tantos secretos de la República, sin considerar que algún día puede sentirse inclinada a escribir sus memorias. Venecia y vos sois inseparables, y habéis dado suficientes pruebas de una altísima discreción, muy superior a la que suele ser frecuente en espíritus femeninos, para saber que son necesarios muchos rodeos y viajes antes de conseguir que salgáis de vuestro enojo y os reconciliéis con nosotros.

—¡No quiero oír hablar de reconciliación! —interrumpió ella con pasión, mientras las lágrimas acudían de nuevo a sus ojos—. ¿De qué sirve, además, pretenderla? Ahora soy incapaz de pensar en nada, si no tengo conmigo a mi pobre Gritti.

—Le tendréis, Leonor. Pero no ahora, porque su regreso súbito arruinaría nuestros planes.

—¿Y cuánto tiempo tengo que esperar? —preguntó ella mirándole con ojos suplicantes.

—Depende tan sólo de vos —respondió el otro—. ¿Cuánto tiempo necesitáis para rendir a vuestros pies a un joven que hasta ahora es considerado por todos como un héroe de la virtud?

Un gesto de curiosidad e interés afloró al rostro de la condesa, dominado hasta entonces por el dolor y la desesperación.

—¿De quién habláis? —preguntó.

—De aquel alemán, tan amigo de Gritti, del secretario del ministro de Viena. ¿Le conocéis?

—Le vi en las últimas regatas. Gritti me lo mostró, pero de lejos.

—El es el uno puesto ante el cero de su señor. Tenemos razones para sospechar que intenta ganarse adeptos entre nuestros adversarios y utilizar en provecho de su soberano el malestar y disensión que dejó tras de sí el asunto Querini. Es de una astucia poco común. Cuatro personas hemos contratado a nuestro servicio entre las gentes del séquito del embajador, y de las cuatro, ninguna ha podido suministrarnos, hasta ahora ninguna prueba. Los inquisidores ponen toda su confianza en vos, Leonor, persuadidos de que lograréis encontrar la llave para abrir este espíritu tan herméticamente cerrado, como tantas otras veces habéis logrado salir victoriosa en empresas similares. Naturalmente, esto era imposible de conseguir mientras tanto estuviese Gritti de por medio. Su destierro allana el camino, y nos proporciona una razón para que la amante de su amigo se acerque a él porque los dos lamentan la pérdida de la misma persona. Esta es la mejor ocasión para aproximarse al inaccesible espíritu. El resto lo confío al poder de vuestros encantos, que siempre son más irresistibles cuanta más resistencia hallan.

Ella meditó un rato. Su frente se iluminó, sus ojos adquirieron una expresión audaz y orgullosa, su hermosa y madura boca se entreabrió y una sonrisa pensativa vagó por sus labios.

—¿Prometéis —dijo finalmente— que Gritti volverá a Venecia tan pronto como os haya entregado al otro?

—Lo prometemos.

—Pues entonces no pasará mucho tiempo hasta que os reclame el cumplimiento de vuestra palabra.

Levantóse y arrojó el pañuelo con el que había enjugado su llanto. Andrea pudo seguir sus pasos por la habitación durante un breve trecho, el único que le permitía ver lo angosto de su rendija. Admiró el regio porte de la condesa, mientras caminaba lentamente por la alfombra que cubría la estancia, pensando en su nueva victoria, con los ojos muy abiertos, con el pelo recogido hacia atrás, desde sus blancas sienes. Un raro escalofrío le recorrió cuando la mirada de la joven, que vagaba sin objeto por el techo de la habitación, se posó durante unos segundos en su escondrijo. Involuntariamente, se retiró a un lado, como si hubiese sido posible que ella le descubriera.

El hombre que estaba sentado en el sillón de cuero se levantó, inmutable, al parecer, para los encantos de la condesa, pues prosiguió diciendo en el tono más sosegado e indiferente:

—El nuncio ha frecuentado raras veces vuestra casa en este último tiempo. Fuisteis, quizá, demasiado sincera con vuestras inclinaciones mundanas, y el juego, en especial, asentó aquí sus reales con demasiada frecuencia e intensidad. Veríamos con gusto que sintiéseis de nuevo ciertas inquietudes religiosas y reanudáseis el trato con su eminencia. Las relaciones del Papado con Francia se harán más tranquilizadoras.

—Podéis confiar en mí —respondió ella.

—Una cosa más, Leonor. El dinero que os dimos por la cena de Candiano...

Ella se detuvo, como si la hubiese mordido una víbora, y se puso muy pálida.

—Por todos los santos del cielo —dijo—, callad, no habléis de eso, no volváis a mencionarlo. Y entregad el resto de ese dinero a la Iglesia, para que lo aplique en misas por su alma..., y por la mía. Cuando oigo ese nombre me parece escuchar las trompetas del Juicio Final.

—Sois una chiquilla —dijo el otro—. La responsabilidad de aquella cena recae sobre nosotros y no sobre vos. Era un criminal, pero sus relaciones, su prestigio y dignidad social nos obligaron a ejecutar secretamente su castigo. Murió cuando reposaba en su cama, y nadie ha podido decir que halló en vuestra casa el origen de su temprana muerte. ¿Ha llegado a vuestros oídos algo semejante?

Ella se estremeció y bajó la mirada al suelo.

—No —dijo—. Pero por las noches me despierta a veces una misteriosa voz que me lo susurra al oído. ¡Oh, lo único que desearía no haber hecho jamás es esto, esto!

—Eso son fantasías, Leonor, accesos pasajeros; acabaréis por dominarlos, estoy seguro. El dinero —como quería deciros— está a vuestra disposición en casa de Marchesi. Buenas noches, condesa. Os he quitado ya demasiado tiempo. Descansad y dejad que mañana resplandezca más que nunca vuestra hermosura sobre justos y pecadores. ¡Buenas noches, Leonor!

Se inclinó ligeramente ante ella y se dirigió a la puerta. Andrea pudo ver sus rasgos fugazmente, en el último instante. Eran fríos, pero no duros; un rostro sin alma ni pasiones. Una inflexible voluntad acaparaba la expresión de su frente y sus cejas. Se puso un antifaz y se embozó en la negra capa que había dejado junto a la puerta. Después abandonó la estancia sin esperar el saludo de la joven.

En aquel mismo momento escuchó Andrea la voz de la doncella que le llamaba con un susurro desde el interior de la sala. Obedeció, después de haber echado una última mirada sobre la bella mujer, que permanecía inmóvil en medio de la habitación, con la mirada sombría y melancólica. Bajó del escenario tambaleándose, como si le hubiesen golpeado fuertemente, y siguió a la muchacha sin hablar. En la habitación de ésta ardía luz, el vino estaba todavía sobre la mesa y nada, al parecer, impedía la continuación del interrumpido juego. Pero en el rostro del hombre había una sombra siniestra que intimidó a la ligera y frívola joven, y le arrebató toda esperanza en aquella noche.

—Parece que hubiérais visto fantasmas, tan feos somos. Venid, bebed un vaso de vino y contadme qué sucedió. Todo se ha zanjado con más calma de lo que esperábamos.

—Ciertamente —dijo él con forzada frialdad—, quieren mucho a tu señora, y hasta existen posibilidades de que recibas el pago de tus salarios antes de lo que pensabas. Por lo demás, hablaron en voz tan baja que no entendí nada, y estoy cansado de haber permanecido arrodillado tanto tiempo sobre las duras tablas. Otro día haré a tu vino los honores que se merece, niña. Pero hoy necesito descansar.

—Todavía no me habéis dicho si la encontráis tan bonita como todo el mundo dice —dijo la muchacha, visiblemente molesta ante la ingratitud de su amigo.

—Es bella como un ángel o una diablesa —murmuró él entre dientes—. Te agradezco muchísimo, *madamigella,* que me hayas dejado verla. En otra ocasión me mostraré más galante y sumiso contigo; hoy he complacido suficientemente mi curiosidad. ¡Buenas noches!

Saltó al antepecho de la ventana y puso pie en el tablón, que había vuelto ella, de mala gana, a tender entre ambas ventanas. Cuando estuvo en medio de él miró al canal, y vio como al final desaparecía la lucecilla de la góndola. Dirigió un último saludo a la doncella y entró después con súbito cuidado en su habitación, mientras Esmeraldina retiraba el puente y se esforzaba inútilmente en comprender la extraña actitud del forastero, su pobreza, su liberalidad, sus canosos cabellos y su afán aventurero en un todo racional y lógico.

Transcurrió una semana sin que la conquista que Esmeraldina había creído hacer en su vecino se confirmase de algún modo. Un día, después de haberse ganado al portero, le hizo entrar, cubierto con antifaz, le llevó al portillo del canal y subió con él a la góndola, que condujo él mismo, con suaves golpes de remo, a través del laberinto de callejuelas, hasta que llegaron al gran canal, y navegaron por él más de una hora. Pese a lo magnífico de la ocasión, no estaba de mejor humor, ni logró dejarse llevar por la continua charla de la joven, que intentaba divertirle contándole historias del mundo en que se desenvolvía su señora la condesa. Enteróse él de que el secretario del embajador austriaco solía visitar con frecuencia a su señora, desde hacía pocos días, en cuyas entrevistas tratarían, sin duda, de cómo podría revocarse el destierro del joven Gritti. La condesa estaba de mejor humor, y hasta le había hecho a la muchacha un par de espléndidos regalos. Andrea pareció escuchar todo aquello sin el más mínimo interés, y estar sólo atento al gobierno de la góndola. Por todo ello, la muchacha no tomó la cosa a mal cuando su silencioso compañero dio la vuelta a la embarcación y emprendió el regreso al palacio por el camino más corto. Sin hacer apenas ruido, condujo la navecilla junto al poste de amarre, ató la cadena, cuando estuvieron ambos en tierra, y le pidió la llave para cerrar el candado. Ella se la dio, pero cuando llegaron a la puerta él le dijo que con las prisas la llave se le había caído al agua. La joven quedó consternada y furiosa; pero su amigo la consoló, lo que dada su ligereza y poco seso no fue muy difícil, diciéndola que en casa encontraría sin duda una segunda llave. Y esta vez no pudo por menos de despedirse de ella con un tímido beso en su mejilla, cuando ella le hizo salir del palacio por la puerta principal, pasada ya la medianoche.

Al día siguiente dijo a su patrona, la señora Giovanna, que había tenido un día de trabajo muy duro y que se había tenido que quedar por la noche para resolver algunas cosas. Esta fue la única vez que necesitó la llave de la casa. Normalmente, solía llegar a casa al atardecer, cenaba pan y vino y apagaba la luz muy pronto, todo lo cual hizo que la buena mujer le ponderara ante la vecindad como un modelo de aplicación, laboriosidad e irreprochables costumbres. Tan sólo se lamentaba de que no atendía a su propio cuidado como era menester, comía poco y no se concedía jamás ninguno de los placeres lícitos tan comunes en la juventud, con los cuales habría alegrado su carácter y alargado sus años de vida. Cuando tales cosas decía, Marieta callaba, y hundía la mirada en el regazo. Nunca había vuelto a cantar cuando el forastero se hallaba arriba en su cuarto, y desde que había venido parecía haber pensado más que antes en un año.

La mañana del segundo domingo que Andrea había pasado en casa, entró la viuda violentamente en su habitación, con el rostro alterado y sus galas domingueras, con las que acababa de volver de misa. Se hallaba él sentado a su mesa, todavía sin vestir del todo, y leyendo en su libro de oraciones. Su cara estaba más pálida de lo normal, pero su mirada era serena, y al parecer le enfadó aquella intromisión que venía a interrumpir sus oraciones.

—Y ¿estáis sentado ahí, tan tranquilo, señor Andrea, mientras toda Venecia está agitada por las calles? —le gritó al entrar—. Daos prisa, vestíos y salid afuera, que vais a ver más caras de horror que granos en un molino. ¡Jesús bendito! ¡Que tenga una que ver estas cosas, después de pensar que jamás podrían suceder en Venecia!

—¿De qué habláis, buena señora? —preguntó él con indiferencia, dejando el libro sobre la mesa.

Ella se dejó caer en una silla, agotada al parecer, y sin fuerzas.

—Hasta la *Piazetta* me han llevado a empujones —dijo después de una pausa—; allí vi a los señores del Gran Consejo subir en masa los escalones que conducen al patio central del palacio del dux, y después ondeó la bandera enlutada en una de las ventanas de la Procura. ¿Podéis creer algo así? Pues os diré que esta noche pasada, poco antes de las doce, ha sido asesinado; en los mismos umbrales de su casa, el más importante de los tres grandes inquisidores de la República, el noble señor Lorenzo Venier.

—¿Era hombre anciano? —preguntó Andrea tranquilamente.

—*¡Misericordia!* ¿Qué decís? ¡Como si hubiese muerto en su cama! Pero ¿qué tiene de extraño? Vos no sois veneciano y no podéis figuraros lo que eso significa: ¡un inquisidor asesinado, uno del Tribunal! ¡Mucho peor que si fuera un dux! Porque el dux lleva la fama, pero el Tribunal carda la lana, como suele decirse. Pero todavía no ha oído lo peor: y es que en la daga que permanecía hundida en su cuerpo estaban grabadas estas palabras: «Muerte a todos los inquisidores.» ¡A todos! ¿Comprendéis, señor Andrea? Esto no es como cualquier asesinato a manos de un pobre diablo porque alguien le paga por ello, porque hay un tercero que se cruza en su camino en asuntos de amores, negocios o cualquier otra historia por el estilo. Esto es un asesinato político, como ha dicho un vecino mío, y tras de él se oculta toda una conjuración, y muchos cómplices, y Angelo Querini con sus secuaces. Se frotó las manos cuando dijo esto, pero a mí no me llega la camisa al cuerpo. No quiero decir lo que pienso, pero después de esto se va a derramar mucha sangre.

—¿No ha dejado el asesino ninguna huella, señora Giovanna? ¿Para qué diablos sirven al Tribunal todos los espías que tiene a su servicio?

—Ni una huella —respondió la viuda—. La noche era oscura, soplaba el viento, a pesar de la estación en la que estamos y en el Gran Canal, junto al cual se levanta su palacio, no había góndolas. Venía él hacia su casa por una callejuela lateral, y allí mismo le hirió una invisible mano. Aún tuvo vida y fuerzas suficientes para llegar hasta su puerta y exhalar su último aliento ante los ojos horrorizados del portero. En esos momentos en la calle no había un alma y todo permanecía en un silencio de muerte. Pero yo sé lo que pasó, señor Andrea. ¿Podré confiároslo? Vos sois leal y honrado, y no andaréis difundiéndolo después por esas calles, y acarreándome nuevas desdichas. Pues bien: yo conozco la mano que ha derramado esa sangre.

Él la miró a los ojos, con firmeza.

—Hablad sin miedo, si eso os sirve de desahogo. Yo no he de traicionaros.

—¿No lo sospecháis? —dijo, levantándose y acercándose mucho a él—. ¿No os he dicho una vez que hay vivos que nunca regresan y muertos que vuelven? ¿Comprendéis ahora? El no ha olvidado ni les ha perdonado que llevasen a prisión a su mujer y a su niña y las atormentasen allí. Pero por amor de Dios, ¡ni una palabra de esto salga de vuestros labios! Si realmente fuese su espíritu el autor de esto, serían los vivos quienes purgarían la culpa.

—Y ¿qué motivos os inducen a pensar así?

Ella miró a todos lados con miedo.

—Habéis de saber —murmuró apenas—, que esta noche han andado fantasmas por la casa. Les oí por las paredes, arriba y abajo, como buscando; eran pasos de espíritus, estoy tan segura de ello como que he de morir. Yo permanecí quietecita en mi cama, escuchando, y allá abajo, en el canal, continuaron los ruidos y los susurros, y hasta en vuestra ventana me pareció escuchar estruendo de cadenas, y en la calleja de al lado estuvieron moviéndose y revoloteando las alimañas, espantadas de su sueño, hasta después de medianoche. Cuando sonó la campana de la una, otra vez volvió el silencio. Bien sé yo quién lo ha turbado. Fue él, que vino después de llevar a cabo su propósito para saludarnos, porque no nos despedimos cuando se fue para siempre.

El había hundido la cabeza en el pecho, mientras ella hablaba. Cuando terminó, se levantó y dijo que quería salir a la calle para informarse él mismo de lo sucedido. La noche pasada, como ya sabía ella, se había acostado muy temprano y había dormido profundamente, de manera que los duendes no le habían molestado en absoluto. Pero le recomendaba que no dijera nada de lo que pensaba, pues era peligroso tener el menor conocimiento o relación con aquel crimen, aunque fuera fantasmal. Después, se vistió rápidamente y salió a la calle.

Había mucha animación y un ir y venir de gente como ni siquiera era frecuente ver en los días de gran fiesta de la República. A través de las callejuelas, había largas colas de curiosos que se dirigían en interminable procesión a la Plaza de San Marcos, y los que no se incorporaban a ella estaban en la puerta de sus casas, intercambiando miradas y gestos con cuantos conocidos pasaban por delante. Se veía en todos aquellos hombres que les había estremecido y aturdido algo inaudito y terrible al mismo tiempo, que todos ellos seguían aquella comitiva, llenos de curiosidad por ver con sus propios ojos y tocar con sus manos aquel increíble suceso. Nadie alzaba la voz, nadie reía, ni silbaba, ni siquiera suspiraba. Era como si todos aquellos buenos ciudadanos hubiesen sentido tambalearse las pilastras que sostenían la ciudad de Venecia.

En idéntico estado de ánimo, aparentemente, andaba Andrea entre la muchedumbre, con el sombrero muy echado sobre los ojos y las manos a la espalda. Salió a la plaza de San Marcos, donde habían acudido en tropel, y mezclados unos con otros, incontables grupos de todas las clases sociales, que bullían bajo el claro cielo estival. Bajo los pórticos de la Procura la multitud seguía avanzando hacia la *Piazetta,* ocupando todos los puntos de observación y extendiéndose hasta el canal, por la parte dominada por las dos grandes columnas. El viejo palacio de los Dux se alzaba majestuoso por encima de aquella heterogénea muchedumbre. Detrás de los ventanales y en las arcadas del palacio brillaban las armas, y un nutrido grupo de soldados se había situado junto a la entrada, formando calle e impidiendo la entrada a cuantos lo intentaban sin pertenecer al Gran Consejo. Arriba, en la espaciosa sala cuyas paredes están decoradas con pinturas representativas de los grandes hechos de armas de la República, estaba reunida la flor de la nobleza veneciana, en deliberación secreta. Y el gentío que se arremolinaba abajo, ante las pilastras del viejo palacio, esperaba llena de impaciencia el resultado de aquella reunión. Tan pronto como un *nobile* cualquiera se dejaba ver en una de las ventanas, se oía un murmullo de aquel mar humano, y todos los gestos y miradas se concentraban allí, como si esperasen de un momento a otro que desde el balcón se anunciase el juicio recaído sobre el misterioso asesino.

Andrea, después de haber dado una vuelta al largo cuadrilátero de la plaza, se aproximó también al palacio, y echó una mirada fugaz sobre la iglesia de San Marcos, donde la gente se agolpaba hasta los pórticos, escuchando la voz del predicador. No sin esfuerzo logró abrirse paso hasta las dos columnas, y se apostó allí, en el muelle de la *Piazetta*, teniendo ante sí la inquieta multitud de góndolas, cuyos mordaces y dentados picos arrojaban sobre las aguas, a cada balanceo, los mil puñales de sus cegadores destellos. La *Riva degli Schiavoni,* que quedaba a su izquierda, estaba llena también de una impaciente multitud. Allí, junto al turbante del turco, destacaba el fez rojo griego, junto a la pintoresca gorra del barquero de Chioggia, el tricornio y la empolvada peluca. Entremezclábanse las más diversas lenguas, en una Babel de murmullos, y abajo, ascendiendo de las aguas, las voces de los gondoleros avisaban hasta a los ciegos que a sus pies corría el Gran Canal de Venecia.

Una góndola descubierta, gobernada por dos criados ataviados con ricas libreas bordadas en oro, pasó por delante de él. Arrellanada sobre los mullidos cojines iba una dama, con la cabeza apoyada en la mano. En el rojizo esplendor de sus cabellos destacaban los destellos de fuego de una gran diadema de brillantes; sus ojos miraban sin agitarse el rostro de un joven que iba sentado frente a ella, hablándola con vehemencia. La dama alzó ahora la cabeza y con una altiva mirada recorrió la muchedumbre que llenaba la *Piazetta.* «Es la rubia condesa», oyó Andrea decir junto a él. Pero él ya la había reconocido hacía tiempo. Se estremeció, como si su sola vista le fuera fatal, se volvió de espaldas. Y entonces se encontró con una cara bien conocida, que le hizo un amistoso gesto de saludo; Samuel estaba frente a él.

—¿Os contáis aún entre los vivos, señor Delfin? —le dijo el judío con su delgada voz—. Durante los pasados días he buscado a vuesa merced y no os he encontrado. Vivís más retirado que una mujer en la cuarentena. Si queréis venir allí donde me reclaman mis asuntos, os diré algo que quizá escuchéis con gusto. ¡Venid! ¿Qué se os ha perdido aquí, entre todos estos insensatos, que creen que el Gran Consejo procurará al mundo la salvación de la República? Los verdaderos dirigentes tienen siempre algo mejor que hacer que hablar. Pero vamos, vámonos de aquí; tengo prisa y en la góndola hablaremos más a gusto.

Hizo una seña a una de las góndolas de alquiler y arrastró a Andrea detrás suyo. Subieron a la embarcación y tomaron asiento bajo el negro toldo, observando al canal a derecha e izquierda por las aberturas del angosto camarote.

—¿Qué tenéis que decirme, señor? —preguntó Andrea—. ¿Y adónde me lleváis?

—No vayáis mañana a casa de vuestro notario —dijo el judío—. Es muy posible que se os busque y requiera para una labor que ha de seros harto más provechosa que la que ahora ejercéis.

—¿Qué queréis decir con eso?

—Sabéis lo que ha sucedido esta noche —prosiguió el otro—. Es algo inaudito en Venecia, que hayan pasado doce horas después de un crimen y todavía no se haya encontrado huella alguna del culpable. Hemos perdido nuestro prestigio ante la señoría, ante el pueblo, ante los extranjeros, que tenían una inquebrantable fe en la Policía de la República y confiaban en nuestra experiencia. El Consejo de los Diez considera que le han servido mal y buscará nuevos ojos que registren con eficacia todos los rincones. Si pensáis todavía como hace diez días, señor Delfin, vuestros ojos podrían desentrañar más finas escrituras que las de vuestro viejo notario. Para ello quedaos en casa mañana temprano. Si me entero de alguna novedad iré a comunicarle mi alegría.

—Desde luego que no he cambiado de idea; pero no puedo por menos de poner en duda mi capacidad...

—¡Bah, bah! —dijo el otro, agitando el dedo índice con gesto amonestador—. O no conozco yo las caras, o muy dueño sois de la vuestra y de sus expresiones. Y quien es capaz de ocultar lo que piensa, también es capaz de predecir los pensamientos que otros intentan encubrir.

—Y ¿quién decide sobre la necesidad de aceptar o no mis servicios?

—Debéis pasar un examen ante el Tribunal; yo no puedo hacer más que decir que os conozco y que confío en vuestra inteligencia. Yo creo que hasta mañana no estará preparado todo el Tribunal; precisamente ahora están reunidos los Diez para elgir al tercer hombre que ocupará el puesto del asesinado. Por lo que a mí respecta, os digo que aunque me ofreciesen todo el oro del mundo si ocupaba el puesto de inquisidor del Estado..., daría las más rendidas gracias por el honor, pero no aceptaría. La inscripción grabada en la daga no ha sido escrita para matar el aburrimiento. Y ahora cualquier veneciano comerá a estas horas su pan con mayor sosiego que uno cualquiera de los tres señores de Venecia.

—¿Y es preciso aceptar el empleo sin remisión? ¿O se puede rechazar?

—¿Rechazar? ¡Qué decís! ¿No sabéis que la República castiga severamente a quienes abandonan un cargo?

Andrea guardó silencio y se puso a mirar a través de la escotilla, con gesto sombrío, la superficie del canal. Una ingente multitud de negras góndolas navegaba en la misma dirección entre los altos palacios de las márgenes, y desde Rialto venía en dirección contraria otra no despreciable suma de ellas. Ambas comitivas se reunieron ante una ancha escalinata que ascendía desde el agua, arremolinándose ante ella obstinadamente. Sus señores descendieron a tierra. Era el palacio Venier, y en él estaba el muerto.

Una breve mirada bastó a Andrea para reconocer el lugar. Con violento esfuerzo dominó su turbación, y dijo:

—¿Os trae aquí alguna secreta labor, Samuel o tan sólo la curiosidad de ver a un inquisidor asesinado descansando sobre su tumba?

—Estoy de servicio —respondió el judío—. Pero también a vos puede seros útil venir conmigo. Haré que trabéis conocimiento con algunos de mis amigos. Pero por ahora fingiremos que no nos hemos visto jamás. ¿Sabéis que me apostaría una buena suma a que entre todos estos rostros compungidos se halla más de uno de los conjurados? ¡Quién sabe si el asesino no es uno de los que saltan en estos momentos de una de esas góndolas! Desde luego que aquí está más seguro que en cualquier otro lugar. En estos momentos, en efecto, andará la Policía registrando una por una las casas que han sido alguna vez sospechosas, aprovechando que casi todos sus habitantes no están en ellas. Razón tiene el refrán: aprende el diablo a hacer, pero no a ocultar lo hecho.

Saltó de la góndola y ayudó a bajar a Andrea, con servicial atención.

—¿Os disgusta quizá ver un muerto? —preguntó—. No parecéis muy dispuesto a ello...

—Os equivocáis, Samuel —replicó Andrea rápidamente, y le miró al rostro con gesto tranquilo e indiferente—. Todo lo contrario, os agradezco muchísimo que hayáis venido en ayuda de mi pereza. Sin vos, no hubiera llegado hasta aquí. Subamos ya, para rendir homenaje al gran señor que en vida jamás nos hubiera concedido audiencia. ¡Tener que venir a esta espléndida mansión por un tan angosto acomodo! Lamento de verdad su muerte, aunque no le conociera.

Subieron por la amplia escalera, decorada con enlutados testeros, entre una gran masa humana. En lo alto lucía, velado con negro crespón, el escudo de la casa Venier. Dentro de la enorme estancia se elevaba el catafalco, cubierto por un rico baldaquino; los cipreses alzaban sus ramas casi hasta el techo, las llamas de las velas colocadas en candelabros de plata fluctuaban con cada ráfaga de viento que llegaba desde el canal a través de la galería y de los balcones abiertos, y en cada esquina del sepulcro guardaban al muerto, rígidos como estatuas, cuatro servidores de la casa Venier, vestidos de negro terciopelo, envueltas las lanzas en crespones negros también. Sobre el cadáver habían extendido un manto de terciopelo bordado, cuyos flecos de plata llegaban hasta el suelo. El cadáver ofrecía a los visitantes su perfil aguileño, y dirigía los cerrados ojos hacia el baldaquino, con una expresión entre triste y petulante. Andrea reconoció de nuevo aquellos rasgos. Estaban grabados en lo más recóndito de su memoria desde aquella noche que los vio en el gabinete de Leonor. Pero ni el más leve temblor de su boca, ni una contracción de sus ojos, que se clavaban sobre el muerto, duros y cortantes, delató a los presentes que el verdugo se hallaba ante su víctima.

Una hora después volvió Andrea a casa. La señora Giovanna le esperaba en su puesto de guardia y le recibió con inquietud casi maternal, y también Marieta parecía alarmada por su tardanza. Le contaron que durante su ausencia los esbirros habían registrado su habitación, pero que habían hallado todo en perfecto orden, coincidiendo en todo con el testimonio que de su inquilino había dado la buena viuda. El sosiego con que Andrea escuchó su narración acabó de asegurarle que su miedo era infundado, y que la visita de la Policía había sido una cuestión de fórmula tan sólo. A continuación la mujer le abrumó con un montón de advertencias y normas de precaución, aconsejándole cómo se debía comportar en aquellos días en cuanto a conversaciones y actividades, manteniéndose alejado de toda sospecha.

—Aumentará la vigilancia y recrudecerán las represalias. ¡Dios nos ampare! —suspiró la vieja—. Ya sabéis: gato con guantes no caza ratones, y también es cierto aquel refrán que dice que los muertos abren los ojos a los vivos. Por ello estad alerta, señor Andrea, y no confiéis en nadie antes de conocerle bien. Vos no conocéis aún a esos truhanes, y no sabéis lo mansos y galanes que saben presentarse. Pero yo os digo que aquel en quien más confiáis, ése será el que os traicione. Preferible es que no vayáis a comer fuera, y que nosotras os atendamos aquí en casa, lo mejor que sepamos, que eso sí, buen deseo no falta. Parecéis fatigado. Tendeos un poco en la cama, que me parece que no estáis acostumbrado a caminar tanto por esas calles de Dios.

Marieta aderezó toda aquella charla con miradas suplicantes, clavadas en la pálida y grave cara de su huésped. Él aseguró que se encontraba muy bien, pidió pan y una botella de vino, y después que se lo hubieron traído se retiró a su alcoba y no volvió a dar señales de vida durante el resto del día.

A la mañana siguiente, muy temprano aún, entró Samuel en su cuarto, y todavía estaba durmiendo.

—Si tenéis algún interés por echaros al bolso por lo menos catorce ducados mensuales, venid conmigo —díjole—. Todo está preparado, y si todo sale bien, no haréis el viaje en balde.

—¿Han elegido ya al nuevo inquisidor? —preguntó Andrea.

—Eso parece.

—¿Y no se ha descubierto todavía nada de la conspiración?

—Ni el menor rastro. El miedo entre la nobleza aumenta día a día. Se han encerrado en sus casas y cada visitante creen que es un espía de los Diez o del Tribunal. Los legados extranjeros han presentado sus condolencias al Dux, uno tras otro. Se sienten muy acongojados por el suceso y se han comprometido a ayudar en todo lo que puedan para desenmascarar al criminal. A partir de ahora los tres del Tribunal se comportarán más taimada y arteramente que nunca, y según tengo entendido, van a ofrecer mucho dinero al que les entregue al asesino, tanto que sacaría de penas durante unos años a más de un pobre diablo. ¡Estad atento, señor Andrea! Quizá bebamos juntos, muy pronto, un vino harto mejor que el de aquella taberna!

Andrea se había vestido, entre tanto, en silencio, y siguió a su padrino, que no paró de hablar ni un segundo mientras caminaban hacia el palacio del Dux. Samuel era en él un viejo conocido. Llamó a la puertecilla pequeña y casi oculta, susurró unas palabras al oído del criado que les abrió y así éste dejó pasar también a Andrea. Nada más entrar se encontró con una estrecha escalera. Subieron a la planta de arriba y después de atravesar un prolongado pasillo en penumbra y de hablar con algunos guardias, fueron introducidos en una sala no muy grande, cuya única ventana daba al patio central del palacio y estaba semivelada por una oscura cortina. Al fondo había tres hombres, que paseaban arriba y abajo, sumidos en una conversación casi inaudible, con los rostros cubiertos por sendos antifaces, bajo los cuales sobresalían las puntas de sus barbas. Un cuarto, sin enmascarar, estaba sentado detrás de una mesa y escribía a la luz de una vela.

Alzó la vista cuando Samuel y Andrea aparecieron por la puerta. Los otros tres, al parecer, no repararon en los recién llegados, y prosiguieron su paseo, enfrascados en su conversación.

—¿Traéis al extranjero que nos habíais anunciado? —preguntó el secretario.

—Sí; señoría.

—Podéis retiraros, Samuel.

El judío se inclinó, obediente, y abandonó la habitación.

Hubo una pausa, durante la cual el secretario del Tribunal miró unos papeles que tenía delante suya y escudriñó el rostro del desconocido con una larga e intensa mirada, luego dijo:

—Os llamais Andrea Delfin; ¿sois pariente del noble veneciano de igual nombre?

—No, que yo sepa. Mi familia es natural de Brescia y allí ha residido desde tiempo inmemorial.

—Vivís en la calle Della Cortesia, en casa de Giovanna Danieli, y deseáis entrar al servicio del ínclito y augusto Tribunal de los Diez.

—Quiero trabajar para el bien de la República.

—Vuestros papeles de Brescia están en perfecto orden. El abogado con quien habéis trabajado cinco años afirma que sois un hombre discreto y digno de confianza. Tan sólo faltan pruebas y testimonios de los seis o siete años anteriores al que entrásteis a su servicio. ¿Qué habéis hecho en todo ese tiempo, después de muertos vuestros padres? ¿No los pasásteis en Brescia?

—No, señoría —respondió Andrea valientemente—. Estuve en lejanas tierras, en Francia, Holanda y España. Cuando agoté el mísero patrimonio que había heredado tuve que conformarme con ser empleado.

—¿Tenéis algún papel que corrobore esto que decís?

—Cuando regresé a Brescia cansado de la vida nómada, me los robaron junto con una maleta que contenía todos mis bienes. Mis señores me habían hallado idóneo para trabajar como secretario. Probé con un abogado, y vuestra señoría tiene ante sí los testimonios de que he aprendido a trabajar.

Mientras decía esto, con serena y respetuosa actitud, ligeramente inclinada la cabeza y sosteniendo el sombrero con ambas manos, uno de los tres enmascarados se acercó de repente a la mesa, y Andrea sintió como una escrutadora mirada se clavaba en su rostro.

—¿Cómo os llamáis? —preguntó el inquisidor con voz que delataba una edad ya anciana.

—Andrea Delfin. Mis papeles lo demuestran.

—Pensad que os costará la vida engañar al ínclito Tribunal. Os invito a que meditéis de nuevo vuestra respuesta. ¿Y si yo os dijese que vuestro verdadero nombre es Candiano?

Cuando acabó de pronunciar estas palabras sobrevino una helada pausa. Hasta los oídos de los cinco hombres llegó, menudo y distinto, el roer de la carcoma. Todos los ojos de la sala le miraban.

—¿Candiano? —dijo despacio, pero con voz firme—. ¿Por qué me iba a llamar así? Ojalá, pues según tengo entendido la casa de Candiano es rica y distinguida, y el que tal nombre lleve no ha de precisar ganarse el pan con su pluma.

—Tenéis la cara de un Candiano. Además, vuestra conducta denota un origen más elevado del que certifican estos documentos.

—No puedo cambiar mi rostro, augustos señores —respondió Andrea con comedida desenvoltura—. Y respecto a mi conducta, sólo puedo decir que he visto las más diversas costumbres durante mis viajes, y he mejorado las mías cuanto he podido; luego, tampoco he perdido el tiempo en Brescia y he procurado colmar con incesantes lecturas los muchos descuidos de mis años mozos.

Los otros dos inquisidores se habían acercado al primero y uno de ellos, cuya rojiza barba sobresalía, desbordando su antifaz, dijo a media voz:

—Puede induciros a error cierta semejanza, que no puedo negar. Pero vos sabéis bien que la rama de la familia Candiano que residía en Marano se extinguió; el viejo está enterrado en Roma y los hijos no vivieron mucho tiempo.

—Puede ser —respondió el primero—; pero miradle, y decid si no es el vivo retrato de Luigi Candiano, rejuvenecido, es cierto, pero como si hubiese resucitado de su sepultura. Yo le conocí muy bien: ambos fuimos elegidos el mismo día para el Senado.

Tomó los papeles y los examinó cuidadosamente.

—Es posible que tengáis razón —dijo por fin—. Los años no concuerdan. Este es demasiado viejo para ser uno de los hijos de Luigi. Y si hubiera tenido un hijo con otra mujer antes de casarse..., no tendría ninguna razón para molestarnos.

Tiró los papeles sobre la mesa, hizo un gesto al secretario, y se retiró de nuevo, con los otros dos, junto a la ventana, para reanudar su interrumpido diálogo. Nadie notó en los ojos de Andrea qué peso agobiador se le quitó en aquellos momentos de encima.

El secretario comenzó de nuevo su interrogatorio.

—¿Conocéis lenguas extranjeras? —preguntó.

—Hablo francés y un poco de alemán, señoría.

—¿Alemán? ¿Dónde lo habéis aprendido?

—Un pintor alemán que residió en Brescia fue muy amigo mío.

—¿Habéis estado alguna vez en Trieste?

—Dos meses, señoría, por negocios de mi señor, el abogado.

El secretario se levantó y se acercó a los otros tres. Momentos después regresó junto a la mesa y dijo:

—Se os entregará el pasaporte de un súbdito austriaco, natural de Trieste. Con este pasaporte iréis a casa del embajador austriaco y solicitaréis su protección, diciendo que la República os ha amenazado con la expulsión de su territorio. Diréis que abandonásteis Trieste cuando érais un niño y que marchásteis a Brescia. Sea cual fuere su respuesta, esta visita será suficiente si sois hábiles a la hora de relacionaros con el secretario del embajador. Vuestra misión se reduce a mantener este trato y a investigar todo lo que podáis qué relaciones secretas ligan a la Corte vienesa con la nobleza veneciana. En cuanto descubráis algo sospechoso, debéis comunicarlo al instante.

—¿Desea el Alto Tribunal que renuncie a mi actual trabajo en casa del notario Fanfani?

—No cambiaréis nada en vuestra vida. Vuestro salario ascenderá a doce ducados para el primer mes. De vuestra destreza depende que esta suma se duplique.

Andrea se inclinó en señal de conformidad.

—Aquí tenéis vuestro nuevo pasaporte —dijo el secretario—. Os alojáis cerca del palacio de la condesa Amidei. No creo que os resulte difícil trataros con su doncella, por cuyos gastos seréis convenientemente reembolsado. Cuanto averigüeis sobre las relaciones de la condesa con los nobles de Venecia, lo comunicaréis igualmente en este mismo lugar. La República espera que cumpláis discreta y fielmente vuestro trabajo. No os exigiremos juramento porque si no os sostiene en el cumplimiento de vuestro deber el temor a los castigos terrenales que nosotros imponemos, es que no tenéis sangre humana en las venas y tampoco os importaría ir contra la justicia celestial. Podéis retiraros.

Andrea se inclinó de nuevo y se volvió hacia la puerta. Pero el secretario le llamó.

—Una cosa más —dijo, mientras abría una cajita que estaba encima de la mesa—. Venid y contemplad la daga que hay en esta caja. En Brescia hay varias grandes y afamadas fábricas de armas. ¿Recordáis haber visto alguna vez algo así?

Reuniendo las últimas fuerzas, Andrea miró. Demasiado bien conocía aquel puñal para no reconocerlo al instante. Era un arma de doble filo, con la empuñadura, de acero igualmente, en forma de cruz. Sobre la hoja, manchada aún de sangre, estaban grabadas estas palabras: «Muerte a todos los inquisidores.»

Tras un detenido examen rechazó la caja con firme mano.

—No recuerdo —dijo— haber visto jamás una daga semejante en las tiendas o en las forjas de Brescia.

—Está bien.

El secretario cerró la cajita y le hizo señal con la mano de que podía retirarse. Andrea salió lentamente. Los soldados le franquearon el paso; como en sueños recorrió el sombrío pasillo, escuchando sólo el eco de sus pisadas, y cuando estuvo en la oscura escalera se dejó caer unos minutos sobre uno de los marmóreos escalones. Sus rodillas apenas podían sostenerle; un sudor helado cruzaba su frente y tenía la lengua pegada al paladar.

Cuando salió a la calle respiró hondo, alzó la cabeza y recuperó su actitud resuelta y decidida. Ante el portal que da a la *Piazetta* vio un numeroso grupo de personas leyendo un gran cartelón que estaba pegado en una de las columnas. Se acercó y leyó que el Consejo de los Diez, con la augusta conformidad del Dux, ofrecía una recompensa de mil cequíes de oro y el indulto de un desterrado o un condenado a muerte a quien descubriese el asesino de Venier. El pueblo se agolpaba ante la columna, empujándose, y algunas caras apostadas bajo los pórticos espiaban los gestos de los lectores. No se escapó Andrea a sus miradas. Pero con la indiferencia de un extranjero alejado por completo de todos aquellos asuntos, cedió su sitio a otros curiosos después de haber leído el cartel, dirigióse al Gran Canal y subió a una góndola que le llevaría al hotel del legado austriaco.

Cuando, después de un viaje bastante largo, pues la residencia del embajador estaba algo lejos, bajó Andrea ante el palacio que exhibía sobre su puerta la figura del águila bicéfala, en ese momento había un joven muy alto que llamaba a la puerta. Volvió la mirada hacia la góndola, y sus severos rasgos se iluminaron de alegría.

—¡*Ser* Delfin —dijo, ofreciendo a Andrea su mano—, quién nos hubiera dicho que nos encontraríamos aquí! ¿Ya no me conocéis? ¿Habéis olvidado ya, acaso, aquella tarde en el lago de Garda?

—¡Sois vos, barón Rosenberg! —dijo Andrea, estrechando cordialmente la mano que le ofrecían—. ¿Vais a estar en Venecia durante mucho tiempo o habéis venido a por vuestro pasaporte para seguir viajando?

—Sólo el cielo sabe cuándo me llevará mi estrella lejos de aquí —dijo el otro—, y si habré entonces de maldecirla o de darle la bienvenida. En cuanto a mi pasaporte, no he de molestar a nadie por su causa, pues yo mismo he de visármelo. Porque habéis de saber, querido amigo, que habláis con el secretario de su excelencia el embajador austriaco, cosa que no digo por levantar un muro diplomático entre mi querido compañero de viaje por la Riva y yo, sino en interés vuestro, pues no todos los venecianos querrían ser viejos conocidos míos.

—Yo nada tengo que temer —dijo Andrea—. Si no os importa, pasaré unos momentos con vos.

—Veníais a verme, sin conocerme. El servicio que os hubiera prestado el secretario os lo rendirá el amigo tanto más gustosamente, si está a su alcance.

Andrea enrojeció. Experimentó en su sangre lo humillante y vejatorio de la máscara que traía, ante un hombre libre que le trataba con tanta amabilidad después de muchos años transcurridos desde aquel encuentro casual. El pasaporte del triestino que llevaba en el bolsillo comenzó a pesarle como si fuera de plomo. Pero era hombre acostumbrado a dominar sus luchas internas y tampoco esta vez le falló su sangre fría.

—Quería tan sólo recoger una información sobre una casa de comercio alemana —dijo—, pues aquí en Venecia trabajo como escribano en casa de un notario, a quien he de servir en los más varios y raros negocios. Pero como en Brescia no era nada mejor que esto, y, sin embargo, vos no me considerásteis indigno de honrarme con vuestra compañía y la de vuestra madre, por eso me atrevo a visitaros. Y ante todo me gustaría saber cómo está ella, cuya dignísima y respetable figura, tierno amor por vos e inmerecida bondad para conmigo, guardan un imborrable lugar en mis recuerdos.

La cara del joven se entristeció y un hondo suspiro salió de su boca.

—Venid a mi despacho —dijo—. Allí hablaremos calmadamente.

Andrea le siguió. Cuando entró en la sala en lo primero que repararon sus ojos fue en un gran retrato al pastel que colgaba encima del escritorio. Reconoció al punto los ardientes ojos y el espléndido cabello de Leonor. En su sonrisa florecía todo el encanto seductor de la juventud y de la alegría.

El joven arrastró dos sillones junto a la ventana. A través de ella había una espléndida vista del canal, los originales puentes y más allá, sobresaliendo por encima de unas viejas casas, al ábside de una iglesia.

—Venid —dijo el joven— y poneos cómodos. ¿Deseáis que nos sirvan vino o preferís *sorbetti?* ¡Ah, no me escucháis! Estáis abstraído mirando esa fatua imagen. ¿Sabéis a quién representa? ¿Conocéis al original, del cual sólo es una pálida sombra? Pero ¡quién no lo conoce en Venecia! No me digáis nada sobre esta mujer. Sé todo cuando de ella se dice, y lo creo todo; y, sin embargo, os aseguro con toda seriedad que si alguna vez tuviérais que poneos ante su presencia daríais gracias a Dios si lograseis conservar íntegros vuestros cinco sentidos.

—¿Es vuestro este retrato? —preguntó Andrea después de una pausa.

—No; pertenecía a un hombre más dichoso que yo, a un joven veneciano, noble y apuesto, que ha sido su amor, según me ha confesado ella misma. El crédulo me confió su amistad y ahora paga este crimen en el destierro. Y mi castigo ha sido que me entregara este retrato y también que he visto llorar por él a los ojos del original.

Mientras decía esto se hallaba en pie ante la imagen, contemplándola con una mirada llena de enajenación y de tristeza. Andrea le observaba y sentía compasión por él. No era un hombre guapo, aunque resultaba atractivo por los trazos juveniles de su rostro y la viril gravedad y fuego de sus gestos. Los movimientos de su alta figura delataban nobleza y energía. Involuntariamente se le escapó a Andrea la exclamación:

—¡Y que también vos podáis amar a esta mujer que tan poco digna es de vuestro amor!

—¿Amar? —respondió el alemán con un tono extrañamente agrio—. ¿Quién os dice que yo la amo como he amado antes en Alemania, como merece esta palabra amor? Decid más bien que estoy poseído por ella, que arrastro sus cadenas con dolor, y creedme si os digo que me avergüenzo de esta debilidad y que no obstante me abandono gustoso a ella. Antes de esto no tenía ni idea de que todos los placeres terrenos no son nada comparados con el sentimiento que se experimenta al dejarse uno humillar su orgullo varonil por una mirada de tales ojos.

Tenía la cara encendida, se dio cuenta de que Andrea había retirado sus ojos del cuadro hacía tiempo y le escuchaba con gesto conmovido y entristecido.

—Os aburro —dijo Rosenberg—. Hablemos de otra cosa. ¿Cómo os ha ido durante todo este tiempo? ¿Por qué habéis abandonado Brescia?

—Todavía no me habéis contado nada de vuestra madre —le interrumpió Andrea—. ¡Qué dama tan singular! Hasta un desconocido con sólo verla sentiría un ardiente deseo de venerarla como a una madre.

—Seguid hablando, os lo ruego —dijo el otro—. Quizá vuestras palabras me liberen del funesto hechizo en que he caído aquí. No es que me digáis nada nuevo. Pero escuchar de vuestros labios su alabanza, oír qué madre es ella y qué ingrato hijo ha criado en mí, son cosas que me devolverán quizá otra vez al desempeño de mis obligaciones. ¿Sabéis que me ha enviado ya tres cartas pidiéndome que regrese a Viena a su lado? Piensa que aquí me aguarda la desgracia. No sospecha la causa de todo; y, sin embargo, sólo me retiene aquí una mujer por quien arriesgaría todo cuanto tengo en el mundo para devolverle su pura y noble presencia. Pero no —prosiguió—; el destino me ayuda a soportar esta carta. En realidad sería difícil que me concediesen licencia en estos momentos. Mi jefe, el conde, considera que le soy absolutamente imprescindible y precisamente ahora han ocurrido sucesos y trabajos que serían muy incómodos para él. Supongo que no ignoráis que somos huéspedes ingratos para la República. No se dan cuenta de donde proviene el verdadero peligro y creen que el poder que nosotros representamos tiene algo que ver en todos los sucesos hostiles que acaecen en Venecia. Tan lejos han llegado, que nos han hecho responsables del asesinato de Venier, acción que yo repudio desde lo más profundo de mi corazón, así como considero a su autor un político muy poco perspicaz. Pues decidme vos mismo, mi querido amigo —prosiguió, acalorándose, quizá con el propósito de ganarse un intercesor más en Venecia—, decidme cuantas posibilidades hay de poder acabar con el tribunal asesinando. Dejemos a un lado, por unos momentos, el aspecto moral de la cuestión: ¿es que puede imaginar alguien que una conspiración tan ramificada y extensa puede permanecer secreta, aquí en Venecia, tanto tiempo como se necesita para lograr intimidar a los inquisidores?

—En efecto, es inimaginable —replicó Andrea, impasible—. Lo que saben tres venecianos, lo sabe el Consejo de los Diez. Por eso es tan sorprendente que todavía no hayan desenmascarado al asesino.

—Y suponiendo que los conspiradores lograran su objetivo de devolver crimen por crimen y consiguieran llegar hasta los inquisodores, a pesar de todas las medidas de seguridad que les rodean, y no encontraran a nadie que quisiese jugarse la vida a cambio de tan peligroso honor, ¿qué se habría conseguido con eso? Una aristocracia de tan monstruosa organización como la veneciana, necesita para subsistir, para defenderse de las amenazas de la voluntad popular, del dique de una dictadura perpetua, que de un modo u otro y con formas más o menos flexibles o rígidas siempre volvería a instaurarse. Pues decidme, amigo mío: ¿dónde están los elementos necesarios para conformar los cimientos de una verdadera república, con instituciones libres? Tenéis una casta dominante y una sojuzgada. Soberanos a cientos y populacho a miles. ¿Dónde están los ciudadanos, la burguesía, sin la cual es una ilusión la esencia misma del Estado? Vuestros *nobili* se han esforzado mucho para que el pueblo no llegue nunca a alcanzar una conciencia ciudadana, un sentido de la responsabilidad y del sacrificio consciente para conseguir grandes objetivos. No han permitido a los plebeyos que se preocupen por los intereses del Estado. Y como la regencia de ochocientos tiranos era demasiado dificultosa y pesada, palabrera y desavenida para ejercer un poder eficaz dentro y fuera de nuestras fronteras, estos amos prefirieron crear un triunvirato que no responde ante nadie de sus actos, pero que al menos había salido de las filas de la plebe. Y prefirieron ver caer a sus propios hermanos, víctimas de ese ídolo de tres cabezas, sin ley ni justicia, que vivir bajo el amparo de leyes y derechos que les igualarían al pueblo.

—Decís las cosas tal y como son en realidad —dijo Andrea—. Pero ¿creéis que tienen que seguir siendo así?

—Así seguirán..., o peor aún. Pues ved, carísimo, de qué terrible modo se ha vuelto contra ellos el filo de su propio arma. Mientras la República desempeñó un papel y una tarea entre los pueblos de Europa, la opresión de esta dictadura estaba compensada con los éxitos exteriores. Si no hubiera sido por esto los tiranos nunca hubieran conseguido el esplendor político de Venecia y su incalculable riqueza que comenzó en el pasado siglo. Pero tan pronto como se derrumbaron los fines que podían justificar medios tan violentos, sólo quedó la tiranía desnuda en toda su monstruosa deformidad, y para no andar ociosa, y poder sobrevivir, comenzó a mostrar su furia insana dentro de sus fronteras. Una dictadura en tiempo de paz, sea ejercida por uno o por tres, es siempre un grave peligro para todo Estado, grande o pequeño. Pero aquí la enfermedad se ha extendido tanto que no sé si tendrá cura. Los brotes de la verdadera burguesía, de la que debiera surgir una nueva vida para la República, se han marchitado después de un siglo de terror; en las redes del más refinado espionaje se ha asfixiado toda confianza, toda franqueza, toda seguridad y amor a la libertad, y el edificio que parece levantado tan ingeniosa y establemente, se derrumbaría en cuanto desapareciese de sus junturas la argamasa del terror.

—Vuestras razones son sin duda de peso —dijo Andrea—, pero son las razones de un extranjero, a quien nada duele proclamar muerta a esta República y concluida su decadencia. A un veneciano difícilmente podrían persuadirle de que la dolencia de su vieja ciudad madre no merece ni tan siquiera un último intento de salvación.

—Pero vos no sois veneciano.

—Razón tenéis; soy de Brescia, y mi ciudad ha sufrido muchas veces bajo el yugo de Venecia. No obstante, no puedo limitarme solamente a sentir compasión por estas gentes desesperadas que intentan sacar con su puñal toda la podredumbre de este secreto imperio del terror. Si han de alcanzar o no su intento, escrito está en las estrellas, yo soy sólo un hombre incapaz de descifrar este misterio.

Ambos hombres callaron y dejaron que sus miradas vagaran por el canal, a través de la ventana. Los sillones estaban muy juntos. El sol llegaba hasta ellos, ardoroso, pero ellos estaban sumidos en sus pensamientos y ni lo notaban.

—Como veis —recomenzó el más joven, sonriendo—, para ser un diplomático, que intenta ganarse en Venecia las espuelas, soy poco precavido. Nos conocemos de un encuentro casual y hoy os digo sin rodeos cuanto pienso de los sucesos que ocurren en este país. Pero, naturalmente, me creo poseedor del suficiente conocimiento de los hombres para saber que un espíritu como el vuestro no ha de ser un asalariado de esta *Signoria*.

Andrea le tendió la mano en silencio. En aquel momento volvió el rostro y vio a su camarada de oficio, Samuel, en medio de la estancia, pocos pasos detrás de ellos y en actitud de respeto. Había abierto la puerta sigilosamente y se había aproximado hasta ellos sobre la alfombra de la habitación, sin ser oído y deshaciéndose en reverencias.

—Excelencia —dijo volviéndose hacia Rosenberg y aparentando no conocer a Andrea—, os ruego que me perdonéis por haber entrado sin hacerme anunciar. El criado no estaba en el recibidor. Traigo las joyas que me pedísteis; cosas todas ellas, excelencia, que se hubiese honrado en llevar la bellísima Ester.

Sacó de sus bolsillos unas cajas y estuches y extendió con cuidado sus mercancías sobre la mesa, incidiendo en su condición de mercader judío, que solía negar en sus veleidades de poder. Mientras el alemán examinaba los aderezos, arrojó Samuel una mirada de complicidad sobre Andrea, que le volvió la espalda y se acercó a la ventana. Comprendió la razón de la visita del judío a aquella hora; el espía no quería perder de vista al espía, el zorro viejo debía vigilar al principiante durante su período de prueba.

Rosenberg eligió un maravilloso collar terminado en un broche de rubíes y pagó sin regatear el precio que pidió el judío. Arrojóle las piezas de oro, despidióle con un gesto, sin contestar a su parloteo interminable, y se acercó de nuevo a la ventana.

—En vuestra cara veo —dijo— que sentís lástima de mí y que me tenéis por un insensato. Sé que lo que debería hacer es tirar esta joya al canal y olvidarme de ella, en vez de rodear con ella el pálido cuello de Leonor... Pero ¿de qué me sirve toda la cordura del mundo ante ese demonio?

—Estoy convencido —replicóle Andrea— de que vuestro desencantamiento no se hará esperar. Pero debo haceros otra advertencia. ¿Conocéis bien al judío que acaba de abandonarnos?

—Le conozco. Es uno de los espías que el Consejo de los Diez tiene a sueldo en nuestra casa. Pero no tiene nada que decir, pues todo nuestro secreto consiste en que somos honrados y leales. Y como ellos estiman que esto es absolutamente imposible, nos tienen por la gente más peligrosa e hipócrita. Siento, por causa vuestra, que este raposo entrase en la habitación en el momento en que me estrechábais la mano, cosa que sin duda ha visto. Os garantizo que antes de una hora os delatará ante el Tribunal.

Andrea sonrió amargamente.

—No los temo, amigo mío —dijo—. Soy un hombre pacífico y tengo tranquila la conciencia.

* * *

Cuatro días después de aquella charla. Andrea había continuado su vida con absoluta normalidad. Iba todas las mañanas a casa de su notario y regresaba a casa al anochecer, porque desde que mantenía tan estrechas relaciones con las altas esferas de la Policía no debía hacer nada digno de sospecha en la calle Della Cortesia.

El sábado por la tarde pidió a la señora Giovanna que le dejase la llave de la casa. Ella le elogió mucho aquella excepción a su regla habitual. Además, aquel día había algo importante que hacer en la ciudad. A ella misma le encantaría presenciar los funerales por el augusto señor Venier que se celebrarían en San Rocco. Pero tenía miedo de los estrujones de la multitud, y además..., ya sabía él por qué todo aquello le daba un temor especial.

Andrea le respondió que también él preferiría esquivar el camino de la muchedumbre, porque le oprimía el pecho y no le dejaba respirar. Tomaría una góndola y saldría hasta el Lido.

Dejó a la vieja y tomó la dirección opuesta a San Rocco. Eran ya las ocho y una fina llovizna empañaba el viento, pero eso no impedía que la gente caminase en masa a la iglesia, al otro lado del canal, en la cual se celebrarían momentos después las exequias por el inquisidor asesinado. Oscuras figuras, en parte enmascaradas y en parte protegiéndose el rostro de los alfilerazos de la lluvia con el ala del sombrero, pasaban a su lado con rápido paso, en dirección a la plaza de la Travesía o al puente de Rialto. Un grave son de campanas envolvía aquel húmedo atardecer. Andrea se detuvo en uno de los callejones adyacentes, sacó un antifaz y se lo colocó cuidadosamente. Después se dirigió al cercano canal, saltó a una góndola, y dijo al barquero:

—¡A San Rocco!

La vieja y espléndida iglesia estaba iluminada por cientos de velas y una inmensa masa humana rodeaba la todavía vacía tumba. Tenía un aspecto tétrico, en medio de la nave central, sin adornos de flores, ni coronas. En su cabecera había un gran crucifijo de plata, y el negro paño que cubría el túmulo llevaba bordadas a ambos lados las armas de la casa Venier. Toda la nobleza de Venecia se había dado cita en esos sillones enlutados, colocados dentro del coro; ni siquiera en las más solemnes reuniones del Gran Consejo era frecuente ver juntos a tantos nobles. Pero hoy no podrá faltar nadie, si lo hicieran todas las sospechas caerían sobre él. Así que todos debían mostrar sus sinceras y honradas condolencias por el muerto. Los legados extranjeros se sentaban en una tribuna especial y también habían acudido todos.

Desde lo alto sonaron sobre la multitud las solemnes notas de introducción de un *Requiem*, y un nutrido coro, acompañado por el órgano, comenzó a cantar el terrible canto de dolor, que resonó, conmovedor y funeral, en los desnudos muros del templo y llegó hasta la plaza y más allá, hasta las calles vecinas, abarrotadas por un inmenso gentío. La fina lluvia, que no dejaba de caer, la oscuridad de la noche, en la que destacaban, fantásticas, las vidrieras de la iglesia, como faroles multicolores, el murmullo ahogado de mil voces, todo ello ayudaba a ensanchar en torno al templo un círculo medroso e inquietante, al que pocos podían escapar. Cuanto más cerca se encontraban de la entrada del sagrado edificio que guardaba en aquellos momentos toda la grandeza y poderío de Venecia, tanto más silencio guardaban los devotos. Detrás de las negras máscaras, que siguiendo una vieja costumbre de toda clase de solemnidades, tanto alegres como luctuosas, eran innumerables entre la multitud, había muchas miradas de pánico clavadas en el iluminado pórtico y en el catafalco, que hablaban con más fuerza e ímpetu que las canciones del coro de lo perecedero de la vida humana y la caducidad del poderío y gloria terrenales.

En una callejuela cercana, que desembocaba en la plaza de San Rocco a través de unas oscuras arcadas, caminaban dos hombres inmersos en un vivo diálogo. No se daban cuenta de que alguien les seguía ocultándose en la sombra de las casas, embozado en su capa y cubierto con un antifaz. El perseguidor tan pronto se adelantaba como miraba hacia atrás, dejándolos que tomasen ventaja. Los dos hombres no iban enmascarados. Uno de ellos era un caballero de barba gris y aspecto noble y distinguido; su acompañante parecía más joven y de origen más humilde. Escuchaba atentamente las palabras del más anciano y de vez en cuando se permitía arrojar una discreta observación.

Llegaron a un lugar donde la luz procedente de una casa iluminaba muy bien toda la calleja. Al momento, el enmascarado se les adelantó y se ocultó detrás de una columna del pórtico, desde donde distinguía muy bien las caras de ambos hombres. Los rasgos del secretario de los Inquisidores del Estado emergieron un instante de la sombra, sin lugar a dudas. La voz del anciano había resonado, claramente, en la estancia del secreto Tribunal. Era ella quien le había dicho en el rostro a Andrea Delfin que era un Candiano.

—Volveos —concluyó el viejo el diálogo— y ocupaos del asunto rápidamente. El capitán está ocupado en San Rocco, como sabéis; pero una pequeña partida de su gente basta para tomar presos a ambos. Les agradecería que llevaran a cabo su misión sin ruido. Vos mismo les tomaréis la primera declaración y les someteréis a interrogatorio, pues yo no podré estar de vuelta antes de medianoche. Si hubiera algo importante que comunicar me hallaréis en casa de mi cuñado después de terminada la función religiosa.

Se separaron y el anciano emprendió el camino de la plaza de San Rocco a través de los solitarios soportales. Se apagó el último eco de las voces y la música en la iglesia, y todas las miradas convergían en el púlpito, cuya escalera subió un anciano de cabello blanco como la nieve, que no era otro que el nuncio pontificio, apoyado en dos eclesiásticos más jóvenes. No se oía nada cuando la débil voz del anciano inició la plegaria, rogando al Señor que escuchara sus súplicas y ofreciese consuelo y luz, desde el tesoro de su sabiduría y misericordia infinitas, a sus espíritus aturdidos, iluminase la tiniebla que sustraía culpa y maldad a los ojos del humano tribunal y disipara la causa de esa misma tiniebla.

Apenas había terminado de hablar cuando el pueblo coronó la plegaria, con un bronco murmullo que venía desde el pórtico de la iglesia, atravesó el atrio y la nave y llegó, rápido como el rayo, hasta los sitiales de los nobles, de modo que en un instante toda aquella inmensa muchedumbre se agitó e hirvió como un mar encrespado por la galerna. Todos los ojos se volvieron hacia las puertas del templo por donde había entrado aquella oleada de espanto. En la oscura plaza varias antorchas pasaban de mano en mano, presas de una gran confusión, y mientras todos contenían el aliento para oír mejor, estalló de pronto el grito de cien voces, que desde el atrio llenó la iglesia con el retumbar de sus ecos: «¡Asesinos! ¡Asesinos! ¡Sálvese quien pueda!»

Una indescriptible confusión, un tumulto desatado, como si de pronto las bóvedas de la iglesia amenazasen hundirse, siguió a este grito. Pueblo y nobleza, religiosos y seglares, los cantores del coro, los guardianes de la tumba, hombres y mujeres, corrieron hacia las salidas de la iglesia, empujándose, atropellándose, con los ojos desorbitados por el espanto. Sólo el anciano que ocupaba la sagrada cátedra se mantuvo sereno; observó con imperturbable dignidad aquel gentío poseído por el terror y abandonó su sitio cuando en la nave del templo ya no quedaba nadie.

Afuera la multitud permanecía unida alrededor de un punto donde las antorchas luchaban, formando estrecho círculo, contra el viento y la lluvia. Los esbirros, que a los primeros síntomas de conmoción se habían precipitado a aquel lugar, al mando de su capitán, habían hallado en la oscuridad del callejón que desembocaba en la plaza un cuerpo inmóvil, tendido en el suelo, de cuyo costado manaba la sangre a borbotones. Cuando llegaron los portadores de las antorchas se vio una daga, con la empuñadura de acero en forma de cruz, hundida en la herida, y pudieron leer las siguientes palabras grabadas en ella: «¡Muerte a todos los inquisidores!» Palabras que corrieron de boca en boca, como un reguero de pólvora, a través de la atemorizada multitud.

* * *

Normalmente cuando hay un terremoto y se produce el primer temblor de tierra, este no suele espantar mucho aunque nos esté avisando de que estamos pisando terreno volcánico. El miedo, el asombro y la estrañeza se mezclan en nuestro interior, y allí donde sus efectos no se dejan sentir de manera excesivamente perceptible los hombres se sienten gustosamente inclinados a creer, para tranquilizarse que es un error de sus sentidos, y procuran volver lo antes posible a su perdido equilibrio. Sólo cuando se repite el evento cruel, inevitable e inexorable, queda desmentida la fe y la esperanza en que fueron circunstancias fortuitas las que hicieron posible el suceso. El regreso súbito del peligro perpetúa el temor y apunta a una interminable serie de horrores contra los cuales no ofrecen ninguna protección ni el valor ni la cobardía.

Un efecto semejante produjo en Venecia la noticia del segundo atentado criminal contra un inquisidor del Estado. Los iniciados, los sabedores del secreto, no intentaron ocultar que el herido era una persona importante. Ahora toda la ciudad sabía que el atrevimiento de haber llevado a cabo el segundo golpe con éxito significaba que el asesino iba a proseguir sus pasos por el sendero de la violencia. Sin embargo, esta vez, la daga homicida, desviada por un ropaje interior de seda, no había herido a la víctima de muerte inmediata. Pero la herida ponía en peligro la vida del inquisidor y causó una interrupción en las actividades del secreto tribunal, que no podía tomar ninguna decisión si no estaban de acuerdo sus tres componentes. Su poder, por tanto, estaba mermado, y su dominio cojeaba. Pero había algo mucho peor que esto y era que el impenetrable misterio que envolvía el brazo enemigo había terminado con la fe del pueblo en la omnisciencia y la omnipotencia del triunvirato y acabó con la confianza mutua y la tajante energía de sus miembros.

Pues ¿qué medidas de precaución y medios de investigación secreta quedaban por extremar? ¿No se habían exigido recíprocamente, en el seno del Tribunal de los Diez, y cuando eligieron al nuevo tercer inquisidor, solemnísimo juramento de guardar riguroso secreto? Y sin embargo, pocos días después, el golpe había caído sobre el último inquisidor con la misma precisión que si hubiese sido enviado directamente por el cielo.

Entre los inquisidores cundía el pánico y se miraban unos a otros con desconfianza, y en todas las mentes fue cuajando la idea de que la traición estaba anidada en el seno mismo del poder, y que los tiranos habían incluido entre ellos a la mano asesina. Tomaron preso al secretario del tribunal, que había cruzado las últimas palabras con el herido antes del sangriento suceso. Fue sometido a un interrogatorio exhaustivo y agotador y amenazado con una muerte espantosa. Pero tampoco aquello, como es natural, tuvo éxito.

¿Qué provecho había reportado el incremento de la Policía secreta, el reclutamiento en masa de nuevos espías entre los criados de los *nobili* y de los embajadores extranjeros, en los mesones y hospederías, en el arsenal, hasta en los cuarteles y conventos? A media Venecia le pagaban para vigilar a la otra media. Una importante suma sería la recompensa para quien entregara al tribunal alguna pista, que pudiera ayudar a revelar el misterio de la conspiración. Se triplicó la cantidad ofrecida. Pero se esperaba poco de una medida que iba encaminada principalmente al pueblo bajo, ya que era entre la nobleza donde se buscaba la huella del asesino, o de los conjurados. Se realizaron un montón de cosas, encaminadas todas a cubrir las apariencias, aun a sabiendas de que todas eran inútiles. Aparecieron bandos y reglamentos severísimos sobre el cierre de mesones y posadas en cuanto hubiese caído el sol, y el llevar armas o antifaz fue prohibido bajo severos castigos; durante toda la noche, el empedrado de las callejas resonaba con el paso de las rondas de vigilancia y se encuchaban las voces de alto dadas a las góndolas que pasaban por delante de los puestos de Policía. Nadie consiguió un pasaporte que le autorizase a abandonar Venecia, y a la entrada del puerto, una nave vigía detenía a todos los barcos o barquillas que intentaban entrar y exigía el santo y seña a los mismos empleados de la República antes de permitirles pasar adelante.

La fama de estos siniestros acontecimientos se extendió hasta el interior de los territorios sometidos y fue creciendo, como siempre pasa con los rumores, de volumen e intensidad dramática. Quien tenía previsto un viaje a la ciudad madre renunció a él. Quien deseaba entrar en relaciones comerciales o profesionales con una casa veneciana interrumpió sus tratos, era preferible esperar a que se resolviesen aquellos misterios, que amenazaban con resquebrajar el edificio de la República empezando por sus cimientos. Las consecuencias de este estado de cosas se hicieron notar pronto en la ciudad, cuyas calles estaban siempre desiertas, y cuya vida parecía paralizada. Los *nobili* se recluían en sus palacios sin recibir ninguna visita por miedo a acoger sin saberlo a algunos de los conjurados. Nadie sabía a ciencia cierta lo que ocurría fuera de su casa, así que empezaron a circular los rumores más fantásticos y disparatados sobre detenciones, torturas y penas de muerte, ejecutadas de forma cruel, penetraban, a través de las puertas, en el seno de las atemorizadas familias. El pueblo, aunque intuía que aquellos acontecimientos no le afectaban a él de modo directo y notaba con maligna complacencia el recelo con que los nobles se miraban entre sí, poseídos de un terrible pánico, tampoco fue capaz de liberarse de aquel estado de ánimo turbio y angustiado que oprimía todos los corazones. Era molesto y pesado tener que abandonar el vino y la baraja en cuanto caía la noche, soportar pacientemente los registros a que sometían a la gente las rondas de Policía, en busca de armas ocultas, y no sentirse jamás seguro, aunque no tuvieras nada que ocultar, ante la maldad de los falsos denunciantes.

Entre las pocas personas sobre cuya vida y trabajo diario no causó ningún influjo la sofocante opresión que pesaba sobre todos los espíritus estaba Andrea Delfin. La mañana siguiente al suceso fueron interrogados todos los espías secretos, entre ellos Andrea, sobre el asesinado, que había admitido sus servicios sobre sus observaciones en el momento del crimen. Delfin contó una historia de un viaje al Lido, para investigar cuál era el estado de ánimo y la opinión de los pescadores. En cuanto a las novedades que halló en el palacio de la condesa y de la residencia del embajador austriaco no eran tales novedades, sino detalles inocentes, que el tribunal conocería, sin duda, desde hacía tiempo; pero que dieron testimonio, al menos, del celo que ponía en cumplir el cometido que le habían asignado. Su amigo Samuel no había perdido tiempo en denunciar la sospechosa intimidad que había sorprendido entre el bresciano y el secretario de la Embajada. Andrea se justificó tranquilamente, y desde aquel momento, su antigua amistad nacida en la Riva fue, ante los ojos del tribunal, un valiosísimo elemento de apoyo para sus intenciones.

De este modo, pudo visitar todos los días a su amigo alemán, cuya charla cada vez le era más necesaria ya que no gozaba de otro trato con las gentes. El alemán era un hombre serio, oprimido por un extraño pesar. Había depositado en Andrea una ilimitada confianza, y si solía esquivar los temas políticos cuando hablaba con él, era más por el convencimiento de que la diferencia de nacionalidad impediría que ambos llegasen a ponerse de acuerdo, que por el miedo a que Andrea hiciese mal uso de sus confidencias. Hasta le contó, riendo a carcajadas, que le habían puesto en guardia contra él, por ser un espía del tribunal. A la gente le extrañaba, como es lógico, la despreocupación con que atravesaba diariamente los proscritos umbrales del legado extranjero.

—No soy un *nobile* —respondió Andrea, con tono de indiferencia—, y a los miembros del Consejo no se les escapa que yo no vengo aquí en busca de relaciones diplomáticas; hasta el momento, no me han juzgado digno ni de una advertencia. Pero os he tomado afecto y me costaría mucha aflicción tener que renunciar a venir a charlar con usted de vez en cuando, porque soy un hombre totalmente solitario. Hasta mi patrona, que antes me entretenía algunos ratos con sus inagotables refranes, no ha vuelto a pisar mi alcoba. Está enferma, enferma de Venecia y de los fantasmas que la acechan.

Y así era, en verdad. Después del segundo atentado contra la Inquisición del Estado, la señora Giovanna había estado un día entero cabizbaja, turbada y nerviosa, y cuando cayó la noche se apoderó de ella una inquietud, cada vez mayor. Estaba persuadida de que el autor del crimen era el espíritu de su Orso; pues sólo un fantasma incorpóreo sería capaz de escapar por segunda vez a los mil ojos espiadores que montaban la guardia de Venecia y velaban por su tranquilidad. Se vistió con sus mejores galas y, esperando, nada menos, que la visita de su difunto, se pasó toda la santa noche en la escalera, dispuesta a recibirle. Estos pensamientos la llevaron a un estado de enajenación mental tal que hasta preparó una de las comidas preferidas por su marido, en una mesa, con tres sillas, y no hubo forma de que entrara en razón y probase un bocado. Así, pasó en vela la mayor parte de la noche. Cuando la lamparilla del zaguán se hubo apagado consiguió, por fin, Marieta con la ayuda de Andrea, llevar a su cuarto a la pobre mujer y meterla en la cama. Después tuvo unas fiebres que la mantuvieron en la cama delirando durante varios días. Andrea contemplaba todo poseído de viva compasión, y las patéticas palabras que se les escapan a los enfermos en sus delirios le llenaron de pesar y de tristeza. Díjose en secreto que llevaba sobre su conciencia el peso del trastorno de aquella buena mujer, y las tristes miradas de Marieta le apesadumbraban más que todos los sangrientos secretos que llevaba consigo.

Oprimido por esta carga, cruzó una tarde Andrea por delante del palacio ducal y llegó hasta el estrecho canal que tiende sus aguas por debajo del alto Puente de los Suspiros. Después de estar un rato pensando empezó a dudar de sus decisiones y de la limpieza e irreprensibilidad del oficio de juez que sobre sí mismo había tomado; retiróse de aquel lugar, y al poco tiempo de caminar se robusteció de nuevo en él la fe en la justicia y necesidad de su misión, cuando sus miradas se toparon con los viejísimos muros, detrás de los que habían llorado y muerto tantos miles de víctimas de una tiranía irresponsable y despótica.

El sol traspasaba con sus hirientes rayos la neblina otoñal que se elevaba desde las aguas. Aquel muelle, que solía estar lleno de gente, estaba ahora vacío, siniestramente mudo. Las torvas miradas de los soldados que montaban guardia bajo los soportales del palacio eran lo suficientemente inquisidoras para apartar la alegría de cuantos por allí delante cruzasen. Andrea, en aquel momento, oyó que alguien pronunciaba a gritos su nombre desde una góndola que se acercaba a la *Piazetta*. Volvióse y reconoció a su amigo el secretario del embajador vienés.

—¿Tenéis tiempo? —le dijo el muchacho—. Pues entonces subid y acompañadme un rato. Tengo prisa y desearía hablar con vos unos momentos.

Andrea subió a la góndola, y el otro le tendió la mano con demasiada cordialidad.

—Me alegro mucho, mi querido Andrea, de haberos encontrado aquí casualmente. No hubiera querido irme sin despediros, y no me atrevía a visitaros, o mandar buscaros, porque habría llamado la atención, sin duda alguna, y hubiera podido perjudicaros.

—¿Os marcháis? —preguntó Andrea, desolado.

—No tengo más remedio. Leed esta carta de mi madre y decidme si, después de ella, puedo demorarme un solo día más.

Sacó la carta del bolsillo y se la dejó a su amigo. La anciana dama escribía a su hijo que, si le importaba algo que ella volviese a hallar una sola hora de sueño, emprendiese el regreso a Viena sin pérdida de tiempo. Los rumores que llegaban de Venecia, y en especial del cargo que él ostentaba hablaban de un gran peligro. Además no entendía por qué sólo recibía la tercera parte de sus cartas y todo aquello había acabado por robarle la tranquilidad, y su médico no quería comprometerse a nada, en tanto no recibiese una visita de su hijo, que le trajese el consuelo y la tranquilidad perdidos. Las líneas de la carta estaban transidas de tan conmovedora tristeza, de tan suplicante amor maternal, que Andrea no pudo leerlas sin experimentar viva emoción.

—Sin embargo —dijo, devolviéndole la carta—, sin embargo, casi desearía que no partiéseis inmediatamente, aunque sé que vuestra madre está deseando abrazaros de nuevo. No sólo porque sé que cuando os hayáis marchado me sentiré totalmente abandonado y permaneceré en esta ciudad como un muerto viviente, sino porque es peligroso salir ahora de Venecia, porque os pisará los talones la sospecha de que, al marcharos, lo hacéis para ocultar algo. ¿No os han puesto dificultades para concederos el permiso?

—En modo alguno. ¿Cómo podrían ponerlas, si pertenezco a la Embajada?

—Entonces tened más cuidado aún. Muchas puertas, en Venecia, se han abierto con exquisita gentileza, porque un paso más allá de su umbral estaba el abismo. Si me permitís que os aconseje algo, no os dejéis ver por la ciudad tan alegremente en estas últimas horas antes de vuestra partida. Vos no sabéis lo que quizá se está tramando en estos momentos para impedirla.

—Pues ¿qué debo hacer? —preguntó el muchacho—. Sabéis bien que los antifaces están prohibidos.

—Quedaos en casa y dejad que los dignatarios de esta República esperen en vano vuestra visita de despedida. Y a propósito, ¿cuándo partiréis?

—Mañana, a las cinco de la madrugada. He pensado pasar allí un mes para poder tranquilizar a mi madre en ese tiempo. Ahora que está ya decidida mi marcha me he reconciliado casi con esta cura violenta, aunque me parte el corazón. Quizá consiga, cuando haya roto por vez primera el círculo de mi hechicera, sacudirme para siempre su poder. Pero ¿creeréis, amigo mío, que tiemblo ante la idea de la separación, como si no fuese capaz de soportarla o de salir triunfante de ella?

—El mejor medio, en ese caso, es que os separéis de ella inmediatamente.

—¿Pensáis, pues, que no debo volver a verla antes de mi partida? Eso es pedir algo que no sé si voy a poder hacer.

Andrea estrechó su mano.

—Amigo mío —dijo con acento cargado de afecto—, no tengo el menor derecho a reclamar de vos un sacrificio, por pequeño que éste sea. El sentimiento de afectuosísima simpatía que me ha unido a vos desde el primer momento está recompensado con creces con vuestro mero trato, y no me atrevo a rogaros ni a pediros nada en nombre de esta nuestra amistad. Pero yo os suplico, por aquella noble dama, cuyas amorosas palabras acabáis de darme a leer, que no volváis a casa de la condesa. Por encima de todo cuanto sé de ella, sí, y que vos mismo no ponéis en tela de juicio, tengo el presentimiento de que significaría vuestra perdición visitarla, y os costaría caro verla por última vez. Prometédmelo, amigo mío...

Le tendió la mano, pero Rosenberg no la estrechó.

—No me exijáis una promesa solemne —dijo, con un triste movimiento de cabeza— sólo os puedo ofrecer mi mejor voluntad por seguir vuestro consejo. Si al final el demonio lograra ser más fuerte que yo y aniquilara mi voluntad, tendría la doble tristeza de haber sido infiel a vos y a mí mismo. No sabéis lo que es capaz de conseguir esta mujer cuando se lo propone.

Navegaron un rato más en silencio, sumidos en hondas reflexiones, por la inerte masa de agua, que dividía en dos la quilla de la góndola, apenas sin un rumor, como si flotasen sobre una ciénaga. Cuando estuvieron cerca de Rialto, Andrea expresó su deseo de bajar a tierra. Encargó al joven un respetuoso saludo para su madre y se encogió de hombros, ceñudo, cuando el otro le preguntó si estaría en Venecia dentro de un mes. Estrecháronse las manos largo rato, y cuando la góndola se acercó al muelle se despidieron con un cariñoso abrazo. Todavía se asomó otra vez por la ventana del oscuro camarín de la embarcación el rostro vivo y leal del joven, que hizo una última seña de despedida a su amigo, quien, abstraído en sus pensamientos, permanecía en la escalerilla del malecón. La separación fue para ambos más dolorosa de lo que pensaban en aquellos momentos.

Andrea, por su parte, que se creía desde hace tiempo liberado de toda clase de ataduras y para el cual ya no existía ningún otro motivo para vivir que la terrible e ingente hazaña que se había propuesto a sí mismo, se sorprendió sobre manera al considerar cuán doloroso le resultaba el pensamiento de tener que vivir durante varias semanas sin la compañía y el apoyo de aquel joven. Pero al momento le asaltó a la mente el deseo de no volver a encontrarle allí hasta tanto que su obra no estuviese terminada. Se propuso escribir una carta a la madre e impulsarle, con veladas advertencias, a no consentir en el regreso de su hijo a Venecia. Cuando se afirmó en este pensamiento pareció que se le quitaba de encima un enorme peso. Se fue directamente a su casa para poner en práctica su proyecto.

Pero cuando estaba en su lóbrego aposento, donde no penetraba ni un rayo de sol, y la desnuda tapia de la calleja parecía casi querer entrar por la enrejada ventana, le asaltó, en cuando se sentó a la mesa con intención de escribir, una inquietud y una amargura tan vivas, que arrojó la pluma y se puso a andar de un extremo a otro de la habitación, como una fiera enjaulada. Estaba convencido de que aquel impulso no había surgido de su conciencia, de que en la pesadumbre y consternación en que se debatía su espíritu no tenía nada que ver con el temor de ver traicionado su secreto e impedida su venganza. Aquella misma mañana había estado ante el secretario del tribunal y había contemplado la total desorientación de los déspotas. El inquisidor herido se debatía aún entre la vida y la muerte. Cuanto más tiempo durase esta situación de inestabilidad y duda, tanto más se ponía en peligro la existencia del triunvirato. Un solo golpe más contra aquel tambaleante edificio y se derrumbaría para siempre en deformes escombros. Andrea no dudó ni un solo instante que la Providencia, que había guiado su mano hasta aquel momento, le permitiría terminar su obra. Jamás había dudado de su misión. Y si hoy le desasosegaba el oscuro presentimiento de una inminente desgracia, en ello no participaban sus propios planes ni acciones.

Estaba anocheciendo cuando escuchó una tosecilla en la ventana de Esmeraldina, esa era la señal que la muchacha le hacía cuando deseaba hablar con él. Hacía mucho tiempo que no conversaba con ella, y hoy le apetecía saber algo de ella, en parte por escapar a sus propios pensamientos, y en parte también por la esperanza de que en el palacio hubiesen ocurrido novedades que le allanasen su camino hasta el tribunal, y hasta le revelasen, quizá, la personalidad de alguno de los inquisidores. Salió a la ventana rápidamente y saludó. La doncella le recibió con fría altivez.

—Os vendéis harto caro —dijo—; según parece, habéis trabado otros conocimientos que os son más gratos que vuestra vecina.

Él le aseguró que sus sentimientos para con ella no habían cambiado.

—Si es verdad eso —replicó ella—, dispuesta estoy a concederos de nuevo mi gracia. Hoy tendríamos una buena oportunidad para charlar un rato sin que nadie nos molestase. Mi señora tiene esta noche una partida de juego con una docena de jóvenes caballeros. Difícil será que se vayan antes de la medianoche, y hasta esa hora, bien podemos nosotros estar juntos. Dejad a mi cargo el tema de la comida y la bebida, que antes nos sobrarán que nos faltarán cosas que llevarnos a la boca.

—¿Está entre los invitados el alemán ese de quien me has contado que tanto gusta tu señora la condesa?

—¿Ese? ¡Quita allá! Y ¿qué ha de estar? Ese es tan celoso, que no entra en esta casa si escucha que hay alguien dentro. Además, se marcha de viaje. No nos hemos de morir de pena por ello, ¿verdad?

Andrea respiró.

—A las diez en punto estaré en la ventana —dijo—, o ¿es mejor que acuda al portal?

—Sí, mejor es esto —dijo ella, después de reflexionar unos momentos—. El portero os conoce, y vuestra patrona no pondrá inconveniente alguno en cederos la llave. O ¿es que queréis parecer un ser íntegro delante de la pequeña Marieta? ¿Sabéis que comienzo a sentir celos de esa insignificante criatura?

—¿De Marieta?

—Está enamoradísima de vos, o yo no tengo ojos en la cara. Observadla. ¿No ha cambiado por completo? Ya no canta nunca y eso que antes no paraba ni un minuto. Y ¡cuántas veces la he sorprendido deslizándose en vuestro cuarto, cuando vos no estáis, y husmeando todas vuestras cosas!

—Viene a leer mis libros; yo le he dado permiso. Y si no ha vuelto a cantar es porque su madre está enferma.

—Queréis disculparla, pero yo sé bien lo que me digo. Y si llegase a enterarme de que ha hablado mal de mí, para desenamoraros, le sacaré los ojos con las uñas a la bruja envidiosa.

Cerró violentamente la ventana, y él no pudo por menos de meditar detenidamente sus palabras. En otras circunstancias le hubiera alegrado saber que una muchacha tan encantadora como Marieta estuviera enamorada de él. Pero ahora, sólo daba vueltas en su cabeza el pensamiento de cómo desviar o enderezar su camino de manera que no volviese a cruzarse con la plácida senda de aquella inocente alma. Poco a poco fue recordando detalles que atestiguaban la opinión de Esmeraldina. «He de irme de aquí —se dijo—. Pero ¿dónde voy a estar tan seguro y escondido como en esta casa?»

Por la noche, a la hora fijada, se detuvo ante el portal del palacio, que miraba a la solitaria plaza con las luminosas pupilas de sus ventanales. El aire era turbio y pesado, sin luna el cielo; se anunciaba un temprano otoño, y los pocos hombres que andaban aún por la calle se escondían en el embozo de sus capas. Andrea, mientras esperaba que le abriesen la puerta, pensó en la ya lejana noche en que otro Candiano había atravesado estos umbrales para salir después por ellos sin vida en el cuerpo. Se estremeció. Su mano, cuando momentos después la cogió entre las suyas la doncella, estaba helada.

Condújole a su cuarto. Pero a pesar de las insistencias de Esmeraldina, le fue imposible comer ni beber, aunque la mesa rebosaba de exquisitos manjares que había recogido de entre las provisiones de su señora. Él puso como disculpa su enfermedad, y la doncella no se lo tomó a mal, sobre todo cuando él consintió en perder unos cuantos ducados jugando al *tarot* con ella. También le había llevado hoy un regalo, todo esto la consoló de buen grado de tener junto a sí a un amante tan retraído y poco hablador. Bebió y comió sin mesura, entregóse a toda clase de bromas y le dijo los nombres de los jóvenes venecianos que estaban invitados aquella noche a la partida con su señora.

—Su juego es diferente al nuestro —dijo—; ellos no cuentan el oro, sino que lo ponen a puñados a una sola carta. ¿Os gustaría echar un vistazo? Vos conocéis ya el truco y el escondrijo.

—¿Piensas en el resquicio de la pared de madera? Pero ¿no están en el salón?

—No, sino en el gabinete de la condesa. El salón se abre solamente los días de gran gala, en el Carnaval.

Reflexionó él brevemente. ¿Qué cosa mejor podía desear sino ampliar su conocimiento personal de la nobleza?

—Llévame allí —dijo—. Me cansaré pronto de mirar, y volveremos a estar juntos otra vez.

—Sólo os pido que no os enamoréis de mi condesa —dijo ella, con gesto de cómica amenaza—. Con los celos no se juega, y por desgracia, muchos hallan a mi señora más linda que a mí.

Procuró él acordar su voz a este tono festivo, y ambos salieron del cuarto riendo y bromeando. Afuera se encontraron con algunos lacayos de librea, que, al parecer, no repararon en el acompañante de la muchacha, o al menos no se sorprendieron en absoluto. Portaban platos y fuentes de plata, y pronto les dejaron libre el camino del gran salón. Estaba éste a oscuras, como la primera vez; pero en el aposento contiguo se oían voces alegres y sonoras, y Andrea, una vez que se colocó en su incómodo rinconcito, apenas reconoció la habitación. Los altos espejos devolvían, centuplicada y fantástica, la luz de los velones, y sus dorados marcos reflejaban los destellos en el techo. Entre aquella orgía de luz brillaban las joyas de la hermosa Leonor. Andrea reconoció al momento la cadena con el broche de rubí que había comprado a Samuel su amigo alemán. La piedra preciosa descansaba sobre el blanco seno como una enorme gota de sangre. Pero los ojos de la condesa miraban a las cartas con expresión fatigada e indiferente, y cuando se posaban sobre las caras de los jóvenes que tenía a su lado era fácil reconocer que no sentía el menor interés por ninguno de ellos. Pese a esto, sus huéspedes se esforzaban por parecer amables y gratos. Coreaban sus apuestas con bromas, risas y finezas y perdían su dinero mucho más rápido que su buen humor. Uno de ellos, que, al parecer, había perdido todo cuanto llevaba, estaba sentado en un sillón, entre dos espejos, y entonaba lánguidas barcarolas, acompañándose con un laúd. Otro, que descansaba harto, al parecer, de ganar, intentaba hacer puntería con las monedas de oro sobre los dibujos del tapiz, olvidándose después de recoger los cequíes que rodaban hasta los rincones de la estancia. Los criados iban y venían entre tanto, con hielo y frutas, y un perrillo boloñés jugueteaba con el enorme papagayo verde, que de vez en cuando introducía en la conversación general, con su voz gangosa y chirriante, divertidas frases, dichas en el más puro veneciano.

El espía iba ya a retirarse de sus agujero porque el espectáculo que contemplaba despertaba en él los más agrios sentimientos, cuando de pronto entró en la estancia, a través de la amplia puerta acristalada una gallarda figura, a quien todos los presentes saludaron con visible sorpresa. Tratábase de un caballero mayor; pero que sostenía aún su blanca cabeza tiesa y erguida sobre sus hombros, y no dejaba ver en su paso el menor rasgo de decrepitud. Pasó revista, con una rápida mirada, a la joven concurrencia, se inclinó ligeramente ante la condesa y rogó que no se tomasen la menor molestia por su causa.

—Pedís demasiado, *ser* Malapiero —replicó la condesa—. El respeto que siente la juventud por los servicios que, tanto en la tierra como en el mar, habéis prestado a la República, no nos permite proseguir matando el tiempo en vuestra presencia de modo tan pecaminoso.

—Os equivocáis, hermosa Leonor —replicó el anciano—. Si me he retirado del servicio al Estado y ni siquiera he vuelto a pisar desde hace años el salón del Gran Consejo, ha sido tan sólo porque el respeto de la gente joven me abrumaba y anhelaba que me ofrecieran un trato más alegre, desenvuelto y libre. Porque, decidme: ¿quién desea hoy en día abrir su corazón con el vino, si junto a él se sienta a la mesa un miembro del Consejo de los Diez, o, simplemente, un Inquisidor? Se envejece más rápidamente estando en el servicio de la República que fuera de él, y yo pienso burlarme todavía algún tiempo de mis blancos cabellos y sentirme joven, al menos con ayuda del vino. Aunque en presencia de tanta belleza siento el peso de mis muchos años...

—Todos estos caballeros creerán que son una galantería vuestra estas palabras —afirmó Leonor—, que piensan que tan sólo el poseedor de una barba rubia, o negra, rizada puede tener derecho a besar los labios de toda bella mujer. Pero voy a dar orden de que traigan algún tentempié y algo para brindar por la bienvenida de mi singular huésped.

—Perdonad, amiga mía. No he venido para poner a prueba vuestra reconocida hospitalidad. Tan sólo me ha impulsado hasta aquí el deseo de contaros con prontitud las nuevas que sobre vuestro hermano acabo de recibir esta misma noche del correo de Génova. Son tan buenas noticias que no tenéis que temer que pueda arruinaros la noche, y por ello suplico el perdón y la licencia de estos caballeros para arrebataros por unos momentos de su presencia. ¿Podría pasar con vos a este aposento? —preguntó, señalando la puerta que comunicaba con el salón.

Andrea sintió que el corazón le daba un vuelco. Pero ahora era imposible salir del lugar en el que se encontraba sin que nadie se diera cuenta. Y en aquel mismo instante se abría ya la puerta del salón y escuchó el roce del vestido de seda de la condesa, que entraba en él. Con súbita decisión, se tumbó a lo largo en el suelo del alto estrado, cuya barandilla, aunque baja, bastaba para encubrirle completamente en aquella postura. Escuchó ahora los pasos del anciano, que seguía a Leonor y respondía negativamente a la pregunta de si era necesario introducir allí un candelabro.

—Sólo he de deciros dos palabras —dijo Malapiero—. Ninguno de estos nobles jóvenes tendrá tiempo de sentir celos por causa mía.

Se cerró la puerta tras de ellos y empezaron a caminar por delante del estrado.

—¿Qué os trae aquí? —preguntó la condesa con tono vehemente—. ¿Me traéis, por fin, la noticia de que se le permite volver a Gritti?

—Vos no habéis cumplido aún las condiciones acordadas, Leonor. ¿Cuál de los muchos secretos de la Corte o la Embajada vienesas habéis comunicado al tribunal?

—¿Es acaso culpa mía, o depende sólo de mí? ¿Es que no he hecho cuanto puede una mujer, y no se debate ante mí ese obstinado alemán como un pez en la arena? Pero a sus labios no acude jamás una sola palabra referente a sus negocios o su misión. Y hoy parte de viaje, como ya sabréis. Enferma estoy de enojo por haber perdido tanto tiempo con este hombre.

—Preferible sería que el enfermo fuera él.

—¿Por qué?

—El desea marchar, y no se le ha podido detener. Pero estamos seguros de que, si llega a Viena, causará un daño irreparable a la República. Las razones que alega para marcharse no son las auténticas. La verdadera razón es que tiene algunas cosas que anunciar en Viena, cosas que no se atreve a confiar a un correo secreto. Por ello es necesario que este viaje no se lleve a cabo.

—Queréis que yo lo impida cuando a mí me da igual su permanencia o su marcha.

—En vuestras manos tenéis, Leonor, el medio más fácil para retenerle aquí.

—Y ¿cuál es?

—Enviarle en esta misma noche un mensajero que reclame su presencia en vuestra casa, si desea hallaros menos cruel de lo que hasta ahora os habéis mostrado. Si viene, que vendrá, está en vuestra mano que enferme.

Ella le interrumpió con violencia.

—He prometido no volver a mezclarme jamás en estos asuntos ni prestar mi consentimiento a tales proposiciones —dijo.

—Se os liberará de vuestra promesa y se tranquilizará vuestra conciencia, Leonor. El modo no tiene que ser obligatoriamente mortal; hasta se evitaría cuidadosamente que lo fuera.

—Haced lo que queráis. Pero no contéis con mi ayuda.

—¿Es vuestra última palabra, condesa?

—Ya os lo he dicho.

—Bien, pues. En ese caso, será necesario que el viajero tenga algún accidente desgraciado en su camino...

—¿Y Gritti?

—Otra vez será. Permitidme ahora que os devuelva a vuestros huéspedes.

Abrióse la puerta del salón, y después volvió a cerrarse. Andrea pudo levantarse sin peligro. Pero las palabras que acababa de oír habían paralizado todo su cuerpo y su cerebro. A través de la pared llegaban hasta él, indistintas ahora y confusas, las risas y las bromas de los jóvenes; la espantosa proximidad en que se hallaban aquí la vida y la muerte, el crimen y la frivolidad, le erizaba los cabellos. Cuando, al fin, pudo levantarse trabajosamente y bajó los escalones, su mano buscó con un espasmo la daga que siempre llevaba oculta bajo los vestidos. Tenía los labios ensangrentados, tan fieramente había clavado en ellos sus dientes.

Sin embargo, tuvo aún el suficiente dominio de sí como para buscar a Esmeraldina y decirle con palabras indiferentes que la reunión era alegre y divertida; pero que jamás volvería a espiar por aquella rendija, pues a punto había estado de ser descubierto por la condesa y un huésped de avanzada edad. Esperaba que no le hubiesen oído cuando se escabulló por la otra puerta de la sala al entrar ambos en ella. Después de decir esto vació su bolsa y le dijo que quería salir inmediatamente del palacio. Lo más seguro sería, sin duda, que le dejase salir por la tabla de la ventana, para evitar las sospechas de su señora. Encontrólo la joven muy apropiado, tendió el puente rápidamente, y Andrea lo cruzó con firme paso, aunque en su cabeza albergaba ya la idea de realizar sin demora una grave y difícil acción. Esta vez, empero, no le conducía al asesinato el simple cumplimiento del alto fin a que se había consagrado, sino el deseo de proteger a un amigo de las malignas y pérfidas artimañas, de devolver a un hijo sano y salvo a su madre, de impedir una vil traición al sagrado deber de la hospitalidad por medio de una ejecución rápida e inevitable.

Bajó las escaleras de su casa sigilosamente en dirección al portal y se paró a escuchar unos breves momentos en el oscuro corredor. La puerta de la habitación de su patrona estaba cerrada; pero hasta él llegaba su voz, que conversaba con la sombra de su Orso en medio de los delirios de la fiebre. Abrió cuidadosamente la puerta. La calle estaba desierta; la lamparilla despedía sus tímidos destellos, luchando en vano por romper la tiniebla de la noche, agitada por un viento tormentoso. Pero Andrea conocía el camino y atravesó apresuradamente las callejas contiguas, cruzó el estrecho puente del canal y llegó a la plazuela en la que se alzaba el palacio de Leonor. No había visto ni una sola góndola en las aguas y supuso que el anciano volvería a su casa a pie. Buscó un lugar por donde el otro tuviese necesariamente que pasar; un amplio saledizo, que arrojaba sobre la callejuela espesa sombra, le pareció un buen sitio para la emboscada. Recogióse en la esquina, pegado al muro, y clavó los ojos en el portal del palacio.

Pero la mano que sostenía la daga le temblaba de tal modo, y la sangre se le agolpó tan violentamente en el corazón, que tuvo que hacer un grandísimo esfuerzo para calmarse. ¿Qué era aquello que se rebelaba en él contra una acción a la que consideraba un sagrado deber, una inevitable necesidad? En su interior se alzaron secretas voces que querían arrancarle de su puesto de acecho, y él luchó contra ellas desesperadamente. Pegó los hombros a la piedra, hasta que le dolieron las espaldas, y con la siniestra mano se secó la frente, que tenía cubierta de frío sudor. «¡Ten valor! —se dijo involuntariamente—. Quizá sea ésta la última vez, con la ayuda del cielo.»

Ocurriósele entonces que el viejo Malapiero iría, sin duda alguna, acompañado de criados, y por un instante se le antojó imposible llevar a cabo su plan en aquella ocasión. Casi le alegró hallar un pretexto para regresar a casa sin haber consumado su acción. Pero cuando había dado ya un paso para salir de su escondrijo vio que se abría el portal del palacio, y en la negra noche pudo distinguir una figura alta y gallarda, embozada en su capa, que salía de la casa a solas y se acercaba al lugar donde él estaba. Reconoció ese cabello canoso que se encubría bajo el sombrero al instante, y sus rápidos pasos resonaban sobre las losas de la plaza. El tardío caminante se pegó cuidadosamente a las casas. Poco después se acercó al lugar en que estaba aguardando el vengador; como si presintiese la inminencia de un peligro, cubrióse el rostro con la capa y cerró la mano izquierda sobre la empuñadura de un puñal, que llevaba al costado, pese a la prohibición dictada. Pasó por delante de su enemigo, sin advertir su presencia, y caminó diez, veinte pasos. Acercábase ya al puente cuando de pronto oyó pasos tras de sí. Se dio la vuelta, su mano dejó caer la capa, y la izquierda intentó sacar el puñal. Pero en el mismo instante derrumbóse al suelo su alta figura; el acero enemigo le había traspasado el pecho.

—¡Madre, madre mía! —gimió el infeliz.

Su cabeza chocó contra el empedrado, y sus ojos se cerraron para siempre.

Un largo silencio siguió a estas palabras. El muerto yacía tendido en la calle, con los brazos abiertos, como si quisiese abarcar con ellos la vida infiel. El sombrero había resbalado de su frente, y bajo la peluca de blancos cabellos surgía ahora el negro pelo natural; el rostro juvenil parecía dormido en el pálido resplandor de la callejuela. Y a un paso de él, apoyado en la pared de la cercana casa, firme cual una columna de piedra, estaba el asesino, y sus ojos se clavaban en los inmóviles rasgos del joven, esforzándose con desesperada, horrible angustia, en desmentir aquella espantosa certeza, intentando persudiarse de que le cegaba algún maligno duende, de que bajo aquella máscara juvenil se ocultaban los rasgos de aquel anciano que momentos antes había tramado una emboscada contra el amigo de Andrea en el salón de Leonor. ¿No se había precipitado él a dar el golpe, precisamente para salvar a su amigo? ¿No intentaba acaso devolver el hijo sano y salvo a su madre? ¿Qué había balbucido aquel hombre que yacía inerte en el suelo? ¿Por qué estaba su amigo muerto como si fuera un condenado a muerte, incapaz de mover un solo miembro, yerto de angustia, aunque sus dientes castañeteaban como en la agonía, y los escalofríos sacudían todo su cuerpo, y él a su lado como el juez y vengador?

La sangre que se había agolpado rabiosamente en sus ojos retrocedió y se precipitó hacia las celdas de su corazón. Se fijó en el puñal clavado en el pecho del muerto y lo reconoció al instante. ¡Era suyo! En la penumbra pudo leer las palabras que él mismo había grabado con esmero: «¡Muerte a todos los inquisidores!» Pronunciólas en voz alta, sin darse cuenta, mientras sus ojos se deslizaban escépticos del arma falta al rostro de la infortunada víctima, hasta saciarse de aquella devastadora contraposición existente entre esas palabras y los rasgos del muerto. Los pensamientos se agolparon en su mente con horrible confusión. Pero de repente, comprendió todo lo que había sucedido, pero ya no había forma de subsanar su error. Sólo un milagro podría transformar en realidad los deseos. Ahora lo entendía todo. Era tan natural, tan lógico, que hasta un niño podría comprenderlo. Durante todo el día, el amante se había mantenido alejado de su hermosa enemiga decidido, sin duda, a partir sin despedirse de ella, y así se lo había hecho saber, pero ella había sido lo bastante fría de corazón para reunir en su casa aquella misma noche a un grupo de invitados. Cuando llegó la noche el mancebo no soportó por más tiempo el acoso del demonio y su incesante tentación y emprendió el camino fatal. Cuando llegó al palacio le dijeron que la condesa no estaba sola, y esto le hizo emprender el camino de regreso a casa. Y precisamente, aquel instante había sido suficiente para que su único amigo tuviese tiempo de organizar una emboscada que, momentos después, le convertiría en su asesino.

Cuando Andrea hubo reflexionado todo esto con esa terrible lucidez que se tiene siempre en las horas críticas, en los momentos decisivos, en que huye todo posible consuelo, se disolvió el helado entumecimiento de sus miembros. Arrojóse sobre el plácido durmiente y, arrodillándose sobre los guijos, le miró al rostro con indecible ansiedad. Cuando acabó de apartar de su frente los blancos rizos que tan funestamente le habían engañado escapósele una risa convulsa, que sonó como un estertor. Recordó que aquella misma tarde fue él el que había aconsejado a su amigo que no saliera sin cubrirse por las calles de Venecia. Y ahora, él mismo había sido el causante de la temida desgracia. Abrióle violentamente los vestidos y pegó su oído a su pecho, por si todavía quedaba un hálito de vida en su corazón. Después pegó sus labios a la boca del joven, para ver si en ellos aguardaba un último aliento. Pero estaba yerto y frío. Ya no había esperanza.

En aquel momento se abrió de nuevo la puerta del palacio, y una alta figura, envuelta en su capa, salió de ella. La luz del palacio iluminó los blancos cabellos del viejo Malapiero, que regresaba a su mansión. Andrea alzó la vista, y la terrible ironía de su situación inundó su alma de redoblada amargura. Allí estaba el hombre del que quería proteger a Venecia, y a su amigo, y por otro lado muerto en el suelo estaba este último. Caminaba solo, con la máscara de un secreto que su enemigo había logrado conocer; nada impedía avalanzarse sobre él, la daga estaba al alcance de la mano... Pero aquella daga se había manchado con sangre inocente, y ahora el juez se había convertido en un verdugo, y ya nada le diferenciaba de aquel hombre en quien pretendía llevar a cabo su último acto justiciero.

Una indecisión brutal se adueñó del alma de Andrea. Rehízose con un esfuerzo, arrancó el puñal de la herida y se escondió entre las sombras, sin ser visto por el anciano triunviro, que se acercaba cada vez más al puentecillo que le conducía a su casa. Cuando pensó que el viejo Malapiero se encontraría con el muerto y daría las gracias a su desconocido asesino tuvo que morderse salvajemente los labios para no gritar.

Llegó así a la puerta de su casa y la encontró abierta. Cuando levantó la mirada hacia la escalera encontróse a Marieta en el último escalón, con ambos brazos apoyados en la barandilla y los ojos clavados en el portal.

—¡Al fin, venís! —susurró—. ¿Dónde estábais tan tarde? Os oí marchar, y no pude dormirme.

El no contestó, fatigosamente comenzó a subir la escalera y quiso pasar de largo junto a ella. Pero la joven vio entonces la daga, que ya no le importaba mostrar, y cayó al suelo con un grito ahogado, justamente delante de él. Andrea, sin mirarla siquiera, siguió hasta llegar a su habitación. Su corazón ya no sentía lástima por los pequeños dolores humanos. Sólo veía ante sí la imagen de una madre que esperaba llena de impaciencia el regreso de su hijo desde tierras extrañas, y en lugar de él, recibiría su ataúd.

Apenas había tenido tiempo de encerrarse en su aposento, cuando Marieta comenzó a golpear su puerta suplicando que la dejase entrar.

—Vete a la cama —dijo él—. No tengo nada más que hablar ni que tratar con los hombres. Mañana temprano vete al palacio ducal, a buscar tres mil cequíes. Puedes decir que uno de los conspiradores ya no volverá a causarles daño. No temas que me cojan con vida. ¡Buenas noches!

Pero ella no quiso irse y permaneció al lado de la puerta.

—Quiero entrar, dejadme entrar —suplicó—, sé que si os quedáis solo, os causaréis algún mal. Pensáis que os he de traicionar, porque os he visto venir con la daga. ¡Oh, estad seguro de que yo no os delataré! ¡Dejadme entrar, miradme al rostro y decidme después si me creéis capaz de alguna insidia contra vos! ¡Dios mío! ¿No he sospechado desde hace tiempo que érais vos a quien buscaban? Más de una vez os he visto en sueños bañado en sangre. Pero no os odio, sin embargo, no os odio. Ya sabía que érais infeliz. ¡Entregaría mi vida, si vos quisiérais!

La muchacha pegó el oído a la puerta, pero no hubo respuesta alguna. En lugar de esto, escuchó cómo se acercaba él a la ventana que daba al canal y se afanaba en algo que no podía adivinar. Desesperada volvió a golpear la puerta, le llamó de nuevo a gritos, conjuróle con las más tiernas palabras a que no cometiese una acción desesperada... Pero no consiguió nada. De repente dentro del cuarto se hizo el silencio, la joven apoyó su hombro contra la puerta, muy angustiada, e intentó forzar la cerradura con sus débiles, pero desesperadas, fuerzas. Por último, el viejo maderamen crujió y cedió, y la puerta se astillo. El boquete que se había formado permitió pasar a su menudo y esbelto cuerpo sin muchos apuros.

El cuarto estaba vacío: ella le buscó en vano por todos los rincones. Finalmente vio que la ventana estaba abierta y se acercó a ella, segura ya de que se había arrojado al canal, apenas tuvo valor para asomarse y mirar hacia abajo. Pero lo que vio le devolvió en parte la esperanza perdida. Allí, bajo el antepecho, una firme escarpia sostenía una cuerda, que colgaba por todo lo largo del muro hasta llegar a la superficie del agua. Probablemente habría bajado por ella hasta alcanzar la escalerilla del palacio de la condesa y saltar a la góndola que solía estar atada allí. Hoy había desaparecido la susodicha góndola, y a la muchacha, que se esforzaba en vano, desde arriba, por distinguir en las negras aguas del canal, alguna huella del desaparecido, le quedó al menos el consuelo de saber que, si él deseaba escapar, no había podido elegir un camino más seguro que éste.

Esto era precisamente lo que Andrea quería que creyera. No quería oprimir el espíritu de aquella inocente criatura, a quien había causado ya suficientes penas, con toda la cruel verdad, que no le significaría a él ayuda ni salvación algunas, pues sabía que no podría nunca huir de sí mismo.

Mientras Marieta seguía mirando por la ventana y sus lágrimas se deslizaban por sus mejillas hasta dar a parar en las negras aguas, Andrea conducía su góndola por el Gran Canal. Las quietas aguas reflejaban los palacios que erguían su oscura mole junto a las orillas. Pasó por delante del palacio Morosini, y después, del de Venier. Los cabellos se le erizaron. ¡Allí, ante él, como encerrada en un anillo, tenía toda su vida! ¡Qué principio y qué fin tan diferentes!

Cuando pasó por delante de la Giudocca se descubrió ante él, brillando débilmente a la dudosa luz de una turbia luna, el imponente palacio de los Dux, le sobresaltó el pensamiento de que aquél era el lugar donde se juzgaba y condenaba a los asesinos. Pero para su crimen no estaban allí los jueces adecuados, pues ¿quién es capaz de juzgar un caso de conciencia? Y además, ¿no tenía acaso la esperanza de que de aquella sembradura de crueldad floreciesen la salvación y la libertad para los conciudadanos oprimidos? ¿A lo mejor incluso la muerte del inocente, que la voz popular imputaría, sin duda, al tribunal, completaría la obra emprendida y terminaría con la paciencia que el pueblo había entregado a la tiranía?

Esta esperanza se hubiese disipado, si se hubiese entregado a sus jueces, borrando así su temor ante el invisible enemigo y hubiera impedido que la potencia extranjera les pidiese explicaciones.

Con vigorosos golpes de remo condujo la góndola hasta el Lido y atravesó las solitarias dársenas, en las que tan sólo permanecían los farolillos de las barcas. A la entrada del puerto estaba la embarcación que, desde hacía una semana, y fuertemente armada, impedía la salida a todas las barcas o navíos que no conociesen la contraseña del tribunal de la Inquisición. Pero Andrea sí la conocía, esa misma mañana uno de los servidores secretos se la había dado, y le dejaron pasar sin impedimento alguno, camino del mar abierto.

El Adriático estaba tranquilo. Andrea no tuvo que luchar contra las olas, ni siquiera después de haberse alejado de la costa muchas horas de remo. En el plácido silencio de la noche revivieron en su corazón, más amargas que nunca, sus penas irremediables. Remaba con furia para no escuchar esas palabras que se agolpaban en su cabeza, esas últimas palabras del amigo: «¡Madre, madre mía!»

Era medianoche cuando la góndola llegó a tierra. Andrea saltó a la playa y se dirigió a un solitario monasterio que se erguía sobre un promontorio y que era lugar muy frecuentado por los pobres pescadores. Lo habitaban frailes capuchinos, que vivían de la limosna y de la caridad de sus bienhechores, a cambio de consuelos espirituales, y no poca ayuda a los necesitados y menesterosos.

Andrea acercóse al portón y tiró de la campanilla. Poco después escuchó la voz del hermano portero, que preguntaba quién venía a esas horas.

—Uno que va a morir —dijo Andrea—. Me gustaría ver al hermano Pietro María, si está en el convento.

El portero se ausentó. Andrea, mientras esperaba, se sentó en un poyo de piedra, adosado al muro, y se dispuso a escribir una carta a la tenue luz de un farolillo que había en la celda del portero e iluminaba el lugar a través del ventanuco. Escribió lo que sigue:

«Al señor Angelo Querini.

»He intentado hacer el papel de juez y me he convertido en un asesino. Quise ser yo el que devolviera la justicia a Venecia y no me di cuenta de que esto sólo está en manos de Dios, y Dios me ha ahogado en mi propio criminal desvarío, haciéndome derramar sangre inocente. La ofrenda que quise presentar ante el altar ha sido considerada indigna. Todavía no había terminado mi acción, y el sacerdocio de la liberación de Venecia ha sido entregado a otras manos. O ¿es que ya no hay salvación posible...?

»Voy a comparecer ante Dios, Supremo Juez, que pesará justamente en su divina y eterna balanza mis pecados y mis padecimientos. Ni de los hombres ni de vos puedo esperar ya nada, tan sólo una generosa compasión por mi desdicha y mi error.

Candiano.»

Abrióse el portón del convento, y un anciano monje calvo, se acercó al solitario escribiente, Andrea se levantó.

—Pietro María —dijo—, os agradezco vuestra presencia. ¿Hicísteis llegar mi misiva al desterrado en Verona?

El anciano afirmó con la cabeza.

—Si dais, pues, algún valor a la gratitud infinita de un desgraciado, enviad también esta carta a la misma persona. ¿Me lo prometéis?

—Lo prometo.

—De acuerdo. ¡Qué Dios os lo pague! ¡Adiós!

El monje le tendió la mano en señal de despedida pero él se marchó. Sin detenerse, subió de nuevo a la góndola, y enfiló rápidamente hacia el mar. Cuando el anciano leyó la carta, gritó alarmado, rogándole que volviera. Pero él no respondió. Preso de una gran emoción, el antiguo servidor de la República vio cómo luchaba contras las olas el último estandarte de una noble y vieja estirpe. El mar estaba ahora agitado por un cortante viento de madrugada. Pensó si estaría bien hecho, si sería sencillamente posible, oponerse a la determinación del que se entregaba a la muerte voluntariamente. Sobre la ya lejana góndola, se alzó nítidamente la silueta sobre el plúmbeo horizonte. Dirigió una última mirada sobre la tierra y el mar, y después se volvió hacia el lugar donde emergía el contorno de la ciudad, flotando entre la neblina de las lagunas como sobre un islote de nubes. La miró de un modo indescriptible, y después saltó por la borda y se hundió en las encrespadas olas.

El monje, que había contemplado toda la escena, juntó las manos y rezó fervorosamente durante unos minutos. Luego subió a una barca y se dirigió al lugar donde la vacía góndola danzaba, sacudida por el oleaje. Del infeliz que la había conducido hasta allí no quedaba la menor huella.

PALABRAS INOLVIDABLES

En una soleada tarde de abril de 1849 salió un ligero faetón por la puerta sureste de Vicenza, también conocida como Porta Monte, porque el monte Berico adelanta su falda en aquel punto hasta muy cerca de la ciudad. Tomó el camino en dirección opuesta al curso del Bacchilione, arroyo, más que río, de aguas cristalinas que riega en aquella región los alegres campos a su sosegado paso. En la parte de atrás del carruaje se sentaba una bella muchacha arrellanada sobre el respaldo, indiferente al hecho de que su gran sombrero veraniego se hubiese descolocado y que las cintas de terciopelo que lo ornaban estuviesen arrugadas. En la parte delantera del coche, estaba erguida con su imponente figura una señora madura. Lucía un sombrero decorado con flores y una mantilla negra, ambos de seda. Se protegía del sol con una elegante sombrilla y observaba de vez en cuando el paisaje con unos anteojos dorados. Iban sentadas una frente a otra porque en el asiento de atrás no quedaba suficiente espacio para la voluminosa persona de la más vieja, y porque no está bien que una señora y su aya vayan sentadas al mismo nivel. Sin duda, la fina naricilla de la joven, un poco altiva y orgullosa, señalaba su origen aristocrático. La vieja también sabía dar a su cara, ancha y bonachona, una expresión digna y humana. El aya miraba a derecha e izquierda el paisaje de los fértiles campos y las casitas dispersas en las faldas del monte Berico, con una indiferencia tan condescendiente que no parecía sino dispensarles como una gracia especialísima con esa displicente mirada de sus ojos color azul metálico.

Viajaron así cosa de media hora, después el faetón tomó un sendero que descendía al fondo de un valle, situado a la derecha del anterior camino, y tras una breve y difícil ascensión se detuvo ante la alta verja de un jardín, cuyos fuertes pilares de entrada, tallados en granito, estaban defendidos por tres enormes rejas de hierro. El cochero saltó del pescante y tiró de la cadena oxidada de una campanilla, que comunicaba con el interior de una construcción de una sola planta que había al final del sendero de la entrada, la distancia de la casa no dejaba escuchar el sonido de la campanilla. Aguardaron un buen rato hasta que el interior de la casita respondió.

Mientras, las dos damas escrutaban curiosas el jardín, a través de la cancela. Un ancho sendero conducía, entre dos muros verdes y frondosos de follaje, hasta un despejado montículo en el cual alzaba su esbelta figura un edificio cuadrangular de regulares proporciones rematado por un tejado curvo. De la fachada sobresalía un pórtico, que descansaba sobre seis esbeltas columnas al que se accedía por medio de anchos escalones. El edificio elegante y severo parecía abandonado en una profunda soledad; alrededor de él la hierba había crecido libremente y las numerosas estatuas de dioses, elaboradas en un yeso ya amarillento por el paso del tiempo. Se repartían por las cornisas del tejado, por la balaustrada de la escalinata y hasta por los pilares de la valla y disfrutaban del apacible encanto de aquel descuidado lugar como únicos y absolutos dueños.

—¡María Josefa! —exclamó la más vieja de las señoras, al tiempo que examinaba todo aquello a través de sus anteojos—; creo, que hemos venido a parar a otro templo del paganismo, igual que todos los demás que hemos visto ya, y con los mismos ídolos indecorosos que todos ellos. ¿Vamos a bajar, para contemplar estas antiguallas por enésima vez?

—Pues espérame sentada, si quieres, en el coche —respondió la joven con gesto sonriente— y recuperas esa siesta que has echado hoy a perder. Pero luego tendrás que vivir el resto de tu existencia pensando que por dormir te quedaste sin ver una de las cosas más notables de toda Vicenza. Esto no es ningún templo, sino la quinta más famosa de toda Lombardía que construyó el gran Palladio, el mismo, ¿sabes?, que ideó y realizó todos los hermosos palacios de Vicenza, y el Ayuntamiento, y el curioso teatro clásico que acabamos de abandonar hace una hora. Como responsable de tu educación artística, me ha parecido conveniente enseñarte esto; pero no quiero obligarte. Mira, allí viene el portero. Puedes encomendarme a su custodia con toda tranquilidad.

—¡Qué dice usted, querida! —exclamó la otra, disponiéndose a bajarse del coche—. En realidad, no estoy cansada, y he dicho esto porque estoy harta de estas eternas y conocidas columnas. Será quizá que no comprendo esto. Si por hoy han de ser las últimas, las soportaré. ¡Pero con este calor que hace...! Y en este camino parece que no hay demasiada abundancia de sombra. En fin... *Merci, mon ami. Me voilà!*

Estas últimas palabras iban dirigidas a un viejecillo de aspecto huraño y malhumorado que acababa de atravesar una de las puertas laterales y que, sin decir palabra, se acercó al coche para ayudar a las damas a salir. Ella, que no sabía una sola palabra de italiano, creía que todo el mundo estaba en la obligación de entender su francés. Descendió con una gracia juvenil que nadie hubiera creído posible en tan pesado cuerpo, y después se volvió y ofreció la mano a su señorita para que se apoyase en ella al bajar del coche. Seguidamente comenzaron a subir por el sendero, la vieja jadeando y resoplando, a pesar de que las altas paredes que bordeaban el camino con su verde follaje aminoraban considerablemente el calor, y la joven con paso gracioso y ágil, la cabeza ligeramente hacia atrás y aspirando voluptuosamente con la fina nariz y los labios entreabiertos los olores de aquella verde soledad. Cuando llegó al final del camino se detuvo un momento y dejó vagar sus grandes ojos oscuros por toda la fábrica del edificio, que le cautivó mucho más, contemplado así de cerca, que en las postales y reproducciones que había visto antes. El azul intenso de aquel cielo de primavera enmarcaba las nobles proporciones del pórtico, y el éter infinito envolvía aquellas nobles piedras con un suave y transparente velo. Sentía a su alrededor aquella lujuriante vegetación, como una selva virgen, los rosales cubriendo los muros, las infinitas flores que la sonreían desde la agreste pradera y allá a lo lejos, en los viñedos y moreras que rodeaban la quinta por todas partes, el zumbido aletargador de los grillos, el piar de invisibles pájaros y el croar de las ranas de zarzal, oreado todo por una brisa suave y cálida con una vibración que parecía visible.

El viejo a quien estaba confiada la vigilancia de aquel paraíso abandonado subió la escalinata y abrió la puerta de la casa; después desapareció en el interior de ésta invitando a las damas a que le acompañasen, cosa que hicieron éstas lentamente. La joven no había enmudecido; por el contrario, su acompañante, a quien había llamado en una ocasión con el nombre de Zephyrine, no podía contener sus comentarios de desaprobación sobre aquellas indecencias mitológicas, como ella decía, que les rodeaban por todas partes.

—¡Si por lo menos valiese la pena el pecado de mirarlas! —exclamó llena de un divertido enfado—. Pero mire usted, querida, por Dios, mire usted: aquella ninfa con esa cintura que parece que se la han diluido en agua, y aquellos pies planos tan espantosos, y aquel joven de allí...; no, no cualquier mujer que se aprecie no debería andar entre gentuza, aunque hubiese colocados aquí cien cartelones que anunciaran que se está entre dioses y diosas.

La joven ignoraba totalmente estos comentarios, aunque de vez en cuando fruncía el labio superior, con una graciosa mueca de desagrado ante la charla de su acompañante. Cuando penetró en la famosa rotonda central del edificio, tan bella y donosamente coronada por una esbelta cúpula todo en penumbra y casi en exceso fresco, se le escapó un «¡ah!» de infantil admiración. Se detuvo largo rato en aquella grata oscuridad, con los ojos semicerrados, adivinando, más que viendo, los adornos de escayola, de descoloridos colores, y las estatuas sobre sus pedestales cubiertos de polvo. Una extraña sensación de bienestar se apoderó de ella, mientras tomaba conciencia del agudo contraste entre la sofocante claridad solar de afuera y el fresquísimo recogimiento de esta estancia. Pero el viejo fue abriendo las cuatro puertas situadas una frente a otra, en cruz, y la luz y el calor entraron de golpe.

Se acercó el guardián a ellas y les preguntó si deseaban ver las habitaciones que en otro tiempo habían sido ocupadas; la joven dijo que sí con la cabeza y le siguió por una serie de aposentos vacíos que se agrupaban formando un círculo alrededor de la gran sala central. Las alcobas estaban pobre y escasamente amuebladas, el polvo cubría unos anticuados sillones de la época napoleónica, las mesitas de finas y torneadas patas y los bastidores de las camas, cuyos almohadones y colchones no habían sido aireados desde hacía muchos años. Los dueños de la quinta no venían jamás, dijo el guarda. No les gustaba el gobierno austriaco y tenían suficientes casas de campo y quintas de recreo; por eso habían abandonado la rotonda. Ahora, para hacerla habitable sería necesario inventir un dineral en reparaciones y mobiliario.

La señorita había escuchado pacientemente al viejo gruñón, mientras éste ensalzaba los tiempos pasados, cuando la casa albergaba fiestas y saraos y los cantantes y los músicos hacían resonar la sala de la cúpula con la mejor música de ópera. Hablaba con sorprendente vehemencia, como si hiciese responsable a la joven, a quien tomaba con razón por austriaca, del triste cambio acaecido. Ella contemplaba cuidadosamente las pinturas de los muros, las molduras de mármol de las chimeneas y todo lo que, de un modo u otro, recordaba los desaparecidos tiempos de esplendor. Entre dos parrafadas del viejo, dejó caer la pregunta de si creía que la familia propietaria vendería la villa si encontrase un comprador. El viejo la miró sorprendido. Jamás se le había pasado por la cabeza tal pensamiento. Mientras miraba fijamente a la joven, encogiéndose de hombros, ésta se volvió a su acompañante, que la seguía muy a su disgusto y le preguntó:

—¿Qué opinas tú, Zephyrine? ¿Verdad que este sería un lugar maravilloso para vivir? Claro, en verano, no...; pero sí en otoño, cuando en Hainstetten comienza ese frío desolador. El jardín podría dejarse tal y como está; habría que limpiar solamente las habitaciones y..., ¿hay aquí una cocina? —preguntó al viejo—. Bueno, si no había otro remedio, podría instalarse en los sótanos. ¿No te parece divertido que no haya aquí ni rastro de una cocina, Zephyrine? Cualquiera diría que los antiguos propietarios vivían solamente de aire, como las estatuas de ahí afuera, o como los dioses olímpicos, de néctar y ambrosía.

Zephyrine no estaba de humor para bromas. Dijo que el aire enrarecido de aquellas estancias le hacía daño a los pulmones y en cuanto divisó un sofá tapizado con un descolorido damasco, que estaba en una habitación muy soleada, se dejó caer en él y se recostó en los duros cojines como si fuera un animal montés perseguido por la jauría, que se derrumba al fin, jadeante, en un lugar escondido y seguro.

La muchacha la animó a descansar allí, con un movimiento de cabeza mientras ella continuaba su recorrido. También despidió al viejo, pues no necesitaba llevarle siempre como un perrillo faldero. Además, estaría harto de pasar revista siempre a los mismos salones y abrir las cortinas a todos los visitantes. ¿Recibe visitas con frecuencia? —preguntó al viejo.

El guardián replicó que eso dependía de la época del año. La mayoría de la gente solían venir en primavera y en otoño. Esa mañana, precisamente, había estado allí un señor joven, que había venido a pie desde la ciudad y había examinado todo minuciosamente; después le había despedido, diciéndole que quería hacer unos dibujos. Desde entonces no le había vuelto a ver; sé que no se ha llevado nada, porque lo he revisado todo al detalle, pero tampoco ha dejado nada, ni una mala moneda.

La joven echó mano de su bolso, sacó un monedero y le dio una pieza grande de plata. El obsequio, que excedía con mucho lo acostumbrado, no alteró su actitud. Inclinó la cabeza de forma amable y se marchó. Ellas podían quedarse allí todo el tiempo que quisieran. Él se marchaba a casa para ver cómo andaba la comida, que estaba en el fuego. Su nieta era una chiquilla de siete años y siempre dejaba que se quemase la polenta.

Cuando se quedó sola, volvió al salón de la cúpula y se sentó en el pedestal de la estatua de Júpiter. Allí se entregó a melancólicos ensueños, por los que desfilaron todos los episodios de su vida, como reunidos en un gran retablo, que, a pesar de sus vivos colores, la estremecía con una desagradable sensación de vacío. No pudo resistirlo más y se levantó con un gesto orgulloso, sacudiendo hacia atrás sus rizos, como para ofrecer la frente limpia a una potencia hostil. El sombrero le resbaló entonces hasta la nuca y sintió un escalofrío, como si alguien hubiese rozado sus hombros. De repente, aquellas estatuas inertes le resultaron espantosas y, echando a andar, cruzó el amplio salón y salió al jardín por el pórtico que tenía enfrente.

Desde allí, a la sombra, podía contemplar a su gusto los espléndidos alrededores, mientras la suave brisa rozaba su desnuda frente. Podía ver la verde cima del monte Berico, de cuyos bosques sobresalía, humilde, la pequeña y alegre ermita; más allá, a su izquierda, bañadas por el aroma de las violetas, las colinas Euganas, y extendiéndose casi hasta sus mismos pies, aquella fertilísima tierra, exultante por la llegada de la primavera. Ni una sola nube se cernía sobre las montañas, ni salía sonido humano alguno de las casitas y cabañas diseminadas entre los viñedos. Abajo, al pie del altozano sobre el que se hallaba edificada la casa, revoloteaban persiguiéndose incontables mariposas, de una clase desconocida para ella, en torno a los rosales que crecían junto a la tapia del jardín. Empezó a descender los escalones, muy despacio. Quería coger una y contemplarla de cerca. Pero cuando llegó abajo y dobló el recodo de la balaustrada de mármol, se detuvo en seco, asustada.

En la alta y mullida hierba, allí donde la escalinata forma ángulo con la pared de la casa, había un hombre tumbado, durmiendo a pierna suelta, tenía la cabeza recostada sobre los brazos cruzados que le servían de almohada y el sombrero echado hasta la mitad de la frente. Aquel lugar había estado en sombra hasta pocos momentos antes; pero ahora el sol, se filtraba a través de las columnas del pórtico, y acariciaba con sus rayos el cuerpo del durmiente con la intención de alcanzar su rostro en pocos minutos.

Tenía una cara pálida y juvenil, de rasgos enjutos, que hasta durante el sueño tenían un gesto de tensión y de sufrimiento. Su cabello rubio, liso y abundante le caía hacia atrás desde las sienes y descubría parte de su blanco cuello. De vez en cuando el labio superior se contraía tímidamente mostrando una sonrisa apenas perceptible, como si por su sueño hubiese cruzado alguna imagen alegre, dejando al descubierto sus dientes, que resplandecían al sol. Bajo la sombra del sombrero asomaban sus ojos fuertemente cerrados y fruncía las cejas con un aire pensativo.

La joven le contempló un rato, inmóvil, tan seria y gravemente, que se diría que en la cara del durmiente podía leer todos los pensamientos e imágenes que recorrían su cabeza. Pero le resultó inapropiado espiar de ese modo tan descarado a alguien que no se daba la menor cuenta de ello. Se sonrojó levemente, se dio media vuelta y volvió a subir la escalera con pasos sigilosos. Entre las columnas ya, se giró y arrojó una fugaz mirada sobre el desconocido, cuyos párpados lamían ya los rayos del sol. Alcanzó a ver cómo él iniciaba un movimiento como para rechazar o defenderse de algo y, desapareció por la puerta que comunicaba con la sala circular.

Poco a poco la luz se había ido apoderando de la soñolienta conciencia del durmiente. Intentó primero volver la cara hacia la sombra, después estornudó violentamente un par de veces y por último abrió los ojos. Pero se sentía demasiado a gusto para decidirse a levantarse inmediatamente. Primero tuvo que hacer un visible esfuerzo mental para recordar dónde se hallaba. Cuando por fin cayó en la cuenta se estiró con voluptuosa pereza y perdió su mirada en la insondable profundidad azul del cielo. Entonces llegó de pronto a sus oídos una voz de mujer que, en el interior de la casa, iniciaba la dulce y doliente canción: *Ach, ich habe sie verloren.* Reconoció al instante la letra y la melodía; pero jamás las había oído cantar con tal pureza, con tan íntimo sentimiento. Le pareció un cuento, una maravillosa fábula, que resonase la canción de Orfeo, en aquella soledad, bajo el cielo italiano y cantada por una boca alemana. Se incorporó sigilosamente en la hierba, como temiendo que el más ligero susurro pudiese desvanecer aquel milagro, y escuchó un ratito. Pero, pudo más en él la curiosidad, se levantó y comenzó a subir la escalera, deslizándose con sumo cuidado.

Cuando atravesó las columnas el canto se cortó de pronto. Pudo ver la esbelta figura de la cantante, en mitad de la sala, de espaldas a él y cómo se puso tranquilamente en movimiento y se dirigió hacia la otra puerta, canturreando para sí las últimas notas del aria.

Su primer impulso fue seguirla, pero se detuvo en seco, cuando ella se volvió y le examinó de pies a cabeza con una fría mirada.

—Señorita —dijo él—, quiero pedirle mil perdones por haber interrumpido su canto; pero yo mismo he sido castigado duramente con ello. Me retiraré inmediatamente...

Afloró en las mejillas de la joven un rubor apenas perceptible y después de haberle observado minuciosamente respondió:

—No me ha molestado usted en absoluto —dijo—, si alguien ha de pedir disculpas, soy yo y no usted. Mi canto ha perturbado su sueño y le confieso que lo he hecho con toda intención. Le encontré a usted ahí fuera, echado en la hierba, y vi que el sol se acercaba a su cara. Esto sólo pueden soportarlo sin molestia los que han nacido en esta tierra; los extranjeros cogen con facilidad una insolación.

—Y usted se ha dado cuenta de que soy extranjero, por mi cara, o mejor aún, por mi pelo —replicó él, sonriendo—. ¿Qué habrá pensado usted de un viajero que no sabe hacer nada mejor en esta paradisiaca comarca que dormir a pierna suelta?

—No sabía que me pudiesen obligar a traicionarle a usted mis pensamientos —dijo ella, un poco cortante—. Por lo demás, tranquilícese usted: no he pensado nada en absoluto al respecto. ¿Por qué no se ha de poder dormir después de haberse saciado la vista en un espectáculo tan deslumbrante como el de este paraje? El viejo que guarda esta quinta me ha hablado de un extranjero al que acompañó esta mañana por estos lugares y que después le perdió de vista. Si es usted el mismo...

—No puedo negarlo —dijo él, siempre con el mismo gesto entre irónico y melancólico que le daba especial atractivo—. Despedí al hombrecillo aquel para poder tomar un par de apuntes en mi cuaderno. Pero como soy un infeliz dibujante y este paisaje se burla una y otra vez de mis débiles fuerzas, caí abatido y me alegré al fin de que el sueño se compadeciese de mí.

—Entonces estará usted furioso conmigo por haberle despertado. Pero no tema, porque enseguida me voy y le dejo en brazos de su consolador.

Enderezó su sombrero de paja y se ató fuertemente la cinta debajo de la barbilla. El desconocido no podía apartar sus ojos de aquel bello rostro, que resaltaba con mayor encanto todavía en aquel gracioso marco.

—¡Por Dios, señorita! —dijo—; ahora sería inútil. Solamente la idea de haberla ahuyentado me robaría todo descanso, todo posible sueño, aunque me sorprendiese aquí la noche y pudiese elegir a mi gusto entre todas las alcobas de esta quinta. Además, desde que estoy en Italia y especialmente en esta bendita Vicenza, me paso las noches sin dormir. ¿Sabe usted qué es lo que me impide dormir? Le parecerá, quizá, absurdo, porque no soy ni pintor ni arquitecto ni, en definitiva, tengo nada de artista, tan sólo un simple doctor en Filosofía; pues no es otra cosa que el gran Palladio, cuya imagen me roba el descanso. Precisamente la pasada noche no pude dormir más que una hora y por eso me ha abatido el sueño ahí fuera. La Naturaleza reclama siempre sus derechos.

La joven le había contemplado mientras decía esto con una mirada de creciente asombro. En un primer momento el ímpetu de aquel hombre le había parecido casi ofensivo, acostumbrada como estaba a enamorar a cuantos jóvenes se tropezaban con ella. Pero aquella primera impresión enseguida dio paso a un sentimiento más digno, porque el joven se dirigía a ella con tal franqueza y seriedad como si estuviese hablando a una persona de mucha y vieja confianza.

—Y ¿qué daño le ha hecho a usted Palladio? —preguntó ella, recostándose de nuevo, a pesar de su incomodidad, en el pedestal de la estatua de Júpiter.

—Entiendo que no me comprenderá —replicó el joven, mientras dejaba vagar su mirada por el entreluz de la cúpula—. Tendría que conocer algunos detalles sobre mi vida que dudo que le interesen.

—¿Por qué no? Todo se reduce a intentarlo.

Él sonrió melancólicamente.

—Porque realmente no es interesante. Cómo voy a importunarla si ni siquiera tengo el honor de conocerla...; además la estoy entreteniendo y separándola de su acompañante. Vuelvo a rogarle que me disculpe.

Se inclinó ligeramente, como si quisiese despedirse.

—¿Mi acompañante? —replicó ella sonriendo—. En estos momentos está tan despierta como lo estaba usted hace unos momentos; aunque ella ha sabido buscarse para descansar un rincón donde está a cubierto de los impertinentes rayos del sol. Además, no tengo ninguna prisa, y si no es indiscreción, me gustaría muchísimo saber cómo es posible que el gran Palladio, que tantos ojos humanos ha deleitado a lo largo de trescientos años, pueda angustiarle hasta el punto de no dejarle dormir. Además no entiendo como puede quitarle el sueño viendo usted en él, según ha dicho, un maestro, un modelo al que imitar.

—Aunque así fuese... —dijo él precipitadamente, con los ojos clavados en las losas del suelo—. Se lo digo una vez más: es inútil hablar de esto. Hay ciertas impresiones que son capaces de dominar con facilidad a un hombre y que no tienen el menor poder sobre un ser femenino. No sé si le confiaría esto a mi propia hermana, si la tuviera. ¿Por qué no hablamos de otras cosas, de algo más bonito? ¿Ha estado usted ya en el jardín que hay en la cumbre del monte Berico, desde donde puede gozarse una maravillosa vista de la ciudad y de toda la sierra?

La joven echó un poco hacia atrás la cabeza con gesto orgulloso.

—Comprendo. No tengo ningún derecho a su confianza —dijo lentamente—; pero quiero advertirle que si me juzga usted según la idea usual que hay del sexo femenino, se equivoca. También yo soy capaz de experimentar, a pesar de mi corta edad, sensaciones e impresiones que difícilmente podría hacer comprender a una hermana, si tuviese una. Así, pues, estamos iguales. Y como no tengo ganas de hablar de hermosas vistas...

Se levantó y le hizo una breve cortesía. Él completamente desconcertado, dijo sonriendo:

—Perdone usted, señorita, si me he expresado con descortesía. Verdaderamente, es curioso que yo esté aquí, delante de una dama desconocida, casi como un pobre pecador a quien van a examinar y que se hace el porfiado y el incorregible. Pero para que no se lleve usted de mí una impresión equivocada, le confesaré las emociones que ha despertado en mi espíritu el tal Palladio. Usted también le conoce y habrá visto sin duda todas las maravillosas obras que ha levantado allá abajo en la ciudad, desde la prodigiosa basílica, con toda su majestuosidad, hasta la casita que hay junto al Corso, que destaca a pesar de su estrecha fachada, entre el cúmulo de casas de la ciudad, como su príncipe de sangre real que marcha en fila con los demás ciudadanos, porque tiene que empezar por el último grado del aprendizaje militar. No sé si usted tendrá una sensibilidad especial para la arquitectura. A mí me había faltado hasta ahora, o por lo menos estaba dormida, y aquí es donde se me ha despertado. Hasta ahora la arquitectura me hablaba solamente a los sentidos exteriores, quizá porque llevo muy dentro las demás artes, aunque no practico ninguna. Y he aquí que llego un buen día a Vicenza y me pongo a pasear entre estas piedras sin el menor recelo, y de repente siento que desde todas esas silenciosas pilastras, columnas y frontones me está mirando un rostro humano, el más risueño, noble y gentil que jamás había visto, y me parece como si por las venas de estos marmóreos bloques sintiese latir un pulso vivo. Y allí donde antes respetaba yo a ese ser impersonal que en el lenguaje artístico se llama euritmia, proporción y armonía de las partes, descubro ahora un corazón humano lleno de un fuego inmortal, que hasta entonces había sido un misterio para mí y a partir de ese momento cualquier leve palabra yo comprendía al instante. Me tomará usted por un chiflado o por un majadero, señorita; pero ha sido usted misma quien ha solicitado mi confesión.

La joven tenía la mirada perdida en el soleado jardín, por encima de él, a través del umbroso pórtico.

—Le comprendo a usted perfectamente —dijo después de una pausa—. También yo he experimentado esa sensación, aunque no con la arquitectura precisamente, sino con algo emparentado muy de cerca con ella. ¿Conoce usted a Bach? Pues vea usted: de algunas de sus fugas más complicadas, de esas que a la mayoría de la gente le parecen admirables solamente por lo sólido de su arquitectura, he oído yo brotar los latidos de su corazón. La razón quizá fuera que me siento un poco afín..., claro que muy de lejos y salvando las infinitas distancias, porque yo no puedo medirme, naturalmente, con un gigante así. Pero creía escuchar allí el rumor del mismo torrente de sangre que templa mis míseras fuerzas y que no puedo doblegar a mi voluntad. Se sonríe usted. Antes me he mostrado ante usted como curiosa; ahora le confieso que soy caprichosa y terca. No me gusta mostrar mis flaquezas, pero no quiero que tenga la sensación de haber sido sometido a un interrogatorio. Pero no entiendo una cosa: ¿por qué le ha entristecido hallar un hombre grande y digno de reverencia en vez de un arquitecto lleno de talento?

—¡Oh, señorita! —dijo él—; si yo le contestase esta pregunta de modo satisfactorio sabría usted de mí, en esta primera hora de un encuentro casual, más de lo que mi propia madre supo nunca, más que mis mejores amigos. Y al final se cansaría usted, no solamente de estar en pie sobre estas frías losas, sino también, y sobre todo, de oírme. ¿Me permitiría usted acompañarla en el camino de regreso?

—No —replicó ella—. Ya le he dicho a usted que soy muy curiosa y terca. No pienso darme por vencida tan fácilmente. Pero tiene usted razón: vamos a dar una vuelta, mientras me cuenta usted todo. No hay nadie más apropiado para hacer confidencias íntimas que la persona a quien probablemente no vamos a volver a ver en toda nuestra vida. Si yo tuviese algún secreto, se los confiaría a usted sin duda de mucha mejor gana que a una amiga cualquiera que luego lo chismorrearía inmediatamente, aunque no fuera más que a su marido. Y mi madre...; a propósito: ¿vive todavía la suya?

—No; murió hace cinco años.

—La mía vive, gracias a Dios, pero desgraciadamente es la última persona a quien podría confiarle algo de mi vida íntima. Amaba a mi padre con tal pasión, que desde que murió, hace ya más de ocho años, el dolor la sumió en un trastorno mental del que todavía no ha podido recuperarse y sigue viviendo en una especie de penumbra espiritual. Es capaz de conocer a todos los que la rodean y se interesa a su manera por todo; pero le pasa lo que a una persona a quien se le han atrofiado las manos: nada de lo que coge le llega a la mente. Esta es la razón de por qué me he vuelto tan terca; me he visto en la triste necesidad de tener voluntad por las dos. ¡Qué digo por las dos! Por tres, porque tengo un hermano pequeño que nació después de muerto mi padre. Créame usted: no es ninguna felicidad llegar a ser independiente demasiado pronto y tener que hacer de tutor de la propia madre cuando todavía no se ha salido de las ilusiones y los sueños de adolescente. Bueno; ya le he contado a usted bastantes cosas de mí. Ahora le toca de nuevo a usted. Pero es mejor que salgamos al jardín, mientras mi buena Zephyrine sigue durmiendo el sueño de los justos. Después tendré ocasión de presentarle a mi institutriz y educadora, cuya educación me cuesta mis buenos quebraderos de cabeza.

—¿Zephyrine? —dijo él echándose a reír—. ¡Qué nombre tan divertido!

—Y muy poco apropiado a su actual aspecto, como usted mismo verá. Pero hace veinticinco años, cuando todavía yo no había nacido, creo que se hacía merecedora de su nombre. Figúrese usted que mi antigua *bonne* comenzó su vida en las tablas, como bailarina. Era hija de un profesor de baile francés, que se había casado con una señorita rica de Viena. Su figura y su talle enamoriscaron a un joven y adinerado comerciante que la pidió en matrimonio, pero previamente la envió a un internado de señoritas para que la educasen y formaran pues fuera de su francés nativo no había recibido ni un barniz de cultura general. Pero cuando terminó su instrucción ya habían pasado algunos años y su prometido y protector murió y ella se encontró en mitad de la calle sin ayuda y sin medios de vida, ya que sus padres también habían muerto en trágicas circunstancias. Por aquel tiempo mi madre andaba buscando una institutriz para mí, y como la cuestión principal en esos momentos era el francés, entonces vivíamos, como ahora, en nuestra finca de Steiermark—, decidieron confiar a *demoiselle* Zephyrine mis primeros conocimientos en la vida. Con el paso de los años se han invertido las circunstancias, y ahora soy yo la responsable de su conducta y también de la mía. Ya ha visto usted su modo de vigilarme: me deja desde hace media hora conversar con un joven desconocido de las cosas más sorprendentes, sin que inquiete su plácido sueño el menor remordimiento de conciencia.

El joven se echó a reír, lo que daba a su cara una agradable expresión.

—Parece que me toca presentarme. En realidad mi vida es vulgar y corriente. Mi padre era profesor de Instituto, me educaron en la opinión de que esto debería ser también la suprema meta de mis aspiraciones y de mi ambición. Pero él me llevaba una ventaja amaba enseñar a la juventud y esto le hizo posible hallar la felicidad en medio de tan modestas pretensiones. Yo tenía verdadera pasión por aprender cada vez más, entre otras cosas, por conocerme a mí mismo. Los resultados no fueron los más a propósito para excitar mi vanidad. Comprendí que tenía posibilidad de llegar a ser un hombre útil; pero siempre he tenido horror por los hombres meramente útiles, y me han parecido, en el fondo, absolutamente superfluos. ¿Qué interés puede tener ser uno más entre la muchedumbre de humildes trabajadores? A mí me hubiera gustado llegar a ser algo nuevo, diferente, que me satisficiese y que me enseñara a encontrarme a mí mismo, no lo que pudiera aprender de una reata de chiquillos de escuela, sino algo sobre la Humanidad, y sobre mis contemporáneos. El futuro, entonces, no me inquietaba. Sin embargo con una dosis de filología y otra de filosofía no era de extrañar que sucediese esto; lo que sí se puede hacer, en este caso es aumentar el gran rebaño que pace la tierra nutricia con un satisfecho y estúpido disfrute. Eso de tener que agradecer a los demás por lo que nos permiten disfrutar, es algo que, tarde o temprano, acaba hartando. ¿Qué sentirá en su interior un hombre que se lo debe todo a sí mismo, o por lo menos lo mejor y más valioso: el goce de una personalidad grande y vigorosa? No sé si me explico bien, señorita. Las mujeres no suelen carecer de esto. Si no se han deformado tristemente sus espíritus a causa de circunstancias desgraciadas, nos llevan de ventaja a los hombres esto precisamente; que no sirven nunca a objetivos comunes, ni llevan uniforme, sino que cada una puede vivir para sí misma y crearse un carácter que será bueno o malo, digno de amor o desagradable; pero que en todo caso no hace sino fortalecer su propia personalidad. Y yo, como hay que vivir y carezco de bienes, no habría podido dedicarme a mayores empresas que trabajar enseñando a los niños el *rosa, rosae,* hasta que otros consideraran que estoy lo suficiente preparado como para interpretar a Platón a los jóvenes sin conocimientos que tuviera bajo mi custodia pedagógica. Pero hice una serie de cosas que al colegio no le gustaron y empezaron a pensar en despedirme. La primera consistió en que me entregué al torbellino político, y colaboré en un periódico, cosa que significaba la catástrofe para un aspirante a profesor; pero cuando tenía ya perdida mi carrera vino a salvarme el compasivo gesto de una lejana pariente mía, que siempre me había demostrado especial afecto y que al morir me legó dos mil táleros. No esperé entonces a que en el Instituto me pusieran de patitas en la calle, sacudí de mis zapatos la tiza y emprendí camino al Sur. Me dispuse a hacer un último intento, aquí en esta famosa tierra donde nunca han faltado hombres que se comportasen de manera libre y digna, en su deseo de alcanzar genio y personalidad, para ver si yo era capaz de llegar a tanto como habían llegado ellos. Pero el estilo y las acciones de esta tierra me resultaban totalmente desconocidas. Pues bien: creo que ahora habrá comprendido usted por qué me sumió en esa melancólica envidia encontrarme con este Palladio, un hombre de tal plenitud y belleza interior que, después de tres siglos, todavía es imitado, admirado, amado y bendecido. Y esto a pesar de ser él también un heredero y tener que arrastrar detrás de sí un inmenso legado de pensamientos y de formas. Pero ¡cómo ha sabido él sintetizar y elaborar de nuevo el áureo tesoro que le habían transmitido los antiguos, arrojándolo en el crisol de su fantasía e imprimiéndole a todo su sello personalísimo! El que es capaz de hacer algo así merece vivir; mejor dicho, ése es el que verdaderamente vive y no nosotros, los mediocres que vegetamos en torno suyo, esperando siempre su limosna y siempre hambrientos...

Se giró y arrancó una rama de un rosal, con tal rabia, que todas las flores se deshojaron y cayeron en la hierba.

—Lo más lastimoso —prosiguió él entre dientes— es que me haya dejado persuadir para hablar de estas tonterías, como si quisiese mendigar compasión, o peor aún, como si me sintiese orgulloso de conocer mi nulidad. Sea usted compasiva, señorita, y olvide todo lo que acabo de proferir. O mejor todavía: olvide que se ha tropezado con este hombre insignificante. Le deseo de corazón que todo cuanto usted tiene y es, sea para la alegría de los dioses y de los hombres. ¡Adiós!

Se quitó el sombrero sin mirarla y se dio media vuelta. Pero la primera palabra de ella le obligó a volverse.

—¿Cree usted en el azar, señor doctor, o estima usted que todo cuanto sucede entre el cielo y la tierra está predestinado?

Él la miró sorprendido, mientras buscaba en aquel lindo y altivo rostro, que le miraba ahora con su más serena expresión, un indicio que le explicase por qué le había preguntado esto.

—Yo —prosiguió ella— cuando pienso en estos misterios, siento siempre una sensación de vértigo igual que si me resbalase por un precipicio sin fondo, sin tener a dónde agarrarme. Pero en el momento en que debo decidirme por algo, siento de nuevo suelo firme. Pues de todo cuanto quiero, solamente es un misterio para mí cómo ha de adaptarse mi voluntad a la gran voluntad que gobierna el mundo. Recordará usted lo que le he contado acerca de mis circunstancias familiares. ¿Qué sería de mí si no supiese lo que quiero? Por esto no tome usted a mal que interprete nuestro singular encuentro, como un aviso del destino. Dígame usted con toda franqueza: ¿qué piensa usted hacer si se le terminan los dos mil táleros en Italia, sin haber encontrado lo que busca?

Él miraba al suelo, con la barbilla hundida en el pecho.

—Quizá lo sabe usted, señorita, o al menos se lo figura. En todo caso, el destino lo sabe.

—Lo que yo puedo sospechar no es nada alegre ni consolador. Además: ¿por qué ha de ser precisamente en Italia donde tiene usted que esperar las cosas que han de venir? Mucho me temo que se hunda usted sin remedio, como un viajero solitario, en la melancolía. ¿Me permite usted que le haga una proposición, naturalmente sin compromiso?

—¿Por qué no, señorita?

—Bien; hemos conversado hasta el momento de cosas y temas que es imposible agotar en un encuentro fugaz a mitad de camino. ¿Qué tal si prolongásemos un poco nuestra charla tranquilamente? Quizá llegásemos a un resultado satisfactorio. He aquí mi proposición: usted renuncia por ahora a su viaje, mejor dicho, lo retrasa y nos acompaña ahora a nuestra finca. Encontrará usted aquello un poco aburrido; pero como usted está entregado a la difícil tarea de descubrirse a sí mismo, la vida tranquila y monótona le ayudará sin duda a conseguirlo. Y si tal vez tiene usted reparo o escrúpulos en aceptar así, sin más, la hospitalaria amistad de personas desconocidas, podrá usted desempeñar una pequeña labor que será de gran ayuda para nosotros, cuando no tenga usted ninguna ocupación consigo mismo, se podría encargar un poco de la educación de mi hermano pequeño. El viejo sacerdote que es ahora su preceptor comienza ya a chochear; no tengo una opinión excesivamente buena acerca de sus conocimientos de latín y él mismo reconoce que el griego no ha sido nunca su fuerte. César es como un potro salvaje, pero es una excelente persona. No le dará a usted ninguna guerra y podrá dedicarse a sus tareas de introspección en todo momento, porque yo misma, que soy una grandísima ignorante, me encargo de hacer de inspectora de estudios. ¿Qué me dice usted de esta idea?

Y al ver que el joven tenía clavados los ojos en su cara, prosiguió, ruborizándose levemente:

—No, no diga nada, ni ahora, ni mañana tampoco. Me olvidé de que no le gusta en absoluto la enseñanza y de que no aceptará usted encargarse de un discípulo a quien ni siquiera conoce todavía. Perdone usted mi osadía. Pero si considera que soy yo sola la responsable de la educación de este niño comprenderá, cómo me gustaría que mi hermano se formara según el modelo de una persona como usted. Mi padre le puso de nombre César porque era un fanático partidario de Napoleón, a cuyo servicio estuvo. Pero me temo que no llegará a hacer honor a la grandeza de su nombre si sigue siendo educado por un pobre cura viejo y su propia hermana. Si usted fuese un poco supersticioso y tomase por un aviso especial del Destino este encuentro nos acompañaría a nuestra casa y así observaría nuestra vida y sobre todo a su posible discípulo y si no le cayese bien no habría perdido usted más que un par de semanas, en las que habría podido conocer una parte de nuestro bello país. Nosotras teníamos pensado irnos mañana a las nueve de la mañana, pero si usted no quiere separarse todavía de su Palladio, podemos esperar hasta pasado mañana.

Él le tendió la mano, en un súbito arranque.

—Le agradezco —dijo—, de todo corazón su ofrecimiento. Le ruego que me conceda un poco de tiempo para reflexionar. Me ha contagiado usted su fe en la fuerza del hado. Ahora comprendo que tienen razón los que afirman que nadie es capaz de rehuir su Destino. Pero como todos pensamos que somos dueños de nuestras acciones y que podemos encauzarlas conforme a los preceptos de la razón, pese a lo cual siempre acabamos haciendo lo que es inevitable y fatal, permítame usted que espere esta noche una inspiración superior. Usted sabrá perdonar mi torpeza en aras de mi sorpresa. Verdaderamente, esto de haberme dormido aquí, a los pies de este edificio circular, para ser despertado por una mensajera del Destino como usted...

En aquel momento escucharon una voz que salía del interior de la casa, gritando angustiosamente el nombre de ella.

—Ahí está la segunda durmiente —dijo la joven sonriendo—. ¡Venga usted! Voy a presentársela. Por ahora es mejor que no sepa nada de lo que hemos hablado. Todavía no sé su nombre.

—Me llamo Felipe Schwarz.

—Y yo Victoria Clémence, baronesa de Hainstetten. Si me oye usted llamar Nesita por mi institutriz, no es más que la abreviatura de baronesita, como me llamaba de niña. Mire, allí sale por entre las columnas. Si quiere usted conquistarla dígale algún cumplido sobre la elegancia de sus movimientos.

Volvieron junto a la escalinata, por la que bajaba la señora muy agitada y congestionada por el sueño y por el temor de haber perdido a su señorita. Cuando vio al desconocido se detuvo atónita. La señorita, después de presentarle al doctor con una frase chistosa, propuso salir de allí enseguida y llevó ella sola la palabra, mientras caminaban hasta la entrada. Cuando llegaron al coche, se encontraron al portero, que frunció el ceño con cara de pocos amigos cuando vio al extranjero que había desaparecido por la mañana. Pero le dulcificó la expresión la propina que el doctor le puso en la mano. Por su parte, la joven pareció haber olvidado que ya le había dado su recompensa, o quizá la inclinó a la generosidad un estado de ánimo especialmente gozoso. El viejo contempló atónito, a la joven derrochadora, y susurró al oído del cochero: «Una inglesa.» Después la ayudó a subir al coche, mientras Zephyrine se apoyaba en el brazo del desconocido joven con toda su gallardía.

—¿No viene con nosotras, doctor? —preguntó la joven, cuando estuvo acomodada de nuevo en el coche—. Todavía queda un sitio libre. Pensamos hacer el viaje de regreso pasando por monte Berico. Las montañas deben de estar hermosísimas a la luz del atardecer.

Él se disculpó, alegando que tenía que recoger algunas cartas y escribir otras tantas. Desde que no estaban los dos a solas se había mostrado muy silencioso y reservado.

—¡Como usted quiera! —replicó la joven indolentemente. ¡Hasta la vista, pues, y pronto, según espero!

Le dirigió un cordial gesto de despedida, mientras Zephyrine agitaba su sombrilla, y el coche emprendió velozmente la marcha.

* * *

Mientras sucedía todo esto, en una alta y soleada habitación del *Albergo di Roma* estaba sentada en un sofá una señora delgada, haciendo solitarios con las cartas. Cuando terminaba un juego iba a la ventana, o al balcón, escuchaba durante unos instantes los sonidos de la calle, y finalmente tocaba una campanilla para preguntar a su doncella si no había vuelto aún la baronesa Victoria. Y tras recibir la misma respuesta de siempre se dejaba caer entre los almohadones y comenzaba a barajar las cartas, suspirando. Era como si una ráfaga de viento cruzase de vez en cuando sobre un montoncito de ascuas que se apagan lentamente e hiciese brotar una llamita, que enseguida volviese a sumirse en la ceniza.

Su rostro fino y suave tenía un aspecto juvenil, a pesar de las canas, pero sus ojos negros y brillantes aportaban a su semblante una expresión de desamparo, asombro y súplica, como los ojos de un niño que ha sido reprendido y no sabe por qué. Cuando resolvía bien alguno de los solitarios sonreía con un gesto de orgullo triunfante, como después de haber logrado una astuta artimaña. Pero instantes después, volvía a contraer esa expresión cansada y dolorida.

Por fin entró en el patio que separaba la hospedería de la calle un carruaje. La dama se puso a escuchar, sin interrumpir su juego; tampoco dejó caer las cartas de la mano cuando se abrió la puerta y entró la hija en la habitación.

—¡Regáñame, mamá, regáñame! —exclamó la bella jovencita arrojando su sombrero sobre una silla. Después se dejó caer junto a su madre y la abrazó cariñosamente. Ya sé que nos hemos retrasado mucho, no podíamos figurarnos lo larguísimo que es el camino y lo empinada que está la montaña. Y tú, ¿qué tal estás? ¿Qué has hecho durante todo este tiempo?

—Lo he pasado muy bien, nena —dijo la dama en húngaro, pues acostumbraba hablar su idioma natal siempre que estaba a solas con su hija—; me han salido todos los solitarios, hasta el nuevo, que he probado hoy por primera vez. ¿Qué hora es ya, pues? Y ¿dónde está Zephyrine?

Precisamente, en aquel momento entró ésta en la habitación. A ella no le gustaba correr como lo hacia Victoria porque le parecía indigno de una dama.

—*Madame la baronne* —dijo—, le pido disculpas; Nesita le explicará...

La pequeña dama se levantó.

—Hay que mandar traer luz —dijo—. Ahora me doy cuenta de lo oscuro que está ya...

Miró temerosamente en torno suyo. Zephyrine se apresuró a encender las velas que había encima de la repisa de la vieja chimenea. La señorita, mientras tanto, había salido al balcón y se puso a mirar los arbustos siempre verdes que adornaban el patio, y la luna llena, que ascendía en el cielo, por encima del viejo palacio, al otro lado de la calle.

—Mamá —dijo de pronto—, ¿sabes que hemos tenido un compañero de viaje? He encontrado un preceptor para César, un muchacho joven, y ya un verdadero sabio, que mañana vendrá con nosotros. Ya sabes, mamá, que necesita comenzar a dar clases con regularidad y como Dios manda; el padre Daniel es de la misma opinión.

—¿Un preceptor? —repitió la madre—. ¡Vaya, vaya! ¡Un preceptor! Bien, tú sabrás, niña; tú y el padre Daniel sabréis lo que hacéis.

—Pero ¿es en serio, Nesita? —exclamó la vieja institutriz—. ¿Cómo es posible? Y ¿desde cuándo?... No puedo creerlo...

—Lo que puedes creer, Zephyrine, es que yo he mantenido bien abiertos mis ojos, mientras los tuyos reposaban. Es un muchacho serio y de absoluta confianza, mamá; además es alemán, un tal doctor Felipe Schwarz.

—Sí, sí, le reconozco —dijo Zephyrine, en el colmo del asombro—. ¡Y no ha sido capaz de decirme una sola palabra en todo el camino! ¡Y ya habrá fijado y convenido usted todo y habrá examinado sus certificados y tomado informes sobre sus aptitudes y moralidad...!

—La verdad Zephyrine; he hecho todo eso que dices y acepto plenamente la responsabilidad. Naturalmente, él me ha pedido tiempo para reflexionar, y mañana me dará la respuesta. Pero vendrá, de esto estoy segura.

—¡Naturalmente! —exclamó la institutriz, mortificada en su amor propio de confidente—. Estará enamorado hasta las orejas de Nesita... No me extraña habiendo mantenido una conversación contigo entre tantos dioses paganos...

—Mi querida Zephyrine —dijo entonces Victoria con vehemencia—, eres amiga mía desde la niñez y puedes permitirte toda clase de comentarios indiscretos sobre mi vida. Pero te ruego que, en esta ocasión, te abstengas. Si el doctor Felipe escuchara esto que has dicho, se iría, sin más ni más. Porque, aunque no es rico —o, mejor aún, precisamente por eso mismo—, tiene mucha dignidad. También te ruego a ti, mamá, que no olvides que él no se ha comprometido por ahora más que a acompañarnos a Hainstetten y ser por una temporada nuestro huésped. No quiere encargarse de la educación de César antes de conocerle. La palabra «preceptor», por tanto, no debe ser pronunciada en su presencia. ¿Me prometes esto, mamaíta?

—Todo lo que tú quieras, hija, si tú crees que está bien, para mí lo está. Yo, desde que me quedé sola, desde que sufrí la terrible desgracia de que tu padre...

De pronto se puso a llorar. La hija la abrazó y la besó cariñosamente, para consolarla, la llamó toda clase de nombres zalameros, y al final consiguió de tal modo su propósito, que la señora dejó de llorar y preguntó si no podrían servir ya el té. Y se dejó llevar a la mesa, en la que Zephyrine había servido, entre tanto, la cena, ayudada por la doncella y el camarero del hotel. Victoria estaba feliz y le contó a la madre todo lo que habían visto esa tarde en la ciudad y en sus alrededores con el mismo tono con que se describen a un niño palacios fabulosos y jardines encantados. Su madre mantenía su rostro impávido de tal manera que no se podía saber si entendía lo que le contaba o no. Zephyrine cenó junto a ellas, en silencio.

Una hora más tarde, después de haber acostado a su madre, que se durmió enseguida como si estuviese realmente agotada, Victoria se dirigió sigilosamente al balcón de la galería que recorre la parte superior de la tapia del patio y fue hasta la parte que daba a la calle. Allí, junto a la barandilla, se sentó sobre un cubo de madera y se puso a observar a los trasnochadores que paseaban por la calle disfrutando del fresco nocturno, fumando y charlando. Se sentía muy alegre y optimista, como no había estado desde hacía mucho tiempo. El suave aire que la envolvía, aquellas gentes extrañas, la oscura soledad de su escondite, desde el cual podía espiar sin miedo el ir y venir de una vida que no era la suya, que no la imponía ni cuidados ni deberes, todo esto le produjo una sensación de liberación, de placer, que hizo latir su corazón aceleradamente. Y en el fondo de sus pensamientos estaba el recuerdo de aquella hora pasada en la rotonda, y de todas y cada una de las palabras que habían sido pronunciadas allí; y en su alma creció aquella sensación de triunfo, el orgullo en su voluntad y en su fuerza, capaces de dominar la vida y luchar por una felicidad que le era necesaria. Oyó dos voces jóvenes en la calle que cantaban una canción muy de moda entonces, y ella acompañó la melodía. Cuando subió hasta ella una alegre risa se sorprendió, riendo también. Pero de repente se puso seria y enmudeció; por la acera de enfrente vio acercarse una figura, que reconoció de inmediato a pesar de la vacilante luz de los faroles. El joven venía con la cabeza hundida en el pecho y echado el sombrero sobre la frente, se abría paso entre el gentío. Al pasar delante de la puerta del hotel se detuvo un momento y alzó la mirada. Ella creyó sentir cómo escudriñaban sus ojos entre las plantas detrás de las que se encontraba. Victoria se mantuvo inmóvil como una estatua. Contuvo el aliento y cerró involuntariamente los ojos. Cuando los abrió de nuevo, el espía había desaparecido. Ella siguió sentada un buen rato, hasta que se atrevió, por fin, a deslizarse hacia su habitación.

* * *

Cuando se levantó a la mañana siguiente, la doncella le entregó una carta que había traído para ella el emisario de otro hotel de la ciudad. Sólo había escrita una pregunta de si seguía en pie la propuesta que le había hecho ayer. El pensaba que ella no podría tomarle a mal que entre tanto le hubiesen surgido dudas acerca de si él reunía las condiciones que ella exigía en quien iba a ser el educador de su hermano, porque quien todavía tiene mucho trabajo consigo mismo, difícilmente podría guiar a otros. Pero si ella seguía decidida a intentarlo, por vía de prueba, él se permitiría informarse, dentro de una hora, si seguía pensando en partir a la hora señalada, y le rogaría que le presentase a su madre.

Ella puso en una tarjeta estas breves palabras: «No acostumbro variar mis decisiones en el curso de una noche. Será usted bienvenido. Victoria.»

Media hora después, llegó el joven, con el mismo traje de viaje, color gris del día anterior, y un oscuro sombrero de fieltro; poco después, le enviaron una pequeña maleta. Salió al encuentro de la baronesita sin la menor turbación y se inclinó respetuosamente ante la madre, que le miró con gesto de asombro y le hizo después un afectuoso gesto de saludo, cuando su hija le susurró al oído algunas palabras. Zephyrine le hizo una ceremoniosa cortesía y no le prestó más atención, aunque se moría de ganas por saber algo más del desconocido joven; Victoria, por su parte, le tendió amistosamente la mano, mientras le daba las gracias por haber cumplido su palabra. Después ayudó a la madre (que no cesaba de mirar recelosamente por toda la habitación, preguntando si no se habrían dejado olvidado algo) a bajar despacio las escaleras, y la ayudó a sentarse dentro del coche, que las esperaba abajo, dispuesto para partir. Era uno de aquellos coches que hoy sólo se ven en las postales, recio y fuerte, lo bastante ancho para que cupiesen en él seis personas; detrás, sobre el hondo portaequipajes, había dos asientos para los servidores, con un pequeño toldo, tan grande como una calesa de las que se usan hoy. Tiraban de aquel armatoste cuatro caballos, que llevaban ya un buen rato coceando, impacientes, el empedrado del patio. Cuando las tres hubieron tomado asiento, aún quedó sitio de sobra, junto a Zephyrine, para un delgado erudito alemán. Victoria se sonrió cuando vio el gesto solemne con que su antigua institutriz recogió su mantilla y se apretó todo lo que pudo contra su rincón para evitar el menor roce con el nuevo compañero de viaje.

—Ya ve usted, doctor, que no nos causa usted la menor molestia. No se preocupe de nosotras ni tema, por otra parte, que pueda llegar a aburrirle nuestro parloteo; nos hemos propuesto como norma mantenernos en silencio durante el viaje y entregarnos cada cual a sus propios pensamientos. Si, pese a esto, se le hace a usted incómodo estar entre nosotras, dada la larga distancia que hemos de recorrer, no tomaremos a mal, en absoluto, que se suba usted al pescante con el postillón, bajo el pretexto de contemplar mejor el paisaje, o con nuestra Fanny, ahí detrás, con lo que le haría usted un grandísimo honor.

Subió al coche sonriendo y dijo que se sometería en todo a la costumbre de la casa y a las normas que se instituyesen en aquel castillo sobre cuatro ruedas. Frente a él iba sentada la madre, envuelta, al igual que su hija, en una ancha capa de viaje, de negra seda, cuya capucha enmarcaba con donaire su pálido y estropeado rostro. Durante el viaje clavó sus bellos ojos negros en la lejanía y no volvió a preocuparse más del nuevo conocido. Tampoco Victoria mantuvo con él una conversación salvo alguna palabra suelta, cuando encontraba en su pequeña guía el nombre de algún lugar, o de alguna sierra por delante de la cual pasasen en aquel momento. El sol estaba cubierto por las nubes traídas del sureste, que se extendían sobre el bello paisaje como un ligero velo gris. Fue un viaje muy placentero, y hasta Zephyrine se sintió incapaz después de un rato de mantener levantada la barrera que había establecido entre ella y su vecino. Especialmente a partir de que en una pequeña divergencia de opiniones entre ella y la condesa, la había defendido y la había ayudado a conseguir la victoria; le encontró de pronto tan simpático, que hasta le ofreció su frasco de agua de Colonia para que humedeciese su pañuelo y se pudiera refrescar la cara.

Le dieron a conocer que el motivo de su viaje a Milán había sido visitar a la hermana de la baronesa, casada con un conde que, aunque de origen italiano, servía como oficial en el Ejército austriaco.

—Mamá estaba deseando ver otra vez a su hermana, pero no fue capaz de resistir allí más de ocho días. A ti sólo te sienta bien Hainstetten, mamaíta —prosiguió, dirigiéndose a la anciana señora—. Ahora podrás sentarte otra vez en tu terraza y ver a César jugar en el jardín.

Era muy enternecedor ver cómo la hija se preocupaba constantemente por la madre, procurando distraerla y hacerle todo cómodo y apacible. Victoria parecía no querer aceptar que el alma de su madre iba a permanecer semidespierta para el resto de su vida dentro de aquel cuerpo tan querido. Este sentimiento de tristeza y preocupación por una pérdida, que también ella debía sufrir a medias, llenaba los rasgos de su cara de tal modo, que parecía no quedar espacio en ella para demostrar un interés por las demás personas. Cuando cerraba los ojos, fatigados por el sol y el polvo de aquel largo viaje, Felipe contemplaba el enigma de aquel joven rostro, que parecía no tener ningún rasgo de la madre, pero, cuando se recostaba para dormitar unos minutos adquiría una extraña y casi alarmante semejanza con aquella apagada figura de mujer, lo que le resultaba fascinante e irresistible. En el sueño, su rostro expresaba el dolor, que su seno guardaba, un corazón desamparado y necesitado, como el de tantas mujeres, pero ella era demasiado orgullosa para descubrírselo a alguien.

Alguna vez, cuando contemplaba los bosques o las montañas o leía en el pequeño librito de Homero, que siempre llevaba consigo en sus viajes, sentía los ojos de Victoria clavados en su cara fija y largamente. Entonces, él levantaba de súbito los ojos hacia ella, y ella jamás negaba que le hubiera estado contemplando; sino que, resistía su mirada con tanta tranquilidad, que nunca le pudo hacer pensar que él fuese más importante para ella que uno cualquiera de los muchos objetos que había a su alrededor. Un par de veces intentó reanudar la conversación que habían mantenido en la rotonda, pero no tuvo éxito. Y cuando llegaron por la noche al lugar donde iban a pernoctar, ella intentó no encontrarse a solas con él. Ella no le necesitaba; le toleraba, como se tolera a una cosa que está ahí y que puede sernos útil algún día.

Cuando se dio cuenta de esto se irritó profundamente, porque él sí la necesitaba a ella, y no podía pasar ni un minuto sin su presencia, aunque fuera a costa de dolorosos secretos.

Por ello fue para él una gran alegría que llegara el final del viaje. Diez días había durado éste, que hoy se puede hacer cómodamente en dos. El había intentado varias veces romper las ataduras que le oprimían angustiosamente el corazón para que las tres personas que le acompañaban en aquel espacio angosto y asfixiante del coche no se dieran cuenta. Por eso se cambió al asiento del postillón para ver si el aire libre dulcificaba la opresión que sentía su alma. Maldijo la hora en que se había entregado voluntariamente a esta cautividad. La poca experiencia que hasta entonces tenía del amor a través de devaneos juveniles, que pronto se olvidaban, había sido suficiente para mantenerle alerta, porque en cada una de estas ocasiones había derrochado mucho más sentimiento del que merecía la cosa. Y ahora...; una pasión tan rápida y viva por aquella bellísima muchacha, fría, orgullosa, y de linaje, que tenía puestas sus miras muy por encima de él y que no le consideraría nunca digno de más que de sustituir a un viejo sacerdote en la educación de un niño... Y la velada imagen del porvenir que le esperaba... Pero como había podido ser capaz de volver la espalda a Italia tan pronto... Su comportamiento era una necedad demasiado fuerte para un filósofo de veintiséis años, una estupidez que rozaba la locura... Y después bastaba una simple palabra que pronunciasen hasta él, desde dentro del carruaje, aquellos labios fatales con la mayor indiferencia, y toda la fuerza de su orgullo y de su obstinación y todo el impulso de libertad que hervía en su alma se sentía de pronto sujeto y rechazado por unas suaves manos, y le faltaba tiempo para saltar del pescante y contemplar de nuevo aquel bello rostro que rodeaba la negra capucha, esperando que tuviese alguna confidencia que hacerle, algo amable y cariñoso que decirle.

Pasaron la última noche en Graz. Como llegaron pronto, Victoria pudo dejar en el hotel a su madre, entretenida con sus solitarios, y se marchó a dar un paseo, con Felipe y Zephyrine, ésta demostraba ahora una entusiasta inclinación por el doctor, por las calles de esta bella ciudad, tan privilegiadamente situada. La joven estaba feliz. Zephyrine le gastaba bromas, le decía que le brillaban los ojos de emoción porque mañana se va a volver a encontrar con el anciano sacerdote, su antiguo admirador. Al día siguiente después de una breve etapa de dos horas, llegaron al valle en el que se levanta el palacio de Hainstetten, Victoria cambió su gesto, antes tan sereno, por una honda melancolía, que fue incapaz de ocultar. Felipe no pudo contener la pregunta de si el regreso despertaba en ella recuerdos dolorosos.

—No —fue su respuesta—; tan sólo el miedo de empezar otra vez esta vida sin esperanzas, exactamente en el punto donde la abandoné hace cuatro semanas. ¿Cree usted que una persona puede ocultar su sed de felicidad solamente con la satisfacción del deber cumplido? Es lo mismo que si un hambriento se pone a roer cortezas de árbol. Llena su estómago, pero no le penetra en el torrente sanguíneo. Pero ¿para qué hablar de esto?

Felipe quería decir algo, pero la presencia de las otras señoras le acalló. Además, vio que ella se volvía a su madre con toda intención, arreglaba su capucha, que se había ladeado, y después, con rostro jovial, se volvía de nuevo a él para comunicarle que enseguida estarían en casa.

—¿Ves a César ya! —preguntó la señora, y su rostro apagado se encendió ligeramente.

—No, mamá. No he dicho que veníamos hoy. Quería darles la sorpresa a todos, para ver una vez más cómo se portan cuando los dejamos solos.

Gritó entonces al cochero, ordenándole que se detuviese.

—No tiene usted más remedio que subir al pescante, señor doctor —dijo, riendo—. Nos sentimos muy orgullosas de nuestra casa, y por la parte que mejor se ve es por la suya.

Se apartó de inmediato y penetraron a galope tendido por la avenida, que conducía al palacio. Se alzaba éste, gallardo e imponente, sobre un montículo, en el fondo del amplio valle, entre espesas frondas. Las ventanas altas resplandecían al sol del Mediodía, y bajo los grises pináculos, cubiertos de pizarra, y los aleros y voladizos de los tejados, extendían los bosques su vastísima masa, que se prolongaba hasta las faldas de los montes cercanos, cuyos pelados riscos graníticos emergían como las islas de arrecife de roca entre las ondas de un mar profundamente verde. En el extremo límite del valle se divisaba una dispersa aldea, de cuyo centro sobresalía, con rojos destellos, el tejado de la iglesia.

Poco después cogieron una sombría avenida llena de árboles centenarios que llegaba hasta muy cerca del castillo. El aire era fresco y puro; las abejas zumbaban en los prados que bordeaban la avenida, y los pájaros revoloteaban en la enramada. De pronto oyeron un estruendoso ladrar.

—¡Aquí está *Hektor!* —dijo Zephyrine—. Siempre es el primero en darnos la bienvenida.

Felipe vio un enorme dogo danés, de pelaje amarillo, que se acercaba corriendo como un loco; cuando alcanzó al coche intentó saltar dentro, ladraba de alegría, y la señorita tuvo que mandar detener el carruaje para que el perro no fuese aplastado bajo las pesadas ruedas. Cuando el coche paró se subió al interior de un salto. Zephyrine dio un grito, la madre se hizo a un lado, y el perrazo, a quien Victoria acariciaba la cabezota, se sentó respetuosamente en el lugar que había dejado libre Felipe, hasta que, cerca de la casa, saltó de nuevo a tierra.

Se aproximaron al palacio por la parte posterior. Una escalinata conducía a una amplia terraza que rodeaba todo lo ancho del edificio. En la balaustrada de piedra había grandes macetas con naranjos enanos podados, formando una verde bola, y también adelfas y pequeños cipreses. Detrás había un amplio invernadero, cuyas puertas y ventanas estaban abiertas de par en par, de modo que las rojas cortinas, sacudidas por las ráfagas de viento, ondearon hacia los recién llegados como banderas. Desde ese punto se dominaba todo el jardín. La casa estaba decorada según el gusto francés, y se encontraba ahora, silenciosa y solitaria, bajo el sol de primavera, con sus fuentes, sus grandes vasos de piedra y sus amorcillos. La paz inundaba la casa. Parecía que todo en el castillo dormía como en el castillo de la Bella Durmiente. Pero de repente se desató la actividad y la vida. De las alas bajas del edificio, que estaban ocultas tras los espesos muros de boj, salieron precipitadamente algunos de los servidores de la casa; la vieja ama de llaves, que no le había dado tiempo a ponerse su cofia, bajaba los escalones con el rostro desencajado, y detrás de ella aparecieron, sucesivamente, el mayordomo, el jardinero y el cocinero con su blanco gorro. La señora se había sentado en su sillón de mimbre y no se cansaba de decir que no volvería a salir de allí. Hasta parecía haber olvidado a su hijo pequeño por la alegría de hallarse de nuevo en su sitio de costumbre, en el descanso tan anhelado de su hogar.

La joven había mandado inmediatamente a buscar a César, que a tal hora solía estar en casa del sacerdote para tomar su lección de piano. Al cabo de un rato llegó el muchacho corriendo como un torbellino, llevaba la cabeza descubierta y dejaba ver sus rubios cabellos y sus frescas y coloradas mejillas, en su cara relucían los oscuros ojos de la hermana. Se abalanzó de manera impetuosa al cuello de su madre, y después se colgó del de su hermana, a quien arrastró a una alocada danza, y luego agarró entre sus manos la respetable cabeza de Zephyrine con tan poco miramiento, que la regañona señora necesitó verdaderos esfuerzos para librarse de él, cosa que consiguió, después de haber recibido varios sonoros besos en ambas mejillas. Luego el chiquillo descubrió al desconocido, y frunció el ceño. Felipe descubrió en aquel gesto su sorprendente parecido con su hermana; ésta le cogió de la mano, sonriendo, y se le presentó a Felipe.

—No siempre somos tan revoltosos ni tan traviesos —dijo—; y cuando queremos, también tenemos una cabecita muy despierta y mucho talento para toda clase de artes y ciencias. Por cierto César ¿qué tal vas ya con la sonata de Haydn? Bueno, eso se lo preguntaremos mejor al señor cura.

En aquel momento vieron, efectivamente, a éste, que terminaba de recorrer el mismo camino que había recorrido el muchacho de una carrera. Llegaba visiblemente fatigado; era un anciano menudo y seco, con un manso y dulce rostro de apóstol, que ante la presencia de las señoras de la casa se transfiguró visiblemente.

—¿Creerá usted —susurró Victoria al oído de Felipe— que este reverendo siervo de Dios, con su sonrisa de niño, fue educado e hizo sus primeros estudios sacerdotales en los jesuitas, que saben lo que se traen entre manos en lo que se refiere a la elección de sus hermanos de Orden? Sin duda, se dieron cuenta de que su joven padre Daniel nunca les daría una especial fama y aprovecharon la primera ocasión para quitárselo de encima. Mi padre le conoció en un viaje y consiguió que le nombraran párroco de nuestra iglesita, porque se dio cuenta de su desventurado estado. Antes había una capillita aquí, en la casa, y el capellán vivía en una casita vecina; la hemos conservado, aun después de haber edificado una iglesia para las gentes del pueblo. Así, César pudo tener cerca de él a su primer maestro. Pero el buen viejo ha cumplido ya los ochenta, y ya ve usted el trabajo que le cuesta caminar.

Victoria bajó velozmente los escalones, saludó solemnemente al sacerdote y le ayudó a subir los escalones que llevaban a la terraza, donde se hallaba su madre. El cura besó su mano respetuosamente. Después se volvió al mayordomo, y a continuación a cada uno de los criados a los que dirigió también unas breves palabras. Felipe se dio cuenta de que todos estaban pendientes de lo que la joven decía con una expresión de confianza y de profunda subordinación, y pensó en una princesa que, después de una pausa en su reinado, regresa a su país y toma de nuevo las riendas del Gobierno.

La vieja ama de llaves se acercó a él, y le preguntó si quería subir a su habitación.

—Es solamente un alojamiento provisional —le dijo la señorita—. Si el sitio no es de su agrado, puede elegir usted mismo el que más le guste. Ya ve usted que en este caserón no falta espacio precisamente...

Siguió él a su guía, como en sueños, a través del invernadero, por la espléndida escalera central de la casa. La luz entraba a raudales, a través de unas altas y estrechas ventanas, y el resplandor le hacía entornar sus ojos. Así que tuvo que subir con los ojos semicerrados los amplios escalones hasta llegar al segundo piso, donde se detuvo un instante, apoyado en la barandilla, y miró hacia abajo. Saltaba a la vista que el viejo edificio había sido edificado en el tiempo del reinado de Luis XIV y según el gusto imperante en Versalles, con mucho lujo y magnificencia. Hasta el sobredorado de las cornisas y adornos de yeso estaba intacto, aunque cubierto por una ligera capa de polvo. Felipe se quedó consternado al descubrir que ella estaba acostumbrada a ver todo aquello y cuanto se podía alcanzar con la mirada con un simple gesto de sus ojos desde niña. Entonces recordó como si lo estuviera viendo en ese momento aquella estrecha escalera que conducía a la modesta casa de sus padres. Y ahora, él era uno de los súbditos de esta orgullosa señora; él, que jamás había podido soportar que una mujer le mirase de arriba abajo. Si no hubiese sido tan tímido, habría dejado plantada a su guía y se habría precipitado escaleras abajo para escapar de nuevo a la libertad de aquella jaula de doradas rejas.

Pero la buena mujer, que estaba demasiado bien educada para no tratar con el máximo respeto a un huésped de la casa, aunque éste no pareciera ser de la misma clase que los señores, había abierto ya una de las muchas habitaciones que daban al luminoso corredor alfombrado, y mientras se disculpaba por el desorden ya que no esperaban la vuelta de las señoras tan pronto, abrió las contraventanas y dejó que entrase libremente el aire fresco de la montaña. El señor doctor podría disfrutar del sol desde por la mañana; el cuarto estaba un poco alto, pero por eso mismo era el más tranquilo de la casa. En el piso de arriba, el más alto de todos, no vivía nadie más que el señor administrador, pero estaba en el ala opuesta del edificio.

Felipe se acercó a la ventana, y contempló maravillado la increíble vista que se extendía ante él: el parque, a sus pies; más allá, el frondoso bosque, y en el límite de su visión las montañas. Abajo, en la terraza, se escuchaba la voz de Victoria, que le contaba cosas de Milán al viejo y sordo religioso, y la clara risa del chiquillo, a quien Zephyrine contaba alguna historia graciosa. Cuando alzó la mirada vio una gran ave de rapiña que se cernía sobre el bosque, elevándose cada vez más en el éter resplandeciente, y le pareció de pronto que también a él le habían crecido unas alas inseguras, que le transportaban muy alto, por encima de todas las tristezas y asuntos terrenales, hasta las cumbres de la vida, con las que apenas había soñado hasta entonces.

* * *

Después de pasar su primera noche allí, a todos incluso a él mismo les pareció tan natural, su presencia en la casa, que nadie volvió a hablar una palabra de ello. Vencido el primer momento de asombro y extrañeza, comenzó a desenvolverse en medio de aquel lujo desacostumbrado con tanta libertad, ligereza y soltura como si en toda la vida no hubiese hecho otra cosa que comer en vajilla de plata y beber vinos nobles en copas de cristal tallado. En el fondo estaba tan ensimismado en su alma que era incapaz de prestar excesiva atención a lo exterior, mientras no afectase de modo directo en su problema vital.

Había suplicado a Victoria que no dijese a su hermano que quería que él fuese su preceptor. El chiquillo observó al principio al desconocido con miradas furtivas casi insolentes. Estaba acostumbrado a que todo el mundo le mimase y alabase, tratándole unas veces como a un niño y otras respetándole como al futuro señor del palacio. Le desconcertaba que el doctor no le prestase atención ni siquiera le mirara salvo alguna rara vez, cuando hablaba a otra persona. También le sorprendía que le llamase de tú. Pero por las noches, cuando se sentaban todos alrededor de la mesa del té, y Victoria introducía el tema de las revoluciones y cambios políticos de los últimos tiempos, la mirada del niño estaba pendiente con tensa atención de los labios de él, que comentaba y exponía sus propias experiencias políticas con mucha sencillez. Una mañana temprano llamó el niño cautelosamente a la puerta del cuarto del huésped. Al final entró, miró a su alrededor tímidamente y finalmente dijo que le enviaba su hermana para informarse de cómo había dormido el doctor, callándose que él mismo había pedido permiso para subir a verle. Después cogió el tomito de Homero, que estaba encima de la mesita y cuando lo abrió preguntó qué idioma era ése y qué contaba el libro aquel. Felipe se lo dijo y comenzó a contarle la guerra de Troya, cosa que no terminó de hacer en ese día, ni siquiera en el largo paseo que dieron juntos por la tarde. Pero desde aquel momento, el muchacho estaba entregado a él en cuerpo y alma. Desde que Felipe empezó a enseñarle a ver la utilidad de la gramática comenzó también a encontrar más amenas las clases de latín con el padre Daniel. Todos en la casa se percataron de como se había ganado la confianza del indomable muchacho; pero a nadie le sorprendió, porque desde el primer momento, Felipe había causado muy buena impresión. En cierta ocasión en que el chiquillo, que había cogido una terrible rabieta, sólo se quiso someter a la palabra serena de su maestro, díjole la joven, con una silenciosa sonrisa:

—Se hizo usted una gran injusticia cuando negó su talento pedagógico. ¿Sabe usted que me está ayudando también, sin quererlo, a educar a mi querida Zephyrine? Ya no se aburre con una conversación seria, como antes. Y en lo que respecta a mi hermano, le ha transformado usted por completo. Algún día tendrá usted que decirme qué truco emplea para conseguir esto tan rápidamente.

Tuvo en los labios contestarle que ella no necesitaba nada de eso, porque él la veía ejercer todos los días una hechicería mucho mayor sobre todas las personas. Pero no le dijo nada, porque se había propuesto utilizar con ella el tono y la expresión de un galán.

—El chico ha conquistado mi corazón —dijo—. Usted sabe, señorita, que no sólo salen del corazón los pensamientos grandes, sino también los buenos, y que lo que llevamos dentro del corazón siempre nos resulta leve.

—¿Y sus propios asuntos? ¿Y el deber que tiene usted de descubrirse a sí mismo, de conocerse mejor?

Él miraba fijamente al suelo, como ido.

—Tengo que confesar que cuanto más me intereso por el crecimiento y el progreso del muchacho, tanto menos interesante me resultan aquellos menesteres. Al final tenía que ser usted quien me descubriese mi verdadera vocación y mi destino.

No respondió ella a estas palabras cargadas de doble sentido, y esto no hizo sino aumentar en él su admiración por la joven. Jamás se había tropezado con un ser femenino que supiese dominarse con tan segura firmeza, sin perder por ello el encanto de su gracia natural y de su cándida ingenuidad. A él le asombraba cómo una muchacha como ella era capaz de cargar con tantas responsabilidades, y cómo parecía llevarlas jugando. Hasta el administrador de la vastísima finca estaba acostumbrado no tomar ninguna decisión importante sin comentárselo antes a su señorita. Los grandes bosques, en los que trabajaban una docena de aserraderos de madera; las extensas dehesas, los pastizales, el poder que ejercían sobre el pueblo, todo, en fin, sólo prosperaba y marchaba bien cuando la dueña se encargaba de ellos. Algunas mañanas cabalgaba en su pequeño y vigoroso potro junto al administrador antes del amanecer, para echar un vistazo a los más apartados rincones de la posesión, y ni siquiera podía acudir al desayuno. Llevaba entonces un sencillo traje ideado por ella misma, porque los trajes de montar refinados y elegantes no le gustaban. Y ese era el momento en que a Felipe le parecía la más atractiva. Cuando volvía sobre el sudoroso animal, pálido el rostro por la fatiga y el esfuerzo físico, y daba unos paseos por la avenida, arriba y abajo, antes de saltar ágilmente a tierra, apoyada en el brazo de su fiel servidor.

Y, sin embargo, era precisamente en aquellos momentos cuando se daba cuenta del abismo social que los separaba. Sintió vergüenza de haber descuidado toda clase de ejercicios físicos, muy especialmente el montar a caballo. Con el pretexto de acompañar a César, que hacía caracolear ya un fogoso poni, pidió permiso para tomar parte en las horas de equitación del muchacho. Victoria escudriñó su rostro como si pudiera penetrar en su interior, y robarle su secreto. «Todos los caballos de la casa están siempre a la disposición de nuestros huéspedes —dijo—. César se alegrará mucho de tenerle también junto a sí cuando monte a caballo.»

Diciendo aquello pareció querer aclarar que no deseaba su compañía por las mañanas. El sintió un profundo dolor, como si clavaran una espada en su corazón. Aquella inmutable amabilidad que mostraba la joven para con él le hizo entonces dudar. ¿Acaso desearía ella un alejamiento entre ambos?

Aunque todo hubiera sido distinto, su estado era ya tan desesperado, que no habría encontrado la voluntad y la fuerza necesarias para irse. Además las veladas comunes fomentaban especialmente a su apasionada tristeza. Por las noches, cuando la madre se cansaba de sus solitarios y tenía que proteger sus cansados ojos de la luz de la lámpara, ella solía sentarse al piano que tenían en el salón del invernadero y tocaba y cantaba todas las piezas de las óperas de Gluck que iban bien a su voz. *Armida* e *Ifigenia, en Tauris* eran las preferidas por la anciana señora, que las había escuchado innumerables veces en sus años felices. Victoria, sin embargo, prefería entre todas las obras del maestro, al *Orfeo*. Cuando cantaba la conmovedora melodía con que el triste solitario conjura a los espíritus del abismo. Felipe se sentaba en un rincón del salón, inmóvil como un muerto, y conteniendo el aliento, como un hombre sobre el cual descargan una tormenta que viene a refrescarle después de varios días de bochorno. Algunas veces, le provocaba tanta impresión, que tan pronto como terminaba el canto se iba a su habitación y daba rienda suelta a un torrente de lágrimas, por las que descargaba su alma de mil sentimientos enfrentados; y ya, no volvía a aparecer por el salón.

* * *

Transcurrieron así los dos meses de calor, y cada vez se sentía más enamorado y desconcertado con todo lo que le rodeaba, todo seguía como siempre, bajo el silencioso dominio de aquella firme y clara voluntad y de aquellos íntegros ojos negros. La finca estaba muy apartada de la ciudad, esto unido al estado de salud de la madre, poco apropiado para hacer vida social, hacía que no recibiesen visitas. Sólo en una rara ocasión, en la época de las rosas, que eran un motivo de legítimo orgullo para el jardinero del castillo, vino a Hainstetten, desde Graz, una numerosísima familia amiga, que estuvo allí una semana entera con la mayor desenvoltura y provocando un ruidoso tumulto que perturbó la paz habitual de aquellos lugares. Aquella llegada inesperada pareció alegrar mucho a todos, excepto a Victoria, que no se dejó llevar por el torbellino de juegos y diversiones que había en la casa y el jardín ni salió del paso normal de su vida. El joven, que había recibido ese trato benévolo y condescendiente con que ciertas personas de alta alcurnia creen honrar a un preceptor sin nombre, se apartó en su habitación durante todo el tiempo que duró la visita. Cuando aparecía a las horas de comer, su gesto indiferente y su irónica cortesía desagradó tanto a aquel engreído y altanero enjambre, que éste decidió no desperdiciar con él favores y mercedes, de las que no era digno. Cuando estaba en su alcoba, a solas, pues también se había marchado el chiquillo, sentía que le abandonaban las fuerzas que tanto trabajo le había costado reunir y se entregaba a sus tormentosos pensamientos con cierta voluptuosidad, mientras subía hasta sus oídos la charla y las risotadas impertinentes de los jóvenes y las damas, que no sospechaban cuán lejana e inaccesible a su mundo permanecía también la joven señora del palacio.

Entonces se produjo en él un cambio de actitud tan repentino y sorprendente, que no pudo pasar desapercibido ante los demás. El último día, en vez de irse después de comer se quedó en el jardín, y participó en todos los juegos y diversiones de los invitados con tan buen humor y tan hábil destreza, que todos se quedaron absortos y comentaban entre ellos, que el preceptor al fin y al cabo no era una persona tan desagradable y que, si lo hubieran sabido antes le habrían introducido en su círculo de inmediato. Victoria de vez en cuando le lanzaba una mirada inquisitiva, que él resistía con una tímida sonrisa. Esa tarde, cuando se habían marchado los ruidosos huéspedes, y la casa entera estaba tranquila, Victoria se cruzó con Felipe, cuando regresaba de una visita de inspección abajo, en el salón de las plantas, donde acababa de prender los velones que había sobre el piano, porque la madre quería escuchar esa noche un poco de música. Ya que durante esa semana no se habían tocado más que aires de baile y danza.

Estaba sentado ante el abierto instrumento y miraba sonriendo, como en sueños, a las blancas teclas, como si viese correr sobre ellas unos finos dedos que tan bien conocía. Ella se había acercado por detrás, pero él no le había oído por el contacto de sus pasos con la blanda alfombra. Cuando se dio cuenta de su presencia se levantó rápidamente y se disculpó por haber ocupado su sitio.

—Confiese, doctor —dijo ella—, que siente una especie de paz interior ahora que la casa ha vuelto a su silencio habitual, y Orfeo puede descender de nuevo a los infiernos, después de haber encontrado todo tan ruidoso y estrepitoso aquí arriba, en el mundo de la luz.

El la miró jovialmente al rostro.

—En efecto —dijo—, me alegra muchísimo por usted que estas máscaras carnavalescas hayan partido. He observado que no le gustaba el tipo de vida que estas personas llevaban y que prefería estar con ellos el menor tiempo posible. A mí, la verdad, sólo me molestó el ruido durante los primeros días. En los últimos me sentía por dentro tan bien, que nadie en el mundo hubiera podido perturbar mi paz interior. Quizá tenga que agradecer a este repentino asalto el que todo se aclarase y purificase en mí. Ha sido algo así como la crisis en el transcurso de una enfermedad.

Ella le miró con ojos interrogantes.

—¿Puedo saber —le preguntó, titubeando— qué ha sucedido con usted?

—¿Como no, señorita si en la primera hora que nos conocimos fui capaz de hacerle una confesión general? ¿Cómo podría ahora reservarme ante usted cualquier secreto que concierna a la salud de mi alma? Pero no espere nada extraordinario. Tan sólo creo haber descubierto el apoyo sobre el que puedo sujetarme para mover un pedazo del mundo, según mis limitadas fuerzas. Mientras aquí abajo jugaban a la gallinita ciega y bailaban, yo desempaqueté y abrí el baúl lleno de libros que hice que me enviaran de casa hace ya más de tres semanas y que todavía no había sido capaz de tocar por mi pereza y mi mal humor. Y entonces me vinieron a las manos mis viejos consoladores, los grandes trágicos griegos, y comencé a leerlos ansiosa, irreflexivamente. No había terminado la segunda tragedia cuando arrojé el libro y me puse a pasear por mi cuarto como un loco durante más de dos horas, medio embriagado, medio sereno y sintiendo que nada se me podría escapar ya, después de haber tocado fondo ahora sólo podía ascender. De pronto volvió a mi cabeza una idea que había germinado y echado raíces en mi alma desde hacía muchos años. Ahora sabía, por fin, lo que debo hacer, lo que deseo más que nada; quiero escribir un libro, un libro hermoso y fuerte, señorita Victoria, que guarde en sus páginas tanta alma y tanto corazón, que merezca la pena haber venido al mundo aunque sólo sea para escribir un libro así. ¿Se ríe usted? —prosiguió, aunque ella sacudió seriamente la cabeza, negando—. Usted cree que estoy un poco perturbado con los esfuerzos por descubrirme a mí mismo. Pero aunque tuviese usted razón, y en esta idea mía no hubiese nada de ese precioso valor que yo le doy ahora, no importa nada; no se trata de llevar a cabo algo nunca oído, algo inmortal, sino de aprender a tener fe en uno mismo y a que la propia alma vibre tan alto como le permita a cada uno su naturaleza. Estar satisfecho de uno mismo y poder ser uno mismo fuente de alegría para sí mismo, ¿no es esto todo cuanto puede exigirse de un pobre mortal? Entonces, podremos ser útiles a la humanidad, lo que constituye nuestro más alto deber y nuestra dicha. Desde que soy consciente de que tengo algo que decir, algo que puede liberar y enriquecer el mundo de algunas temerosas equivocaciones..., desde entonces, señorita, se ha desvanecido de mi espíritu toda aquella timidez y aquel amargo sentimiento de incapacidad, de impotencia, que me invadía, sobre todo cuando cantaba usted las arias del *Orfeo,* y yo notaba a través de cada nota qué alma tan fuerte y tan generosa habita en su pecho.

Dijo estas últimas palabras con voz suave, que transmitía una honda emoción. Ella rehuyó su mirada.

—Y todo esto, ¿a causa de sus tragedias griegas? ¿Cómo es posible que aquellas antiguas y tristes historias, hayan podido despertar en usted tanta alegría y tanta confianza en sí mismo?

—Me haría muy feliz —respondió él— que me permitiese usted introducirla en este mundo maravilloso. ¿Para quién ha sido creada esta eterna poesía, si usted no la conoce? Además, no debe usted llamarlas tristes. Cuando se busca y se escudriña en su interior se ve que emanan paz y alegría. Lo que ocurre es que los estudiosos que se han ocupado de ellas no han encontrado la llave que abre el paso a sus misterios más recónditos, y de este modo ha permanecido invisible para la mayoría de las personas el alegre y sereno rostro que se oculta tras la máscara del horror.

—Y ¿quiere usted mostrármelo?

—Se revelará por sí mismo, después que yo limpie el camino de fuegos fatuos y broza inútil. ¡Usted vive aquí tan alejada del ruido y de los pleitos de las escuelas estéticas...! Estoy seguro de que usted ha leído también que en una tragedia como es debido ha de darse ante todo una culpa trágica y, además, que el azar debe estar fuera de toda verdadera obra de arte. Pues mire usted: con respecto a lo primero, yo he llegado a la conclusión de que una culpa sólo debe ser llamada «trágica» cuando ante el tribunal de la verdadera moral resulta inocencia. ¿Quién podrá negar que un gran criminal, como Macbeth, aunque posea tanta fuerza poética, sólo satisface a un sentido harto prosaico de la justicia con los castigos que sufre a lo largo de su vida? ¿Ni que aquí, no se puede hablar, en rigor, de una emoción, de una conmoción trágica, aunque sean conjurados fantasmas y brujas para erizarnos los cabellos? Lo que ocurre es que un gran poeta trágico ha ennoblecido con su arte un tema de muy mezquino valor trágico, de tal modo, que la multitud se ha dejado engañar sobre la insignificancia de la historia en sí. Si tomamos como ejemplo una historia de amor, como la de aquella joven pareja, cuyas familias estaban enfrentadas y sin embargo apostaron por su amor sin valorar las consecuencias que podría ocasionar su acción, y prefirieron hallar juntos la muerte antes que vivir separados. El pecado de estos dos jóvenes amantes no es otro sino que tuvieron el valor de seguir los dictados de su corazón. Es cosa trágica, realmente, haber nacido con un corazón que no puede competir con el amor. Aquí, aquí está la causa y la ruina de todos los verdaderos héroes trágicos: su íntima pureza, la nobleza de su espíritu, en medio de un mundo mísero que se gobierna según la medida de la vulgaridad y de la debilidad, los arroja a una desesperada lucha, en la que los aplasta el peso de la mediocridad cotidiana. A esta lucha entre lo vulgar y lo sublime se une el azar que suele jugar un papel decisivo y trágico en muchas ocasiones: porque él nos hace recordar las potencias que nos conducen, lo queramos o no, incluso a las almas más fuertes; a lo más nimio, frívolo y engañoso de la realidad, ante lo que sucumbe frecuentemente el ideal..., naturalmente, sin que por ello se enturbie el resplandor íntimo. De aquí, precisamente, es de donde brota la fuerza de toda verdadera tragedia. Pero perdóneme usted, señorita; la estoy aburriendo con mi plática que ha de ser para usted un verdadero galimatías.

Meditó ella un instante.

—¿No querría usted hacerme recorrer esos caminos? —preguntó luego—. Por las noches solemos estar desocupados. Léanos usted algunas de esas obras y explíquenos la manera de comprender su secreto. Ya sabe usted que soy muy inculta. Y Zephyrine, tampoco es demasiado vieja para aprender. ¿No es verdad, querida Zephyrine?

La institutriz acababa de entrar en aquel momento. Cuando se enteró de lo que se trataba hizo grandes aspavientos, diciendo que deberían comenzar aquella misma noche, sin más demora, y que ella, por su parte, le había gustado siempre el teatro, muy especialmente cuando se representaba alguna obra trágica y emocionante. «Pero esperaba —recalcó con gravedad— que las viejas tragedias guardasen mejor la decencia que las estatuas de sus dioses.»

Él tenía el rostro encendido de felicidad y orgullo, por poder darle a ella algo que le faltaba en medio de tanto lujo. Y aquella misma noche, después de cenar, cuando la madre se sentó en su sofá a hacer ganchillo, bajo el resplandor verde de la lámpara, comenzó él la lectura de *Antígona*, que fue traduciendo directamente del griego. La terminó la siguiente noche, después de haber aprovechado el día para preparar un poco su versión y traducir a verso rítmico las estrofas y coros más fuertes. Cuando dejó de leer, Zephyrine se deshizo en elogios haciendo hincapié sobre todo a la gallardía de su recitación. La joven permaneció callada un largo rato. Después, dijo:

—Ahora comprendo perfectamente cuanto ayer tarde dijo usted acerca de la inocencia en la tragedia, de la falta de culpa. ¡Qué terrible, verdaderamente, que todo esté pendiente de un cabello, que lo espantoso sea inevitable y fatal! Pero así debe ser. Lo noble y lo puro no pueden prosperar en este miserable mundo. Tendrían una ventaja demasiado escandalosa sobre la estúpida masa egoísta. Sin embargo no me ha causado una impresión alegre como usted dijo. Quizá sea demasiado débil y femenina para no llorar en vez de sentirme orgullosa de saber que esta criatura, que tan noblemente supo morir, pertenecía a mi sexo.

Se levantó y se dirigió a la puerta que comunicaba con el jardín, por la que entraba la luz de la luna y el dulce aroma de los tilos. Después de un largo rato, durante el cual meditaron todos en silencio, se sentó al piano y tocó un preludio de Bach, cuya melodía, fresca y serenísima, supo calmar sus excitados nervios como un baño tibio.

Así pasaron varias semanas, sin que la menor disonancia perturbase la vida de aquellas personas de tan distinto temperamento. Como era de esperar, la euforia con que Zephyrine se había entregado a aquellas veladas literarias se calmó muy rápido, aunque intentaba disimular el disgusto con que se sentaba a la mesa cuando el doctor sacaba su libro del bolsillo. Y como su respiración, cuando estaba dormida, era plácida y suave, los dos creían que se dejaba arrullar desde las primeras estrofas por la armoniosa y sonora recitación del joven, que tanto alababa ella; pero esto no impedía en absoluto que, tan pronto como se despertaba, al enmudecer Felipe, lanzase los más encendidos elogios a la obra, con frases muy laudatorias, pero cautelosamente generales y vagas.

Una tarde llegó por casualidad el viejo cura y participó en una de esas veladas y desde entonces asistía puntualmente a todas. Tenía un carácter fino y delicado, un espíritu cultivado, y el comentario de la lectura se hizo más interesante todavía con la participación de esta tercera voz.

Felipe también les leyó los primeros capítulos del libro en el que trabajaba. Estaba entregado tan de lleno a su tarea que siempre que iba a pasear por el jardín, o por el parque de al lado, llevaba consigo un par de hojas en blanco para escribir apoyado en cualquier banco las ideas que le surgieran o las inspiraciones súbitas. Se solía sentar en un banquito de piedra que había en el extremo del parque, junto a un espeso seto que separaba el jardín de un prado, donde crecía sin miedo la hierba y cubría siempre lindísimas flores. Aquel claro del bosque le parecía una isla rodeada de abetos. Desde ella se veían aparecer con frecuencia ciervos y corzos, que se ponían a pacer sin temor ante el solitario que se sentaba al otro lado del seto y que más parecía otro animal salvaje que, acosado por un invisible cazador, hubiese buscado allí un breve refugio.

Entre tanto llegó el otoño, y los cólquicos florecieron entre las marchitas flores estivales; en los amaneceres, una pálida neblina cubría los prados y los jardines, y las golondrinas se preparaban para el viaje de emigración. Una mañana entró el niño en el cuarto de Felipe, saltando de alegría, con la noticia de que al mediodía llegarían la tía de Milán y sus dos hijos, aunque se marcharían otra vez por la noche, pues venían de paso para Viena, donde la prima se casaría dentro de poco, y querían convencer a Victoria para que se fuera con ellos, ya que no había sido posible por escrito, y querían intentarlo en persona. «Se alegraba muchísimo —dijo el chiquillo— de ver a su prima. ¡Debía de ser tan guapa y tan mayor ya!...» Mayor aún que su hermano y que Victoria. El primo ya había estado de visita en Hainstetten hacía cosa de un año; era un oficial estupendo, que le había enseñado miles de juegos y de diversiones. Él le había regalado la escopeta de perdigones que tenía y había convencido a Victoria para comprarle el poni.

Una desagradable sensación, sin explicación ni justificación, abrumó el corazó de Felipe cuando oyó aquellas ingenuas palabras. Hubiera preferido pasar el día en soledad, entregado a su trabajo, hasta que hubiese pasado el nuevo turbión que venía a perturbar su apacible vida. Cuando llegó el coche, vio bajarse del faetón que traía a los viajeros a un esbelto joven, vestido con el elegante uniforme austriaco, después ayudó a bajar a una dama anciana y a una joven, luego abrazó a Victoria con total naturalidad y la besó en ambas mejillas, mientras el chico saltaba hacia él con gozosos brincos, sintió él, allá arriba, en su rincón de espía, aquella sensación de alejamiento, de extrañeza, que tanto le había entristecido el primer día que pasó allí, y le pareció que un ácido borraba de su memoria todas las horas íntimas, familiares, que había pasado entre aquellas personas, contemplándolas de igual a igual, como un miembro más de la familia. Comparó su figura sencilla, su modesto traje, con el sugestivo aspecto del joven conde, que venía aquí a reclamar como un derecho lo que para él hubiera sido la recompensa de una devoción y una adoración eternas, la corona de toda una vida. ¡Abrazar a esta figura, poder oprimir los labios sobre estas mejillas...! Cuantas veces lo había soñado, le había acometido un insensato vértigo de felicidad. ¡Y ahora le correspondían a otro, a otro que no tenía mejor derecho ni título, sino el azar de ser pariente suyo!

Pensó que no podría resistir con serenidad ver eso todos los días. Pero enseguida le pareció una cobardía cerrar los ojos ante la cruel verdad. ¡Qué pensaría ella, si supiese que él se había abandonado, inerte, a un acceso de celos, que perspicazmente ella habría descubierto!

Apareció, pues, en el comedor, y su orgullo le dio fuerzas para mostrarse indiferente y alegre. Además los nuevos huéspedes se mostraron con él muy correctos y considerados. La condesa madre le ofreció la mano amigablemente, con la misma cordialidad que si se tratase de un miembro más de la familia, y a continuación le dio las gracias por todo lo bueno que había traído a aquella casa, según le había escrito su sobrina en las cartas, persona, que por otro lado no era fácil de contentar. Y en cuanto a César, había experimentado un cambio tan notable en su breve trato con él, que cualquiera diría que llevaban ya muchos años juntos. Luego le preguntó con mucha curiosidad, por sus estudios, su vida y sus experiencias y por como se encontraba en Hainstetten. El joven conde, que había estado paseando un rato por el jardín con Victoria entró después y le saludó tan afectuosamente, que Felipe tuvo que reconocer que aquel joven y gallardo aristócrata era verdaderamente agradable y digno de llevar la misma sangre que Victoria. Lo cual, como es natural, no hizo más que sumirle profundamente en su melancolía, hasta el punto de que tuvo que hacer un sobrehumano esfuerzo para mantener su aparente serenidad y presencia de ánimo. A ello le ayudó mucho la ingeniosa alegría de la condesita, que consiguió que su desabrimiento no pareciese tristeza.

Entró en la sala ofreciendo su brazo a su tía, a quien acababa de ayudar a ponerse un traje de fiesta, sonriendo en lo mejor de su belleza exótica y dejó a medias una historieta graciosa que iba a contar en ese momento para ofrecer la mano a Felipe y comentarle que sentía envidia de su prima, a quien había enseñado tantas cosas maravillosas, que ella, pobre chiquilla de sociedad, educada entre frivolidades, no podía ni siquiera imaginar. Pero, esperaba poder recuperar el tiempo perdido para su formación cultural cuando se convirtiese en una señora de su casa, seria y reposada. Porque el doctor debía saber que su presencia en Hainstetten tenía por objeto recoger a sus parientes y llevarlos con ellos a Viena, donde se casaría muy pronto. Por supuesto, él también estaba invitado a su boda. Pero antes le pidió que le ayudara a convencer a Victoria, que no quería ni oír hablar de un viaje a Viena.

La joven se sentó en la mesa junto a él y no paró de hablar durante toda la comida con tanta viveza, gracia y simpatía, que el joven no pudo menos de entregarse y mostrar asimismo su faceta más locuaz y alegre, en contra de todos los malos pensamientos que había tenido. Pero aunque la condesita logró cautivarle con sus ojos azul violeta, su espesa y ondulada cabellera y el encanto de su imperfecto alemán, con acento italiano, su corazón siguió secretamente intranquilo, y le bastaba echar un vistazo al lugar donde el conde mantenía con Victoria su animada charla para sentir toda la desazón de su situación.

La comida duró más tiempo del normal; tomaron los vinos más nobles y añejos de la bodega del castillo y la alegría fue desusada también. Pero cuando se levantaron de la mesa Felipe se sintió incapaz de dominar por más tiempo su estado de ánimo. Pensó que si dejaba sola a la familia no podrían interpretarlo más que como un exceso de discreción, y se retiró sin despedirse, camino de su habitación; pero aquella sofocante soledad se le hizo insoportable y decidió salir afuera a dar un paseo por el bosque.

Los demás se quedaron en la terraza para tomar café y apenas notaron su desaparición, porque tenían muchísimas cosas que charlar. Cuando el sol comenzó a declinar, las dos señoras se retiraron a descansar, y César no cejó en sus ruegos hasta conseguir que su primo le acompañase a ver al famoso poni; la joven condesa tomó entonces del brazo a Victoria y la invitó a dar un breve paseo con ella por el jardín, porque no le gustaba estar sentada toda la santa tarde, y, además, tenía que confiarle mil secretos y contarle muchas cosas importantes.

Empezaron a andar las dos esbeltas muchachas, agarradas cariñosamente por la cintura, y se dirigieron a los soleados senderos del *parterre* francés, adentrándose después en la umbrosa espesura de los fresnos y arces. Ambas jóvenes habían sido educadas en el mismo convento, hasta que hicieron su primera Comunión; y la diferencia de caracteres las había unido tan estrechamente que estaban acostumbradas a contarse hasta los más pequeños secretos y habían conservado indemne, después de separarse, aquella confianza fraternal. Pero había cosas que no era fácil decir por carta y quería aprovechar la ocasión para contárselas de palabra. La joven milanesa le confesó la historia, no siempre fácil y tersa, de su amor y su compromiso matrimonial, que había puesto fin a una pasión sin esperanza. El recuerdo de aquellas tempestades sufridas por su tierno corazón la había hecho más seria y sensata de lo que un observador superficial hubiese podido suponer en esta lozana criatura mimada por la fortuna y la Naturaleza. Cuando terminó con la breve novela de su vida, caminaron un buen rato las dos amigas, en silencioso ensimismamiento. Después la condesa, apartando con un gracioso gesto los rebeldes rizos de su cara, dijo:

—Me he propuesto no volver a hablar de esta triste historia nunca más. Así que tú eres la última persona con la que vuelvo a hablar de este suceso. Así, pues, basta de eso; ahora lo único que quiero es cumplir otra promesa que me hice a mí misma, cuando di el sí a Egon, y es llegar a ser tan feliz y hacerle tan feliz a él como sólo pueden llegar a serlo dos enamorados. Pero ahora te toca el turno a ti, primita. O mucho me equivoco, o tu corazón también ha sufrido un vuelco. Pero acomodémonos allí, en aquel banquito. Aunque el sol caiga de plano sobre él, abriremos las sombrillas; además, del prado que hay al otro lado del seto viene una brisa muy fresca.

—Querría pedirte un favor, Ghita —dijo Victoria cuando estuvieron sentadas una junto a otra, de espaldas al prado, y mientras hacían montoncitos de hojas secas en el suelo con la punta de sus sombrilla—: dile a Gastón que abandone de una vez para siempre la idea de casarse conmigo. Con ocasión de su última visita me esforcé cuanto pude por darle a entender que para ser felices juntos, a lo largo de toda una vida, es necesario algo más que haber jugado juntos de niños y llamarse primo y prima. Me comprendes, ¿verdad?

—Ciertamente —replicó la otra, pálida—. Pero ¿es que la cosa puede acabar ahí? ¿Es que no lleva él dos años perdidamente enamorado de ti, igual que si hubieras sido una extraña para él? Qué pasa..., ¿no le encuentras digno de tu amor? ¿No está en tu mano hacer de él, en cuanto te lo propongas, un marido modelo? ¡Ah! ¡Si él cometiese ahora cualquier temeridad, desesperado porque tú no le ofreces ni una mínima esperanza...!

Los labios de Victoria esbozaron una sonrisa, mientras sus ojos permanecían graves:

—No quiero rebatir ni discutir nada de cuanto has dicho —dijo con voz serena—, aunque tengo mis dudas sobre si sabe realmente lo que ama en mí y si no se desengañaría después. Pero tú sabes, cariño, que estoy decidida a no abandonar a mi madre mientras viva, y espero de todo corazón que sean todavía muchos años. Quizá no acabes de comprenderlo, pero es lo que quiero: a nadie he amado tanto como a este pobre corazón, que no late para nada viviente ya. Ella, como sabes, no se encuentra a gusto en otro lugar que no sea Hainstetten; y un oficial joven y dado a las diversiones como Gastón es imposible que pueda sentirse feliz en este lugar apartado del mundo, aunque sintiese una pasión imperecedera por una mujer. Por eso sería una locura que yo aceptase un amor avocado al fracaso o a la desesperación de mi primo. Por eso no puedo considerar su propuesta sólo porque él hasta ahora no ha sabido lo que significa un deseo incumplido o fracasado y la renuncia a cualquier pasión, noble o innoble.

La hermana pareció no haber prestado atención a estas últimas palabras. Echó una mirada sobre Victoria y luego, moviendo la cabeza, pensativa, como quien se sospecha un enigma que no es capaz de resolver, dijo:

—¿Es ésta, realmente, tu verdadera y única razón, primita? Y si mañana mismo llamase Dios a su seno a tu pobre madre, ¿seguirías negándote...?

—No sé lo que haría mañana. Sé solamente lo que debo hacer hoy. ¿Por qué me haces estas preguntas? ¿Me acusas de no encontrar a Gastón tan digno de amor como le encontráis tú y otras muchachas, por el mero hecho de saber, como sé, que eso nos llevaría irremediablemente a nuestra desgracia?

La condesita calló unos momentos. Después dijo de pronto:

—¿De modo que te has condenado a ti misma a vivir aquí en este desierto toda la vida y convertirte en una solterona, si la tía vive cien años?

—¿Quién ha dicho eso? —respondió Victoria tranquilamente—. No, no soy tan necia, ni tan enemiga de mi propia felicidad. Yo quiero casarme, igual que las demás, pero sin ser por ello infiel a mis deberes. ¿Crees que esto es imposible?

—¿Imposible? ¿Cuando se tiene una figura y un palmito como tú y se es la dueña de Hainstetten? No, querida mía, no. Pero yo sé muy bien que ya en los años del convento temías que alguien se pudiese enamorar de Hainstetten tanto como de ti. ¿Es que has encontrado un talismán que te protege contra eso? ¿O al fénix de un pretendiente que quisiera hacerte su mujer a pesar de ser la heredera más acaudalada de toda la provincia?

Victoria permanecía en silencio con la mirada clavada en el suelo.

—¿Y si lo hubiese encontrado? —dijo después de una pausa.

—¡Por amor de Dios! —exclamó la condesita, y dio un salto de sorpresa—. No, no es posible... Tienes que jurármelo por la salud de tu madre, si quieres que me lo crea... No me digas que... Este interesante forastero..., el preceptor, tu lector y profesor, el doctor Felipe Schwarz...

—Habla un poco más bajo, cariño —rogó la otra al tiempo que miraba cautelosamente a su alrededor. No quiero que nadie lo sepa antes que todo esté resuelto. Ven, siéntate otra vez y, por favor, no pongas esa cara tan triste. Efectivamente, la cosa es peligrosísima, pero sé perfectamente lo que hago. No soy una chiquilla cegada por un amor loco, a la que tenga que abrirle los ojos una amiga. Mira, Ghita...

—¡Ni siquiera estás enamorada de él, y, sin embargo, quieres...!

—Déjame que te explique, corazón; déjame que te explique; es una historia muy extraña y, sin embargo, muy sencilla. Comenzó en la Rotonda de Vicenza y allí ha de terminar también, si todo sale bien. Recuerdo que te escribí que había pasado allí una hora inolvidable, y me parece que también te dije que se me había ocurrido la idea de comprar aquella casa encantada y hacerla renacer a su antiguo esplendor. Por primera vez en mi vida me di cuenta de que ser rica es una gran suerte. Pero lo que no te conté en mi carta es que estaba decidida a comprar la villa con todo su inventario incluido cierto joven que me encontré allí, durmiendo en la hierba, y a quien desperté poniéndome a cantar. No sé exactamente lo que sucedió en mi interior; pero después de hablar con él durante un buen rato supe que sin él nunca llegarían a realizarse felizmente mis planes. Llámalo como quieras, demencia o capricho: ya sabes que siempre me han atraído las ideas más extravagantes, y que siempre me pareció una cuestión de honor demostrarme a mí misma y a los demás que aquel arrebato aparentemente caprichoso había sido algo sensato y razonable. Pues bien: nunca me salió mejor una cosa, en toda mi vida, que en este asunto. La impresión que me causó en los primeros momentos, fue que podría estarme toda una vida charlando con él sin cansarme. Durante todos estos meses que le he tenido aquí, cerca, ese sentimiento se ha afianzado en mí. ¿No has tenido ocasión de experimentar por ti misma, este mediodía en la mesa, que su conversación tiene un atractivo como la de poquísimos hombres?

—¡Su conversación! —exclamó Ghita, sin abandonar su asombro, del que no podía reponerse—. ¡También un libro puede conversar con nosotros y entretenernos mejor que nadie! Y, sin embargo, ¿a quién se le ocurriría casarse con un libro? No quiero hablar de la insignificante encuadernación de esta tu lectura favorita, aunque espero que convendrás conmigo en que no es precisamente bonita ni tiene nada en absoluto de particular. Con la mano en el corazón, primita: ¿le quieres? ¿Llegarías a...?

Se interrumpió y se puso encendida como la grana. Su amiga seguía tan imperturbable y serena como antes.

—No sé lo que tú llamarás querer —dijo después de una pausa—; desde luego, una pasión que acabase enloqueciéndome en el caso de que no llegase él a ser mío..., no, prefiero no pensar en esa posibilidad porque yo he estado segura de mi juego desde el primer momento. Sabía que no se me podría escapar; y desde el principio le hice sentir mi poder, y durante estos meses he comprobado que no me he equivocado. ¿Podrás echarme en cara esta conducta? ¿Te parecerá un capricho insensato, un derroche digno de castigo el que me haya propuesto conseguir esto, en lugar de cualquier estatua griega o un Tiziano de precio fabuloso? Tú sabes bien qué vacía ha estado mi vida hasta ahora, pese a toda mi riqueza...

—Pero un hombre que se deja comprar...

—¡Calla! —interrumpió Victoria. No pronuncies esa palabra, que además no describe la realidad. Él es un soñador para quien carecen de valor todos los tesoros de la tierra ante una idea grande o una obra de arte bella, y precisamente por este motivo no me importa arriesgarlo todo por él. Sé que él me amaría con la misma pasión que ahora si yo fuese tan pobre como Zephyrine y él el heredero de Hainstetten.

—¿Se te ha declarado?

—Todavía no, aunque sus miradas hablan por sí solas. Es demasiado orgulloso para dar el primer paso antes de estar completamente seguro de mi respuesta, ahora está intentando demostrar ante todos que pertenece también a la aristocracia de la Humanidad, pese a su origen humilde y por eso desea escribir un libro. En esto se está mostrando tan insensato como el resto de los hombres que se tienen en algo. ¡Como si necesitase demostrarme por escrito quién es él! Yo le dejo hacer, porque sé que la cosa no tiene remedio. Si pasa mucho tiempo y no me confiesa su amor, o si amenazase con no llegar a realizarse...; ya sé, Ghita, que no me consideras una coqueta. Pero te reconozco que no me consideraría una mujer si no fuera capaz de obligarle a confesar sus sentimientos tan pronto como me viniese en gana. Y después..., después...; bueno, quiero hacerle tan feliz como se merece un hombre tan inteligente y tan bueno como él.

—¿Y no te has parado a pensar en lo que dirá la gente cuando sepa que la baronesa heredera Victoria de Hainstetten se convierte en la esposa de un tal doctor Felipe Schwartz? Tú sabes que yo no tengo prejuicios a este respecto, y que me habría casado con mi Lorenzo, aunque era un simple teniente, sin familia y con un patrimonio menos que modesto. Pero un pobre diablo como éste, completamente desconocido, a quien recogiste en mitad del camino..., no Victoria, la gente no lo aceptará tan fácilmente; y mucho menos va a comprender que te hayas enamorado de su griego.

—¡A mí no me importa lo que piensen esas gentes! No, Ghita, no. Hasta ahora el mundo no se ha preocupado por hacerme feliz a mí. Que me deje ahora vivir según mi santa voluntad. Y como viviremos aquí en el desierto, como tú llamas a esto, no es necesario ni siquiera que compre para él un título de nobleza. Cuando vayamos a Milán, en nuestro viaje de bodas..., bueno, primero iremos a nuestra Rotonda, claro; sabrás que estoy en tratos con el propietario de la villa, y mi administrador me ha dicho que hay muchas esperanzas de que se realice la compra. Pues cuando vayamos, como te iba diciendo, a Milán, la familia pondrá dificultades sólo para guardar las apariencias.

En aquel momento escucharon la voz del chiquillo, que venía corriendo por el parque y las descubrió al dar la vuelta a un recodo.

—¿Dónde os habéis metido todo este tiempo? —exclamó sin aliento—. El carruaje está dispuesto desde hace un rato y la tía os ha buscado por todas partes, sin hallaros. Mamá me ha dado su consentimiento para que os acompañe en mi poni.

Las dos muchachas se levantaron.

—Todo lo que acabo de confiarte debes retenerlo en el fondo de tu corazón —susurró Victoria rápidamente al oído de su prima—. Ni siquiera a tu novio...

—¡Primita! —exclamó la otra, pasando su brazo alrededor de la nuca de su amiga—. Si comentara algo de lo que tú me has confiado todos me tomarían por una loca escapada del manicomio. No quiero ni pensar en la pena y la rabia de Gastón si la cosa llegara tan lejos. Pero todavía confío en que...

—¿No sabéis dónde se ha metido el doctor? —preguntó el niño—. Le he buscado también por todas partes... Pensé que le gustaría también venir a caballo. Como no le he encontrado tendrá que acompañarme el caballerizo. ¡Vaya un fastidio! Yo creí que estaría aquí con vosotras, porque éste es el sitio que más le gusta de todo el parque.

—Como ves estábamos las dos solas —replicó Victoria—. Se habrá ido al pueblo, por la orilla del río. Es una lástima que no pueda despedirse.

—No, corazón —dijo Ghita en voz baja—. Yo lo prefiero así. No sé si habría podido sonreírle...

* * *

El coche que conducía a los huéspedes hasta la ciudad había partido hacía largo rato, y el niño había regresado también de su paseo a caballo en el fresco del atardecer. Pero Felipe seguía sin aparecer. Tomaron el té sin él, y la madre se sentó en la sala, porque la terraza estaba ya oscurecida y además soplaba afuera un fresco vientecillo otoñal. En sus oídos y en su memoria resonaba aún el bullicio de la visita, que le había hecho olvidar por completo sus cartas. Zephyrine estaba sentada enfrente de ella, entregada a sus bordados y hablando por los codos de la joven y espléndida pareja de los primos, echando miradas de vez en cuando sobre Victoria, pues ella desde siempre había creído que el brillante conde se convertiría algún día en el marido de su discípula. La joven permaneció en silencio, y cuando la charla monótona e inagotable de la preceptora se le hizo insoportable, se levantó, se puso un chal sobre los hombros y salió a la terraza.

El jardín descansaba bajo el fulgor del cielo de otoño y multitud de estrellas fugaces cruzaban el pálido azul del firmamento para morir entre las frondas del parque. La joven detectó una sombra, que miraba hacia la casa, apoyada en el borde de la fuente, cuyo chorro dormía ya. Sin pararse a pensarlo, bajó los escalones y se dirigió a la plazoleta.

—Hoy ha hecho usted notar su ausencia, doctor —dijo alegremente—. ¿Dónde ha estado hasta tan tarde? ¡Y ni siquiera es usted capaz de entrar ahora en la sala para explicarnos su ausencia!

—Estaba pensando —dijo él, mientras retrocedía involuntariamente un paso— como decirle que necesitaba hablar unas palabras a solas con usted. ¿Quiere usted que demos un paseo por el jardín?

La joven se quedó inmóvil. Sus ojos buscaron los de él en la penumbra, que hacía más espesa aún la amplia ala de su sombrero.

—¿Qué le ocurre a usted? —dijo con vehemencia—. Su voz tiene un timbre extraño... Le ha pasado algo..., ha sabido usted algo que le concierne muy de cerca...

—Tiene usted razón —respondió él—. He sabido algo lo bastante trágico para estremecer hasta la última fibra del ser, sobre todo cuando nada se sospechaba. Si yo fuese puro espíritu y sólo me interesase conocer a fondo las cosas, esta de que le hablo sería bienvenida para mí, porque realmente puede aprovecharse para uno de los estudios de mi libro, ya que es una prueba irrefutable de mi teoría. Sobre dos personas inocentes cae el peso cruel de la fatalidad, con su alevosía, sin embargo ahora no siento ni el más mínimo rastro de aquella felicidad interior que veía yo cruzar por medio de la tristeza, probablemente porque en mis venas falta la gota de heroísmo necesario para ello. Quizá también porque es muy distinto tomar parte en el juego que ser un mero espectador. Por lo demás, poco ha de aprovechar este estudio a mis trabajos, porque es muy dudoso que los termine. De nuevo vuelvo a ser un vagabundo sin hogar. Quería hablar con usted, señorita, para decirle adiós. Debo marcharme esta misma noche.

Sin sospechar nada todavía, ella le miraba fijamente.

—¡Pero eso es imposible! —exclamó por fin.

—¿Imposible? Quizá. Diga usted mejor que será superior a mis fuerzas. Sin embargo, así debe ser. No quiero engañarla a usted, ni tampoco buscar una escapatoria fácil. Hemos vivido demasiado cerca uno del otro para no confesarnos la verdad en estos momentos. Sepa usted que he escuchado toda su conversación con la condesa Ghita.

Ella sintió de pronto como un torrente de hielo por sus venas. Su corazón dejó de latir unos segundos. Sus labios lanzaron un gemido y se cubrió los ojos como para protegerse de una luz hiriente y súbita. Habría caído al suelo si el seto de boj en que se apoyó no hubiera sido lo bastante fuerte para sujetarla.

—Usted estimará esto como una gravísima falta contra la buena educación —prosiguió él con voz triste y opaca—. No está bien eso de escuchar conversaciones ajenas ni debe uno entremeterse en intimidades que no le han confiado ni ofrecido. Pero yo he llegado a esta falta de manera completamente inocente, trágicamente inocente. En la mesa me desazonó verla departir con su primo con tan íntima familiaridad, porque, como es natural, pensé que estaba muy cerca de su corazón. Entonces me atacaron de nuevo las viejas dudas atormentadoras, ¿podría yo, algún día, llegar a estar tan cerca de usted como anhelaba, como creía me sería ya imprescindible para vivir? La angustia me empujó lejos, hasta las rocas y los pinares, hasta que hube fatigado suficientemente mi cuerpo y mecido mi alma en un sordo letargo. Necesitaba reposo y lo busqué en aquel banco, donde tantas horas felices había pasado entregado a mis ensueños. Pero el sol me molestaba y escogí por último el lugar en sombra que hay en el prado, al otro lado del seto, para estirar mis miembros. Ya conoce usted mi debilidad, que tantas veces ha sido mi salvación: cuando estoy triste, me duermo. Una vez la felicidad me llegó después de un sueño de éstos. Hoy me despertó la misma voz que entonces..., pero no para mi salvación. Ahora comprenderá usted que no pueda volver a cerrar los ojos bajo estos techos, aunque creyese un deber de cortesía prolongar durante doce horas una hospitalidad como la que aquí se me ha brindado.

Se inclinó ligeramente al decir estas palabras, como para despedirse de ella. Pero la joven, que estaba ante él con la cabeza hundida en el pecho, no se apercibió de este gesto. Pero él no quería marcharse de allí sin haber escuchado su voz una vez más.

—He recogido ya mis cosas —prosiguió—, y sobre la mesa he depositado una carta dirigida a usted, donde le comunico que un amigo me ha llamado urgentemente a Graz por medio de un telegrama en el que me notifica un asunto de la mayor importancia, pero que, no obstante, espero que mi ausencia durará pocos días. Como la noche está agradable, haré a pie el camino de regreso. Cuando llegue le enviaré una carta en la que diga que me he visto obligado a emprender un viaje más largo, entonces sabrá usted, usted sola, que no regresaré jamás aquí, y la causa que me impide volver. Los demás deben ignorar por siempre las razones. Confieso —y su firme voz comenzó a temblar— que me entristece separarme del niño, a quien había tomado tanto cariño. También me cuesta un gran esfuerzo no volver a ver a su madre. Dígala usted...

Se interrumpió en seco y se volvió de espaldas. Entonces ella salió de su estupor.

—¡No, no es posible! —dijo—. Si usted lo ha oído todo..., no entiendo como puede sentirse tan ofendido por un par de palabras desafortunadas, arrojadas casi sin pensar. Debe usted comprender el momento en que han sido pronunciadas...

—Sin duda alguna —interrumpió él—. Comprendo todo y todo lo perdono. Pero no puedo olvidar. Hay palabras que un hombre que se estime a sí mismo no debe olvidar jamás, aunque se sintiese inclinado a ello. ¿Ofendido? No tengo derecho alguno a considerarme ofendido. Usted ha dado un pésimo testimonio de mí, y yo no me he visto en el triste caso de otros espías, que escuchan su propia ignominia. Mas no permanecí echado allí por vanidad, para recrearme con los elogios que de mí se hacían. Le confieso a usted que me sentí paralizado de todos mis miembros cuando descubrí cómo concibe usted nuestras relaciones. Usted sabe que siempre me ha preocupado la idea de si un hombre como yo merece el trabajo que se han tomado con él sus padres, sus maestros, la vida misma; y tampoco en estos últimos meses, en que aprendí a estar contento de mí mismo, a tenerme en estima y a esperar algo de mí..., tampoco entonces me volvió presuntuoso u orgulloso este sentimiento. Pero sí me habría empujado, antes o después, a presentarme ante usted para decirle que la amo por encima de todas las cosas y que, a pesar de la distancia que nos separa, he alimentado el sueño de casarme con usted algún día. Porque, como ha dicho antes con mucha razón, yo no me dejo seducir ni asustar por los tesoros terrenos, precisamente por ser un pobre diablo. Tengo, en efecto, la absurda opinión de que si dos personas son semejantes espiritual y temperamentalmente, cualquier diferencia externa es nula y despreciable. Y yo me creía digno de usted, y seguiré creyendo que no hubiera tenido ningún motivo para considerar como una gracia especial que usted se dignase a bajar hasta mí desde su altura. Ahora he tenido que oír lo que pensaba usted sobre esto: que yo era, ni más ni menos, una valiosa pieza del inventario de una villa, y que como tal me estimaba y apreciaba. Y que se alegraba usted de ser rica porque esto le permitiría pagar también un precio por mí y darse el placer de escoger por esposo a ese pobre diablo sin nombre, al que usted deseaba, al final, hacer tan feliz como se merece, a pesar de no estar enamorada de verdad. Ahora no puede reprocharme que me agarre con fuerza a lo único que tengo en abundancia: mi libertad y mi orgullo varonil. ¿No me diga que todas estas palabras no le salieron del corazón? ¿Qué usted habló así delante de su prima tan sólo para disculpar su futuro matrimonio, tan desigual y desatinado?

Ella se estremeció. Después dijo con voz firme:

—No. No puedo mentir. No podría, aunque dependiera de ello la felicidad de toda mi vida. Pero es usted cruel al repetir ahora esas desafortunadas palabras, que, al fin y al cabo, no tienen el valor y la importancia que usted les atribuye. Porque si como usted ha dicho este es el momento de ser sinceros, debo decirle que no expresé en ellas todo lo que siento. Si esto puede servirle de consuelo a su orgullo herido degradaré el mío femenino y le confesaré..., pero no; ahora no me creería usted. Lo creerá algún día, cuando se haya alejado de mí y se entere de que no he vuelto a conocer la felicidad en mi vida, porque sin usted nada tenía sentido para mí, y porque soy demasiado orgullosa para contentarme con uno inferior a usted.

Volvió la cara hacia el seto, para ocultar sus precipitadas lágrimas.

—Le doy las gracias —dijo él entonces vivísimamente emocionado—, le doy las gracias de todo corazón por lo que acaba usted de decir. Estas palabras serán también inolvidables para mí, y me darán ánimos y consuelo cuando las otras me ahoguen de dolor. Pero es mejor terminar de una vez. Es demasiado grande este dolor para dilatarlo más. El azar nos ha jugado una mala pasada. Si yo no hubiese escuchado sus palabras, todo habría seguido un camino hermoso y alegre, y los dioses y los hombres habrían tenido envidia de nuestra dicha. Porque sé, Victoria, que yo la habría hecho tan feliz como merece. Quizá entonces se encogería despreciativamente de hombros, allá en la distancia, cierta dama joven y bella, al pensar que yo me avine a figurar, obediente y sin sospechar nada, como un factor más en la bien meditada cuenta de su vida y que la cuenta arrojó al final un resultado exacto y satisfactorio. Pero ahora..., aunque matara a la persona que sabe también este secreto, no podría silenciar mis propios pensamientos. En medio de la más hermosa de las felicidades sonarían en mi corazón las palabras imborrables; ella era lo bastante rica como para poder comprarte. No me reproche usted mi crueldad; es nuestro destino. A partir de ahora tenemos que descubrir si después de este fracaso de nuestros más bellos sueños sabemos conservar al menos la vida pura y desnuda.

Tendió la mano en busca de las suyas. Pero al ver que no se las entregaba, se derrumbó a sus pies, y abrazó con fuerza su figura estremecida en llanto, mientras oprimía sus labios en el brazo que intentaba apartarle y pronunciaba su nombre con apasionado dolor. Después reunió sus últimas fuerzas, se levantó del suelo y se fue, mientras ella, con los ojos bañados en lágrimas se derrumbaba en el suelo.

* * *

Cuatro años después todo parecía seguir su curso en Hainstetten; solamente faltaba la alegre cara del chiquillo, que cursaba en Graz sus estudios de segunda enseñanza, y la sonrisa de la hermana, que se había borrado de su rostro.

Un día llegó de Roma una carta de la condesa Ghita. Se había retirado a la Ciudad Eterna con su marido para pasar allí un invierno lejos de las preocupaciones y los compromisos sociales, ya que el ajetreo de la vida milanesa, en cuyos salones era reclamada su presencia, amenazaba con perjudicar su salud en esos momentos tan delicados de la maternidad.

Hablaba en dicha carta de mil cosas, que a su amiga le eran completamente ajenas, tales como su viaje, sus viejas y sus nuevas amistades, el Santo Padre y los pobres de las orillas del Tíber. Al final de los doce pliegos que contenía su carta, le hablaba de una excursión a la Pirámide de Cestio, a cuyo pie se extiende el cementerio protestante, con sus lápidas y sus cipreses.

«Me imagino la cara que pondrás —decía—, cuando te cuente la dolorosa sorpresa que hallé en aquel lugar donde esperaba pasar una hora serena y plácida. Descubrí una lápida lisa y sencilla, que llevaba inscrito el nombre de aquel alemán del Norte que conocí durante una comida en vuestra casa: el doctor Felipe Schwartz. Ni una fecha de nacimiento o de la muerte; nada, sólo el nombre y debajo dos palabras latinas: *Oblivisci nequeo*. No las entendí, como es natural, y mi marido tampoco, porque ha olvidado el poco latín que aprendió. Pero por la noche, en los salones de la princesa Chigi, a los que acuden un gran número de sabios y artistas, me presentaron a un famoso arqueólogo que vive desde hace muchos años en el Instituto Imperial de Prusia que hay en el Capitolio; conversamos de muchas cosas, y no sé cómo pronuncié el nombre de aquel singular joven y pregunté por él, que tan misteriosamente desapareció de Hainstetten y tan tempranamente de la vida. Y me enteré entonces de que el profesor con el que hablaba yo en aquellos momentos había sido un gran amigo suyo, tanto como es posible serlo de un soñador tan extraño. Hasta le había mostrado algunos fragmentos de una obra sobre el espíritu del pueblo griego que estaba escribiendo, y que, según me dijo, contenía investigaciones profundísimas y puntos de vista extraordinariamente originales. Trabajar en este libro y recorrer, siempre solo, la *Campagna* y las ruinas de Roma, había sido la vida de este insigne hombre. Habría podido aumentar el pequeño capital que trajo consigo con toda clase de lucrativos trabajos; pero en lugar de esto prefirió irlo consumiendo poco a poco, apartado con tenacidad de cuanto no fuese su propia vida interior, porque estaba convencido firmemente de que de un modo u otro se cumpliría inexorablemente su destino, que le llevaría a la tumba en el momento preciso, o le daría medios para seguir viviendo. Por desgracia, ocurrió lo primero. El amigo le había conjurado muchas veces, medio en broma, para que no aumentase la larga lista de alemanes famosos que han muerto por su excesiva dedicación al trabajo. Pero él movía siempre la cabeza, sonriendo tristemente, y una vez le respondió que si moría pronto no era por su amor al trabajo, sino por culpa de unas palabras inolvidables. No sabe que quiso decir con esto, sin duda fue un secreto que se llevó a la tumba. En julio, como no quiso abandonar la ciudad atacada por una epidemia de fiebres, el tifus romano, el que llaman aquí *pernicioso,* lo arrebató al mundo en pocas semanas. Entre los pocos bienes que dejó no se halló ni una sola hoja de aquella gran obra en la que trabajaba con tanto empeño.

»Cuando le mostré al profesor la inscripción de su lápida, que había copiado cuidadosamente en mi libreta de notas, y que él no conocía todavía porque había pasado los últimos meses fuera de Roma, los dos nos llevamos una grandísima sorpresa; *oblivisci nequeo* no quiere decir ni más ni menos que: «no puedo olvidar». ¿No podrías tú descifrar el secreto de qué inolvidables palabras le llevaron al pobre muchacho a la muerte?»

* * *

La anciana baronesa vivió todavía doce años más. Durante todo este tiempo su hija no se separó de su lado ni un momento. Victoria mantuvo intacta su belleza hasta los años de la madurez, y muchos pretendientes se acercaron a ella para hacerla su esposa y habrían vivido gustosísimamente de por vida en aquel apartado lugar si ella hubiera querido. Pero ella rechazó serenamente todas las propuestas sin pararse a meditarlas. Medio año después de haber cerrado la madre sus ojos cansados de llorar, halláronla un día tendida en su casa, muerta de un súbito ataque al corazón. Su última voluntad fue que se la enterrase en el parque y colocasen sobre su tumba una sencilla lápida con la inscripción: *Oblivisci nequeo.*

EL JUEZ

Una tarde clara y transparente llegó un cochecillo por el camino empedrado que conducía a una pequeña y simpática villa. Se detuvo en la puerta de un hostal llamado *El Ángel Rojo.* El viaje había durado cinco horas. En este tiempo había tenido ocasión de contemplar una bella y llana comarca cubierta por el sol del otoño, y me alegré de haber hecho caso a mi amigo cuando me sugirió renunciar a la línea del ferrocarril, tan insoportablemente monótona. Llevaba en el bolsillo una carta firmada por dicho amigo, que me facultaba para pactar en su nombre la venta de un pequeño viñedo, situado a las afueras de la ciudad, que acababa de heredar. También llevaba una carta de recomendación para el juez de la comarca. «Ya verás cómo no te pesa trabar conocimiento con él —me dijo mi amigo—; y además, la ciudad y sus alrededores bien merecen una visita. Quién sabe si no me arrepentiré dentro de unos años y volveré a comprar este terreno que ahora me estorba, cuando necesite un lugar donde poder recogerme y aislarme en mí mismo, lejos del odio y de las peleas humanas, y exprimir a fondo y en paz mis últimos años de vida.»

Me bastó llegar al lugar para comprender lo que me decía mi amigo. Estaba situado al final de una serranía de ligera pendiente. En el centro había un grupito de casas de agradable y limpio aspecto, y a su alrededor, sonrientes en medio del verdor, se diseminaban por la ladera los cortijos y las cabañas de los viñadores.

A pesar de que el vino que producían allí no era muy conocido tenía un sabor muy agradable, como ocurre con tantos vinos insignificantes de los pueblos, y un precioso color rojo pálido lleno de finos reflejos. Quien lo ha probado sólo una vez y de casualidad no suele considerarlo un gran vino. Sin embargo, los naturales de la comarca, y otros muchos que han tratado a fondo con él, sienten después, cuando se hallan en compañía de los vinos más nobles y más preciados de todos los países, una invencible nostalgia de este vino, que yo también hube de experimentar, pasado el tiempo.

Ni en el zaguán de *El Ángel Rojo* ni en las calles había un alma a aquellas horas. La ciudad dormía la siesta. El dueño de la hospedería interrumpió su sueño cuando advirtió mi presencia y se acercó a mí solícitamente, pensando en la posibilidad de beber conmigo un vaso de vino. Después de charlar de la guerra, de política, de la cosecha de aquel año y de otras muchas cosas, me contó la novedad más importante del año: la boda de la hija del burgomaestre con el hijo del comerciante más rico de la localidad, cuya tienda, me había llamado la atención cuando pasé por delante de ella, por la abundancia y la variedad de los productos expuestos a la venta y por el abundante escaparate, el único que había en todo el lugar. Cuando se lo dije al posadero, sonrió satisfecho.

—La joven pareja comenzó ayer su luna de miel —dijo el posadero—. Es la moda de ahora; en mis tiempos se consideraba que lo más adecuado era iniciar la vida marital en el propio pueblo y en la propia casa. La única tradición que sigue viva es el baile del tornabodas, que tendrá lugar esta noche en casa del padre de la novia. La mayoría de mis huéspedes están invitados; pero yo no salgo mal parado del asunto —prosiguió, mirándome con gesto socarrón—, porque la música se escucha muy bien desde aquí y dejaremos abiertas las ventanas. Al atardecer, *El Ángel Rojo* estará repleto de gente, ya lo verá. Si usted quiere le haremos un huequecito en alguna ventana. Qué, ¿se anima usted con otro vasito?

Agradecí su invitación ponderando las excelencias de su vino sin embargo la rechacé. Le pedí que me indicase dónde estaba la casa del juez municipal, porque quería liquidar mi asunto con él cuanto antes.

—Espere unos momentos —dijo el buen hombre—. Por allí viene mi chico, de la escuela, y le acompañará. El señor juez le tiene mucho cariño, como en general a los niños y niñas, y a todo el mocerío, que está siempre a su alrededor. La hija del burgomaestre, la que se casó ayer, era su ojito derecho, y todas las muchachas están enamoradas de él, aunque él es ya un hombre mayor y nunca ha sido lo que se dice un hombre guapo. La belleza pasa, la fealdad perdura, dice el refrán. Cuando fue joven, seguro que no tenía a tantas muchachas a su alrededor.

El posadero llamó a su hijo que ya estaba cerca de la puerta. Era un muchacho de aspecto vivo y despierto, con los cabellos rizados y hermosos ojos negros. Me cogió familiarmente de la mano y me acompañó a casa del juez.

—Seguro que el tío está en casa —dijo mi pequeño guía—. Cuando las peras están maduras paso todos los días por delante del jardín del tío, cuando salgo de la escuela con Hans, un amigo, porque su padre vive justo al lado. Y cuando nos ve el tío, nos llama para que entremos, y hasta nos deja subir al árbol. Y después vuelve al Juzgado hasta el anochecer.

Caminamos durante un rato hasta llegar a las afueras de la ciudad.

—Pero ¿vive el tío fuera de la ciudad? —pregunté.

—Sí, junto al foso de la muralla. Ya estamos al lado de su casa.

Doblamos a la izquierda y descendimos por un sombreado camino que rodeaba las antiguas murallas y fortificaciones de la pacífica villa. El muchacho se paró delante de una casa gris de antigua fábrica.

—¡Aquí es! —dijo.

Una verja de hierro, con una puerta, permitía ver la casa y el jardín que la rodeaba. En lo hondo de lo que en otro tiempo había sido el foso de la muralla, crecían enormes nogales, que tocaban con sus ramas las ventanas del piso superior. Nadie más que nosotros gozaba en esos momentos de su perfume y su sombra. De una ventana del piso superior salía el canto de un violín, y los pájaros lo acompañaban con sus trinos.

—¿Es el tío quien toca el violín?

El muchacho hizo un gesto afirmativo.

—Mi padre dice que toca mejor que el mejor violinista del pueblo; pero nunca toca bailes, y casi todo se lo saca de la cabeza.

Le di la mano a mi amiguito y me quedé en pie junto a los escalones de piedra, mientras el muchacho se acercaba rápidamente a la puerta. El buen concepto que ya tenía del tío crecía por momentos mientras miraba la frondosidad del verde follaje. Era ese un lugar solitario, apacible y muy grato. Sin duda a otras horas del día saldrían los vecinos a pasear apaciblemente y, debía componer, a buen seguro, el cuadro más amable que se pueda imaginar.

En esos momentos me alegré de haber aceptado el encargo que me había trasladado a ese bello lugar. El piso inferior parecía deshabitado; las ramas de la hiedra, que cubrían los muros de la parte anterior de la casa, colgaban delante de las ventanas, cerraduras y fallebas ocultándolas. En el cerrado ámbito de la escalera sonaba ahora con más fuerza y plenitud el canto del violín solitario. Subí la escalera muy despacio para no perderme ni una nota; pero antes de llegar al final de la escalera, pude ver en los últimos peldaños, una sombra. El hombre quiso decir unas palabras de despedida, según me dio a entender el movimiento enojado con que se acercó a la barandilla. Pero cuando se disponía a rechazar con un rápido gesto de su mano la inesperada visita, que, al parecer, había escogido mal momento para ir, vio una cara desconocida y se sintió en la obligación de darme una explicación verbal y me dejó subir hasta arriba. Llevaba un levitón de verano, de color claro, y unos toscos zapatones. Un bigote gris, de enhiestas guías, se esforzaba sin éxito por dar a sus inofensivos rasgos cierto aspecto marcial.

Le pregunté por el señor juez y le di la carta de presentación que para él llevaba.

—Bueno...; pero el señor juez está tocando ahora el violín, como puede usted oír —dijo, haciendo un esfuerzo por parecer cortés—. A estas horas no suele visitarle nadie, señor, y todos saben que yo no puedo molestarle ahora.

Me disculpé diciendo que era forastero, y que no sabía cuales eran las horas de visita y eché la culpa al tabernero y a su hijo.

—¡Estos niños traviesos! —exclamó él, dulcificando mucho su tono de voz—. El juez se lo consiente todo. Nosotros no tenemos niños, ¿sabe usted? —prosiguió en tono confidencial—. El juez siempre agradece al vecino que se los preste un poco, cada vez que le resulte una carga demasiado pesada. A veces tenemos el jardín repleto de niños, y los muy pillos brincan como saltamontes por encima de los setos y los macizos.

—¿No está casado el señor juez?

El viejo movió la cabeza.

—Ninguno de los dos estamos casados —dijo con el tono de un hombre que con complacencia, pero sin presunción, reonoce haberse comportado más juiciosamente que la mayoría de sus semejantes.

Mientras hablábamos a media voz en el descansillo de la escalera, el fuerte y maravilloso sonido del violín, que seguía ondeando en el calmo aire, me cautivó de tal manera, que olvidé por completo lo que me había llevado allí. El viejo parecía satisfecho por mi respetuoso silencio.

—Si se está usted callado y sin hacer ruido —dijo—, le pasaré a la antesala. Ahí oirá usted mejor y podrá esperar tranquilamente a que el señor termine de tocar.

Abrió cuidadosamente la puerta que teníamos al lado, se llevó una vez más el índice a los labios, y después de haber entrado yo cerró la puerta con todo sigilo, como se cierra la puerta del cuarto de un enfermo.

Me dejó en una sala muy luminosa y espaciosa, cuyas tres ventanas, que llegaban casi hasta el suelo, permitían disfrutar del paisaje. El aire fresco y puro se introducía a través de ellas, moviendo ligeramente las cortinas y los visillos y agitando las hojas de los tiestos que llenaban el alféizar de las ventanas. Había en la sala sillones, un sofá y un armario-estantería lleno de libros de música y partituras, todo muy confortable y sencillo. Los bellísimos grabados en cobre que colgaban de las paredes, y la espléndida estatua clásica del muchacho orante, colocada en un ángulo de la habitación, buscando la luz más favorable, quitaban a la habitación cualquier inhospitalaria sensación de vacío. Era fácil suponer que en la elección de los grabados, y la disposición y arreglo de todo, estaba hecha por un espíritu fino y delicado; además, la arena que cubría el entarimado, formando graciosos dibujos, hablaban de la distinción de las personas que vivían en la casa.

Contentísimo de mi puesto de observación, me dejé caer en un sillón, y mientras mis ojos vagaban por los arabescos de estuco que cubrían el encalado techo, me dejé llevar extasiado por el concierto que tenía lugar en la habitación de al lado.

Y no era sólo lo extraño y sorprendente de mi situación, lo inesperado y misterioso de ella, lo que contribuía a aumentar mi placer; sé que jamás, ni antes ni después, he oído tocar el violín de ese modo. Era una pura improvisación, un fantaseo libre y sin cauces, porque en él se mezclaban acordes y frases espontáneas e improvisadas con temas y aires conocidos; me evocaba una conversación íntima entre dos personas, en medio de la cual brota de pronto una bella frase de un tercero ausente, que agrupa y resume, recogiéndolos, los propios pensamientos. Si hay una melodía en el mundo capaz de someter el espíritu, era ésta. Carecía de artificio, de *pathos;* modesta, simple, casi insípida, traía de acá para allá tal o cual tema, y ascendía y crecía de improviso y cobraba redoblado vigor, arrebatando mi alma sin poder defenderse. Una segunda melodía sustituyó a la primera y agitó suavemente mis sentidos, hasta que ésta emergió de nuevo y me recordó que tenía un mejor y más antiguo derecho sobre mí. Nunca como entonces sentí en mí tan claramente ese poder casi diabólico que brota de la sencillez. Si hubiera sido el mismísimo claro día de otoño que reía afuera, entre las frondas, quien hubiese guiado el arco, no se habría manifestado en aquella música la voz de la Naturaleza con tan palpable evidencia.

Y así la música terminó también, como el bosque acalla su susurro cuando cesa el viento. Después escuché un paso extraño e irregular, y un chasquido me hizo saber que el violín reposaba ya en su caja. Entonces mis sentidos despertaron de su letargo y me volvieron a transportar a la antesala del juez municipal.

Escuché después cómo el viejo criado se acercaba a su señor por otra puerta y le anunciaba una visita. Unos instantes después abrió la puerta que comunicaba con la sala donde yo me hallaba y me rogó que entrara.

Todavía escuchaba la música en mis oídos cuando escuché estas palabras. Me levanté y me acerqué hasta la puerta. El espectáculo que descubrí no fue realmente el más apropiado para devolverme el estado de ánimo propio de una visita de negocios. La habitación era más pequeña que la primera; pero no menos clara, y una alfombra le daba un aspecto más acogedor. En medio de la habitación, entre dos ventanas, a cuyos lados había dos enormes tiestos en plena floración, se encontraba una enorme mesa de escritorio. De la pared que tenía enfrente colgaba un cuadro gigantesco: una copia de esa maravillosa obra maestra de Palma el *Viejo*, que está en un altar lateral de Santa María Formosa, de Venecia; esa Santa Bárbara de la túnica roja, los cabellos rubios ceniza y los vivos ojos dirigidos directamente y con grave recato al espectador. Debajo del cuadro había un diván, con una mesita delante de él. No había más cuadro, las demás paredes estaban cubiertas por librerías.

Sentado a la mesa estaba el juez.

El concierto me había hecho olvidar las palabras del tabernero, que hablaban de un hombre no muy agraciado físicamente. Me había imaginado un hombre sencillo, robusto y gallardo, con una cara alegre y distinguida, que rimase bien con el ambiente de la casa. Y ante mí hallé casi el punto opuesto a lo que había esperado.

Era alto y desgarbado. Parecía un niño que ha crecido demasiado rápido, su traje estaba desaliñado y descuidado, era lo que se dice un hombre feo. Me miró con un único ojo, color gris claro; el otro, que al parecer la faltaba, estaba cerrado. La nariz y la parte inferior de la cara, desmedrada y escuálida; parecía imposible que en aquellos labios y aquellas mejillas hubiese aflorado en otro tiempo el cálido rojo de la juventud. La frente sobresalía, abombada, ancha y alta, como el piso superior se vence sobre el inferior en las casas cargadas de años. Algunos mechones de pelo rubio descolorido caían de ella. El singular y estrambótico volumen del cráneo no conseguían dar vida a ese rostro insulso y convertía su fealdad en eso que los franceses denominan la belleza de lo feo. En mi vida he visto una cabeza de tan seco y apagado colorido.

No menos desgraciada era la conformación de su cuerpo. Tenía la cabeza inclinada a la izquierda, el brazo de este lado más corto que el derecho; todo el peso del cuerpo lo tenía apoyado sobre el pie derecho lo que dejaba ver que el lado izquierdo de todo su cuerpo había salido perjudicado en el reparto de los dones de la Naturaleza.

Involuntariamente, mi mirada resbaló desde aquella desmedrada figura hasta la imagen del cuadro, que parecía mucho más bella, por contraste con el hombre que estaba a sus pies.

Este se regocijó visiblemente con mi estupor, y una fina sonrisa aleteó por un instante en sus labios. Al entreabrirse éstos, una hilera de bellísimos dientes dio de pronto atractivo y nobleza a aquella boca insignificante.

—Habrá visto usted, sin duda, el original de este cuadro —comenzó a decir, sin esperar a que me presentase—. Me parece que no es la primera vez que usted lo admira. A esta copia, aunque esté hecha con cuidado y mano muy experta, le falta precisamente ese algo que desde la primera mirada arrebata en la auténtica Santa Bárbara.

Mientras decía esto había vuelto la cabeza fugazmente hacia el cuadro y se había apartado un poco de la mesa. Sus movimientos eran hábiles y rápidos, y su único ojo brilló con más luz cuando alzó sus ojos hasta la imagen. Su voz tenía un sonido y un volumen más pleno y profundo de lo que aquel enclenque pecho hacía prever.

Le dije que ciertamente llevaba grabado en mí, trazo a trazo, y con vivísimos colores, el imborrable recuerdo de este cuadro.

—Y lo conservará mientras viva —añadió con tono solemne. Y después prosiguió, con menos gravedad—: ¿Creerá usted que yo me he despertado de la muerte con este aspecto?

Le miré asombrado.

—Entiéndame usted —dijo, sonriendo—. Mis muertos andaban derechos sobre sus pies, comían, bebían y dormían, y algunos llevaban su petulancia hasta el extremo que se imaginaban saber qué era vivir. Eran, empero, hombres desprovistos de la llama de la vida, como muchos de los que viven en una pequeña ciudad de provincias. Cuando me hubieron enojado e inspirado lástima durante un tiempo que juzgué suficiente, los conduje al lugar en que está usted ahora. Entonces volvieron en sí poco a poco y se volvieron sumisos y humildes, y las vigas se les cayeron de los ojos. El pecho que no se encendía es que tenía una piedra en vez de corazón. Pero yo no quise desvelar mi secreto a los cuatro vientos. Algunos buenos muchachos son demasiado débiles para soportar la vida y se los convierte en unos desgraciados cuando se los arranca de su muerte aparente, de sus ramplones deseos, de sus estrechas aspiraciones. La belleza ha sido creada sólo para el esforzado y el valiente que sea también piadoso y no admita ídolos junto a sí. Para los demás... queda esto.

Al decir esto corrió una cortinilla de seda verde que un cordón sostenía por delante del cuadro.

—En un abrir y cerrar de ojos se ha oscurecido la habitación —dijo con gravedad—. Pero perdóneme. Supongo que usted vendrá con algún asunto. Para él nos basta y sobra con la luz que manda el sol.

Me acercó un sillón a la mesa y se sentó. Después de haber leído la carta y haber examinado el documento de mi mandato, dijo:

—Exceptuando cierto punto, que es preciso fijar de palabra con el comprador, nada se opone a la conclusión del contrato. Si quiere puedo acompañarle a la casa del comprador, y la cosa se despachará con tres palabras y un plumazo. ¿Tiene usted prisa por marcharse de aquí? Bien; en ese caso, nos pondremos en camino sin pérdida de tiempo. Pero si prefiere esperar a mañana yo le invito a pernoctar aquí, en mi casa. Además esta noche le invito a usted a una fiesta en casa de nuestro burgomaestre, que es un viejo amigo mío. Seguro que también acude el comprador del terreno, y un par de vasos de buen vino los ayudará a zanjar el negocio del modo más amistoso. ¡Vaya, veo que está usted decidido a quedarse! ¡Deme usted esta alegría!

Estreché la mano que se me ofrecía cordialmente.

—Mal aprovecharía las ventajas que me brinda la fortuna —dije yo—, si rechazase esta invitación. Por desgracia, no soy muy buen bailarín.

—Si las jovencitas se contentan con eso, no voy a ser yo más exigente que ellas; me agrada mucho tener junto a mí a un puro contemplador, o, como se dice vulgarmente, un mirón. La juventud de aquí es sana, y esto, en los años mozos, es la mitad de la belleza. Y tienen casta, tienen buena raza. Fíjese usted en la fina forma de sus cabezas, y en el delicado contorno de las sienes, y en la gracia y elegancia natural de sus movimientos cuando andan, o bailan, o están sentadas. Los padres y las madres saben esto y les gustaría también oírlo de mí. ¡Si supiesen apreciarlo en toda su plenitud! Pero cuando se lo dice el primer caballerete que se presenta, les agrada doblemente. Bueno —prosiguió con tono más alegre—; acabo de mostrar mis debilidades a un desconocido. Me he tomado esta confianza con usted apenas sin conocerle; y esto, como todo lo bueno, nos viene también del cielo. Así, pues, déjeme usted gozar, cosa que no se me concede muy a menudo, del placer de entregarme de lleno a mis viejas inclinaciones sin que me tomen mis honrados vecinos por un loco al que hay que perdonarle todo lo que haga, porque en lo demás es un alma de Dios. Usted ha estado en Italia; bien, ya sabe, pues, cómo se extasía uno con el corazón y la mirada.

Se levantó, llamó al criado y se hizo traer el sombrero.

—Ahora me voy a la cancillería del Juzgado —dijo—. Esta noche iré a buscarle a *El Ángel Rojo* para que vayamos a la fiesta.

Bajamos juntos la escalinata, cubierta de hierba. Dos golondrinas salieron volando por un ventanuco que había abierto.

—Tienen su nido allá, en aquel rincón —dijo el juez—. Durante el verano son mis compañeras, y la única familia del pueblo cuyos hijos no quieren acostumbrarse a la presencia del tío. Y es cosa que depende de ellos exclusivamente, porque yo quiero a los chiquillos de todo corazón.

Salimos al foso de la muralla, y el juez me mostró un sendero que cruzaba oblicuamente por la reverdecida llanura y se perdía entre las lejanas colinas.

—Le lleva a usted hasta un lugar desde el cual puede abarcar con una mirada la magnífica vista de nuestra villa. ¡Ojalá halle gracia ante sus ojos!

Seguí la vereda, mientras él se dirigía a la puerta de la ciudad. Paré bajo un árbol centenario y le seguí con la mirada. Caminaba con paso singular, como resbalando, la cabeza inclinada a un lado, aureolada por los rayos del sol que se filtraban a través de las frondas, los brazos a la espalda, rápido el andar. Pese a toda la deformidad y el descuido de su aspecto, se presentía en él una aparición bienhechora. ¿Estarían, quizá, mis ojos hechizados por su voz?

Cuando regresé de mi paseo solitario, ya en el crepúsculo, a la hospedería —pensaba en mi encuentro con el juez—, me encontré ya en ella a aquel hombre singular, charlando amigablemente con el hostelero. El pequeño Enrique estaba a su lado y el juez acariciaba su cabellera rizada mientras hablaba.

—He arrebatado ya su alma del poder de *El Ángel Rojo*, y ahora está usted en poder del diablo, del verdadero diablo cojuelo— exclamó de lejos, al verme llegar—. Es de esperar que no halle usted motivos para lamentar el cambio. Mi muy estimado señor hostelero pierde, naturalmente, un huésped que habría contribuido a ensanchar la fama del hospedaje; pero yo creo que esta fama está ya firmemente afianzada en el mundo, aun sin usted, y por otra parte, en mi casa también aprenderá a apreciar debidamente su buen vino y los productos de su huerta. Deme usted acá del mejor del año pasado, mi querido compadre, y no se quede usted corto. Mi viejo Lerche, como sabéis, tampoco es un enemigo de las cosas exquisitas.

—¿Cuántas le doy? ¿Le parece bien una remesa de seis botellitas, señor juez? —preguntó el posadero, con ese gesto de devota familiaridad que suele ser propia de los taberneros para con sus asiduos vecinos.

—¡Bien! —dijo el juez.

Acarició los rizos del muchacho a modo de despedida. Gritó un saludo de despedida a la comadre, que estaba dentro de la cocina, y salimos ambos.

Mi persona ganó enormemente en consideración y respeto ante los ojos de los dueños de *El Ángel Rojo* cuando vieron el modo amistoso y cordial con que el juez apoyaba su brazo derecho en mi izquierdo. Mejor dicho, no lo apoyó, sino que lo enlazó tan sólo; y el que no viese sus pies no podría deducir del movimiento de su tronco que era cojo.

La plaza del mercado estaba repleta de gente. Había muchos chiquillos subidos en los escalones de la fuente para ver mejor todo lo que pasaba en la casa del burgomaestre. Sones aislados de violines, de flautas y contrabajos, afinando sus escalas, anunciaban las grandes cosas que iban a tener lugar de inmediato y atraían cada vez a más oyentes y curiosos, que se agolpaban ante las ventanas y las puertas de la casa. Pasamos junto a la fuente. Los jóvenes se acercaron a nosotros y le dieron la mano a mi acompañante. No hubo entre todos ellos una sola cara que alterase un rasgo ante la deforme figura del juez. Y, sin embargo, ahora parecía más extraño, más chocante que antes; llevaba un largo frac negro, los guantes colgando de la mano izquierda, y en la derecha un ramito de reseda, que colocó en el ojal del burgomaestre en cuanto entró en su casa.

Encontramos arriba una numerosísima reunión y me pareció que hubiesen estado esperando la llegada de mi huésped y amigo para empezar al baile. Los grupos de jóvenes de ambos sexos, que charlaban entre sí en el espacioso salón, se volvieron cuando el juez apareció por la puerta. Las muchachas abandonaron a sus parejas de baile y se precipitaron hacia él con los ojos chispeantes de alegría para estrechar su mano. Los músicos aceleraron su ritmo, y un clarinete destacó su voz del conjunto con una frase que cerró un brillante trino. El señor de la casa salió a recibirnos con toda solemnidad y dio también su bienvenida más cordial al no invitado huésped. Hacía de anfitriona una hermana suya, soltera, pues la señora de la casa había muerto hacía unos años. Siempre del brazo del juez, llegué a la salita donde se hallaban reunidos los padres y madres de la gente joven y tuve que soportar una interminable y aburrida serie de presentaciones. Durante éstas observé secretamente a mi acompañante; en su cara había una callada e íntima complacencia en el dominio que ejercía sobre este círculo, y en las palabras que iba dirigiendo a cada uno de sus componentes latía una leve y benévola picardía. Y aunque todos parecían unánimes en reconocer que él no era de su misma clase, sin embargo, en el modo que tanto los hombres como las mujeres tenían de saludarle y de conversar con él demostraba que no tenían un amigo de más confianza que él.

Apenas habíamos tenido tiempo de ofrecer nuestros respetos a las damas y señores de la distinguida reunión cuando la orquesta tocó una polonesa. Mi amigo inició el baile con la anfitriona. Cuando atravesó con ella el salón parecía, pese a sus defectos, ser más dueño de sus movimientos que todos los demás. La dama, con gran honor, le miró con satisfacción, afecto y simpatía y estuvo pendiente, llena de visible y viva gratitud de sus palabras y sus bromas. Después del baile, el juez la llevó de nuevo a la habitación contigua, donde al punto se vio rodeado por un enjambre de solitarias madres.

Entre tanto, yo me había retirado al escritorio del burgomaestre, que estaba separado del estruendo de la música por un pequeño gabinete, con el comprador del terreno. Era un boticario de aspecto sencillo y honrado, a quien me presentó el juez. En esta nueva habitación había una mesa bien provista de botellas y vasos y toda clase de utensilios para fumar; en ella se reunían, al parecer, los huéspedes maduros. Nosotros dos llegamos pronto a un acuerdo. La cláusula fundamental del contrato y en la que mi amigo más había insistido le ofrecía la posibilidad de recuperar en su día, la propiedad de su pequeño fundo; y como el comprador del viñedo pensaba utilizarlo fundamentalmente para experimentar con nuevas cepas y abonos químicos consintió, en aceptables condiciones, en firmar un contrato de retroventa, aunque con plazo bastante largo. Brindamos por la feliz conclusión de nuestro negocio, por mi amigo y por el progreso de la ciencia, y el buen hombre me prometió mandarme a casa, por haber sido intermediario en el contrato, unas botellas de prueba de sus secretas y nuevas artes vinícolas, si llegaban a tener éxito.

Nos levantamos, y yo volví a la sala de baile. Las caras habían comenzado ya a encenderse, y los ojos a brillar. Realmente era un espectáculo hermoso, y en todas partes había cosas lindas que contemplar. La salud es en los jóvenes media belleza, había dicho mi amigo el juez, y me acordé de la frase; el encanto de la frescura juvenil emanaba de la mayoría de aquellas muchachas, y cada una parecía más atractiva que la anterior. También los jóvenes eran en su mayoría distinguidos y de buena presencia y disfrutaban de un don especial a la hora de conversar, pues en más de una ocasión oí la risa de una muchacha mientras bailaba un vals con son argentino. En ningún otro lugar había escuchado tantas risas en un salón de baile de ciudadanos tan distinguidos como aquí.

Estaba tan abstraído en mis pensamientos que no sentí la presencia de otra persona detrás mía hasta que una mano tocó mi hombro. Me volví y vi al juez.

—Parece que sueña —dijo, sonriendo—. Necesita usted guía y consejo. Por desgracia, mi joya predilecta ha sido raptada ayer. Ahora no hay ya entre estas cuatro paredes gracia y estatura que puedan compararse con las suyas. Y ¡qué cabellos, qué ojos tan hondos, qué frente tan serena! Y no obstante, en aquella carita prevalecía el espíritu, y su boca era más atractiva por su bondad y su inteligencia que por su turgencia y suavidad. Aquí, en el Norte, el carácter y el temperamento superan la belleza innata y dan el último toque, ese toque que vivifica a la forma. Mire usted: allí está la hermana de la recién casada. Desde que la convencí para que se cortase el pelo, ¡qué gozosamente acordes están sus rasgos! Un poquito testaruda, pero muy idealista y es una buena amiga mía. Y allí está la pequeña aquella que tiene las sienes enmarcadas en rizos. ¡Qué linda y tierna asoma la oreja entre los cabellos! ¡Vaya por Dios! Ahora le ponen encima una flor. ¿Y esa petulante naricilla, en medio de la deliciosa cara de soprano ligera? ¡Qué difícil será que conserve cierta dignidad en años posteriores! ¿Ve usted aquella esbelta que lleva una rosa en el pelo; la que ahora se da la vuelta y sonríe a su amiga? Cuando baila se curva como un rama en flor. Estas cabecitas de almendra..., ¡cómo las quiero! Pueden envejecer todo lo que quieran: su perfil, su figura, permanecerá hasta la eternidad.

Mientras hablaba, su único ojo brillaba más que nunca y parecía como si su ancha y abombada frente se dilatase extrañamente. Su boca tenía una expresión de dulzura y no se las daba de erudito como hacen muchos viejos cuando se las quieren dar de expertos en las mesas, en los museos o en los salones de baile. Prosiguió hablando a su manera durante algunos bailes más.

—¡Qué pocos conocen el gran mundo! —dijo—. Pero en las ciudades pequeñas, como ésta, surgen acontecimientos en las vidas y en los destinos que son capaces de superar todo cuanto es capaz de hacer la cultura y la formación en la vida de los hombres instruidos. No lamento en absoluto vivir tan apartado de las grandes ciudades. Aquí también tienen los hombres su vida y su historia. Hace doce años que vivo aquí y sirvo de confidente a las gentes del pueblo.

La conversación se interrumpió. Yo estuve charlando con otras personas durante una hora larga. Después se acercó de nuevo a mí (serían ya cerca de las diez) y dijo:

—Soy tan egoísta, que he solicitado por usted y por mí, de nuestro anfitrión, licencia para marcharnos. Desde esta tarde me he estado frotando las manos de gusto, pensando que podemos conversar los dos sobre Italia. Lerche seguro que nos ha preparado algo de cenar, y el vino, ya sabe, corre a cargo de nuestro *Ángel Rojo*. ¡Venga usted! Además como no nos gusta bailar, somos un estorbo para la gente joven, y los viejos saben que no me gusta jugar ni politiquear.

Le seguí gustosamente y alcanzamos el vestíbulo sin ser notados. Se había cogido ya de mi brazo cuando de una puerta lateral salió sigilosamente una muchacha. Era precisamente aquella cabecita testaruda que me había señalado él, la hija menor del señor de la casa.

—¡Pero, tío, no puede usted marcharse! —exclamó—. No, no escapará usted de este lazo... Venga, que se lo pondré.

—¿No tiene usted una condecoración igual para este joven amigo, Clarita? —dijo, sonriendo, mientras los finos dedos de la muchacha le anudaban la cinta al ojal—. A él le sentaría mucho mejor que a mí. De todos modos, tenga usted mi ramita de reseda. Está ya algo ajada, pero le servirá de recuerdo de su inválido caballero.

—Su amigo merece que le riñan y no que le recompensen —dijo la muchacha rápidamente—. ¡Buenas noches, tío!

Y desapareció, antes que pudiera presentar mis excusas.

—Ya le han juzgado a usted —me dijo el juez cuando bajábamos—. Tiene que ganarse al favor y la felicidad, y esto sólo se consigue bailando.

Atravesamos la ciudad, desierta y oscura, y salimos por la puerta de la muralla. La media luna se alzaba en el cielo, serena y plácida, sobre las montañas. Mi amigo se detuvo y dijo:

—¿Dónde estarán ahora los recién casados a quienes ayudé a subir al coche ayer a esta misma hora? Es hermoso salir de viaje por el ancho mundo con su propia dicha a cuestas, cuando la luna se eleva en el cielo, los vientos acallan su susurro, flota la noche sobre la tierra y podemos escuchar los latidos de nuestro corazón. Nada de esto experimentaron nuestros abuelos, que se iban derechos de la iglesia a la alcoba; no, amigo mío, no. Ni sospechaban siquiera cuán hermoso es esto de llevar consigo todo cuanto significa la patria para uno mismo y tener junto a sí, en las posadas más miserables en que se vea obligado a pernoctar, toda su casa, su hogar y sus bienes, en la figura de su esposa adorada. Esto es algo que usted tiene todavía que averiguar; gócelo con toda la fuerza de su alma..., pero no demasiado tiempo. Todo tiene su tiempo, su cima de madurez, su ruina también.

Mi sorpresa y mi asombro ante aquel hombre aumentó al oír esas palabras. ¡Qué viva y apasionada fantasía le permitía descubrir los secretos de una felicidad que no conocía! Porque Lerche había dicho: «No estamos casados.» ¿Lo habrían estado, acaso en otro tiempo? Este carácter cordialísimo, firme, transparente, parecía creado expresamente para hacer feliz a una mujer. Era feo, sí; pero yo había conocido a maridos mucho más feos, a quienes adoraban sus mujeres. Por otra parte, si su aspecto externo le hubiese ocasionado alguna experiencia triste, ¿no transmitirían sus palabras amargura, resignación o desengaño? Sin embargo, ¡qué alegres salían de sus labios, qué limpias de malicia, qué lejanas a toda sospecha esas palabras que ensalzaban justo lo que él carecía!

No logré sacar nada en limpio. Regresamos a casa y fuimos a su cuarto de trabajo. Lerche nos recibió con un celo propio del más perfecto mayordomo. Una gran lámpara ardía en la mesa ante el velado cuadro. Había algunos platos, y las seis botellas de vino rodeaban la lámpara. Las ventanas estaban todavía abiertas, y afuera, las hojas de los árboles se balanceaban bajo el purísimo cielo. Nos acomodamos en el sofá, como si fuéramos viejos amigos. Lerche iba sin cesar de un lado para otro, parecía que estaba muy ocupado, aunque no había nada que hacer, y después se escuchó en el cuarto de al lado una serie de ruidos que confirmaban lo que había afirmado su señor cuando dijo que era muy perfeccionista. Cuando hubo retirado los platos y anunciado que mi alcoba estaba en perfecto orden y dispuesta para su utilización se despidió de nosotros, deseándonos buenas noches.

—Prefiero no molestarle cuando se ha bebido el último vaso de una botella —dijo su señor con aire benévolo—. Se suele poner sentimental, y más de una vez le he escuchado sostener consigo mismo, en su habitación, conversaciones en voz alta de las que él mismo no entendía una palabra. Nosotros, los viejos solterones, tenemos nuestras rarezas...

Estaba ya sentado en el amplio sillón, enfrente del cuadro, y un magnífico cigarro acababa de ayudarme a sentir en mí un maravilloso bienestar. El juez paseaba por la habitación, fumando. Hubo una larga pausa.

Por fin se desató en mi interior una larga fila de pensamientos, que pugnaron por salir a la luz.

—¡Y, sin embargo, es usted un hombre feliz! —dije.

Se detuvo y me miró con un indecible gesto de afectuosa ironía.

—¿Cree usted? —replicó—. Yo también lo creo así. Pero ¿qué quiere usted decir con ese «sin embargo» que opone a la felicidad de este hombre? ¿Le sorprende, acaso, encontrar a un hombre feo dichoso? Piensa que en casa de los solitarios no hay felicidad posible. Se sorprenderá de que una persona como yo sea el tío de media ciudad.

Ahora dirá que nada de esto se le había pasado por la mente y protestará cuando le diga que habría tenido toda la razón, si tal cosa hubiese pensado. Muchos de los que ahora son mis mejores amigos han intentado consolarse y consolarme de mi condición de *Caballero de la Triste Figura,* con una frase que hoy día aprenden los niños de boca de sus ayas: los hombres no necesitan ser guapos, eso queda para las mujeres. Para mí renunciar o despreciar los dones naturales siempre me ha parecido una prueba de lo artifical que es nuestra cultura. ¿O es que esta frívola y sabia renuncia no es tan respetable como parece? ¿Nos esforzamos quizá por transformar la desgracia y el sufrimiento en una virtud? Desearía con todo mi corazón que así fuera. ¿De dónde viene, si no, que todos nosotros, exceptuados algunos santurrones y beatos, designemos con la amable y santa palabra de «felicidad» precisamente lo que deseamos que la Naturaleza nos entre gratuitamente? ¿Por qué se alegran los hombres cuando consiguen las cartas de la fortuna en un juego de «nueces y moneda»? ¿Por qué se abren las rosas que cultivan en su jardín antes que las que crecen en el jardín vecino? ¿Por ver hacer su nido en el seto, a su mismo lado en la alambrada, al ruiseñor, a quien oirían cantar mucho mejor diez pasos más allá?

Sin duda, es consolador y beneficioso poderse considerar cada uno como elegido del cielo. ¿A quien le da igual haber sido favorecido por los dioses o haber sido olvidados y postergados? ¡Jamás! Los pueblos antiguos, con su puro y auténticamente piadoso espíritu, tenían en alta estima esta suerte. Y no es casual ni baladí que entre todos sus hermosos dioses tuvieran una diosa de la belleza. Espero que no interprete mi pensamiento, como si no comprendiese también la parte de verdad que hay en esa frase que acabo de impugnar. Lo más valioso de un hombre, tanto para los suyos como para el mundo en general, consiste en algo muy distinto de su cara o de sus bien conformados miembros. Pero desde este punto de vista..., ¿cuál es la diferencia entre los sexos? ¿No debe comprender esto un hombre con sentido moral, sin despreciar, por ello, aquellos dones naturales, que, en mi opinión, proceden a todos los llamados dones de la fortuna? Esto último tiene usted que perdonárselo a un hombre que, como yo, siempre ha carecido de esta prerrogativa y que jamás tuvo esperanzas ni perspectivas de mejorar su triste suerte, cosa que siempre es posible esperar en medio de los demás disfavores de la fortuna. Siempre se sobreestima aquello que nos ha sido negado.

Dijo todo esto con calor, pero con plena alegría, sin plasmar en su cara un solo rasgo de lamentación o de amargura. Dio unos pasos por la habitación y se detuvo ante la mesa con la mirada clavada en el velado cuadro.

—Y, sin embargo, hay una diferencia —prosiguió—, que las gentes llamadas sabias y discretas suelen olvidar con mucha frecuencia, y es que una dicha que falta no es igual que una desdicha. Nuestro mundo nórdico de hoy es un mundo entregado al trabajo reflexivo, lleno de energía moral. ¿Qué tiene de extraño que sus hombres no valoren tanto el precio de una felicidad que no está dentro de sus aspiraciones? Pero sería una locura pretender que no se sienta la ausencia de aquella felicidad ni siquiera cuando roza con la desdicha.

A pesar de todo soy un hombre feliz, pero a veces revivo en mí aquel sentimiento íntimo que experimenté cuando era joven, casi un muchacho: cuando caminaba por las calles y los chiquillos dejaban de jugar para mirarme, o las niñas se daban codazos las unas a las otras por lo bajo, para llamarse la atención sobre aquel extraño ser. No crea que yo no envidiaba la lisa carita de cualquier muchacho, no. A medida que iba creciendo, más viva y consoladoramente me repetía todas esas frases sabias que se dicen acerca del verdadero valor de las personas. Por otra parte, tenía la satisfacción de saber que el horror que causaba mi persona no era invencible. Algunos niños que de primera impresión se sentían molestos y desazonados a mi lado, luego me querían con locura. Tenía más de un amigo verdadero, y hasta amigas, por desgracia, más de las que hubiera querido, y entre ellas estaban las más lindas muchachas de la ciudad.

—Yo mismo he sido testigo —repliqué— de que en este punto su suerte le ha permanecido fiel hasta ahora.

El sonrió, ensimismado.

—Si yo tuviese enemigos, les desearía esta suerte, que sólo en algunos años compensa hasta cierto punto lo que le costó a uno en la juventud. Es muy hermoso que las personas tengan confianza en otros; los padres confían en sus hijas; los hermanos, en sus hermanas; los maridos, en sus mujeres casquivanas. Pero esta prueba de atención es un poco dudosa cuando se tiene un físico como el mío. La fama de un hombre conquistador y peligroso no es ninguna fama gloriosa. Pero cuando la fama de un hombre carente en absoluto de peligro es más un infortunio que una vergüenza, le aseguro a usted que abundan las horas en que uno se avergüenza de sí mismo.

Bebió despacio un vaso de vino, y lo llenó de nuevo. Su pálida cara se sonrojó, más por los recuerdos que por el vino.

—No me avergüenzo de haber sentido esta vergüenza —prosiguió—. Si no se avergonzase uno de tan honda diferencia es que no se tendría un corazón dentro del pecho.

—Sin embargo, yo creo que usted se comportó de manera injusta consigo mismo y con los hombres.

—¿Conmigo? Seguro que no. La fealdad destaca más en la juventud. ¿Y con los hombres? Entonces lo creí así algunas veces, e incluso llegué a proclamarle mi amor a la más bella de mis amigas, en una habitación donde por desgracia no había un solo espejo. Era sólo el prólogo de una hermosa y larga historia de amor, que no le habría regalado a ella, si hubiese encontrado más gusto en dicho prólogo.

—Esto fue en perjuicio de la muy necia —repliqué yo— y no de todo su sexo. Usted cree que una mujer ignorante era digna de que rechazase a todo el género femenino. ¿No ha conocido en su juventud a otra Clarita, cuyo pequeño capricho haya consistido en querer rendirle a usted a su dominio?

—Quizá —dijo él con sequedad—. Pero en este caso, desgraciadamente, ese pequeño capricho, esa obstinación, habría sido superada por una mayor, que corre por mis venas. Mi alma anhelaba la belleza, y esa oposición entre mi apariencia, los sentidos y el espíritu más insaciables, más exigentes. La pugna entre mis deseos y la carencia de todo aquello que debe ser el apoyo de las pretensiones de una persona, todo esto, digo, era tan vivo, tan implacable, que al final provocó la compasión del cielo.

Seguía en pie con la mirada chispeante, absorto en sus propios pensamientos.

—¡Yo he disfrutado más que todos ellos! —dijo de pronto, casi para sí.

Levantó su copa, miró fijamente durante unos instantes el vino, y dijo después:

—El vino ha sido el causante de que haya hablado de más y haya dicho lo que quizá no debería. ¡Llene usted su vaso! ¿A quién puede descubrir su corazón un viejo mejor que a la juventud?

Brindamos. Después se acercó al cuadro y descorrió la cortina. A la cálida luz de las velas, una vida extraña y maravillosa vivificaba toda la figura; parecía más roja la sangre de sus mejillas, y sus ojos, más brillantes. Arrastró un sillón junto al mío, después de haber llevado la mesa hasta el centro de la habitación, y ocultó la cabeza entre las manos. Después comenzó otra vez a hablar.

—No era un alma vacía. Quizá me entendió mejor que nadie. Pero su asombro, su total alejamiento de toda sospecha, y la mirada que me lanzó, como preguntando de veras si existía una persona a quien podían habérsele ocurrido semejantes palabras..., todo esto me hirió más profundamente de lo que habría podido herirme el desprecio o la crueldad. Tiene razón, me dije. No se puede hacer nada contra la Naturaleza. Sería un crimen contra el instinto, que une a los que son iguales entre sí, el que ella desease ser mía. Entonces supe que iba a estar siempre solo. Y, aunque le parezca extraño en cuanto reconocí mis limitaciones y vencí el primer arranque de dolor, me sentí mejor que nunca, lleno de espontánea alegría, y viví los días más felices de mi vida. Mis padres habían muerto. Y como lo único que me unía a mi ciudad natal, en la cual solía pasar mis vacaciones, era aquella linda amiga, la mañana siguiente al día de mi humillación metí mis libros y mi ropa en un barco de los que hacen el recorrido por el Rhin hasta Bonn, lié mi violín sobre un zurrón y navegué orilla adelante, lleno de consuelo, en jornadas breves y descansadas.

Durante el camino me entregué a muy útiles meditaciones, y entre otras cosas, caí en la cuenta de que ya había cumplido los veintitrés, que había pasado parte de mi vida correteando libremente por esos mundos y que había dedicado tres años enteros a estudiar en varias universidades. Llegué a la conclusión de que ahora debía concentrarme más que nunca en el examen de Derecho que iba a tener del que finalmente salí airoso.

A la música me unían relaciones muy íntimas para pensar en hacer de mí un maestro al uso. Ya ve usted que soy, por así decirlo, demasiado corto, canijo, de todo el lado izquierdo de mi cuerpo. Yo consideraba el violín como el restaurador del equilibrio ausente, como mi ojo izquierdo y el verdadero pie izquierdo sobre el cual me erguía firmemente ante la vida. Y como siempre había tocado, y seguiré tocando para mí mismo, no había pasado nunca de ser un aficionado, y en este sentido poco podía esperar del futuro.

En Bonn llevé una vida provinciana y de intenso trabajo. Las actividades sociales no me gustaban. Sin necesidad de ellas, pronto me hice amigos, más de los que necesitaba, porque la ironía, que es la única arma contra todo lo que molesta, se embotaba en aquellas torpes cabezas. Ni siquiera la circunstancia de estar siempre dispuesto a prestar dinero —lo que suele ser un magnífico medio para que los buenos amigos se olviden de uno—, me ayudó gran cosa. Por lo demás, la mayoría de ellos no sabían qué hacer, ni cómo comportarse conmigo, y a mí, que en el fondo no me interesaban lo más mínimo contemplaba todo aquello con impasible indiferencia. Así pasó un invierno y una primavera.

Pero un hermoso día de verano, uno de mis amigos entró en mi habitación y me arrebató de la placidez de mi lectura. Me contó que había llegado una compañía de actores que permanecerían quince días allí. Entre ellos había venido una joven de maravillosa belleza. Ni uno sólo de los jóvenes que estaban sentados a la orilla del río cuando desembarcaron regresó a Bonn sin sentirse locamente enamorado. Se llamaba Guillermina, y entre los actores la conocían por la linda Guille. «Date prisa, hermano —me dijo—, para que salgamos a tiempo de ver esta maravilla. Creo que hará el papel de Luisa en *Kabale und Lieber*». Un extraño presentimiento me encadenó a mi silla, pero ya sabe usted que un estudiante, en una tarde hermosa y transparente, carece de voluntad propia. Me dejé llevar. Sólo yo sabía lo que deseaba, contemplar un objeto bello, un regalo para los ojos, que durante muchos meses habían estado cerrados a la belleza.

Cuando llegamos, había empezado ya la obra. Por aquellos años, había una posada junto al Rhin, que antiguamente había sido una posesión señorial, y que conservaba entre otros restos de su primitivo esplendor un pequeño teatro, todavía en muy buen estado. Por una de sus partes lindaba con el patio, y un acceso posterior llevaba a través del jardín hasta unas habitaciones que servían de camerinos y guardarropa. Nosotros los estudiantes hemos explorado y recorrido minuciosamente este terreno, desde hace mucho tiempo, porque a veces los estudiantes aficionados al teatro habíamos tenido ocasión de representar una obra.

Hallamos aquel puesto de observación lleno hasta rebosar; pero todavía no nos habíamos perdido la aparición en escena de la bella. Era una compañía de tercer orden, y, exceptuando al director, no había entre ellos ninguna estrella digna de mención. Pero como hacía mucho tiempo que no veíamos una buena representación no escatimamos en aplausos. Las primeras escenas entre el viejo y el malvado transcurrieron con toda brillantez.

De pronto se escuchó un murmullo y una conmoción en todo el público; todos los ojos estaban puestos en la puerta por la cual debía aparecer Luisa Millerin. Yo estaba apoyado en una columna, apretujado por el gentío, y si he de ser sincero, el primer emocionado arrebato se había enfriado ya en mi corazón. Por anteriores experiencias creía conocer suficientemente el no muy exigente gusto de nuestro mocerío, cuyo fuego no necesitaba más que un débil soplo para encenderse.

Miraba yo distraídamente a mis pies, cuando un incontenible y ruidoso aplauso me sobresaltó. Alcé mis ojos; ella estaba en el centro del escenario. Me pareció como si hubiese caído directamente del cielo.

No podría describírsela; mire usted el cuadro que tiene ante sus ojos: así era. Mucho tiempo después cuando entré por primera vez en la iglesia que conserva el original el parecido me resultó asombroso.

Cuando ella subió al escenario y levantó sus ojos azul oscuro y recorrió con su mirada todo el teatro se cruzó con mis ojos y sentí que la columna en que me apoyaba temblaba como si fuera a derrumbarse.

Pero el poder que emanaba de ella, muy semejante al que había sentido delante de algunos cuadros, se desvaneció cuando comenzó a hablar. No es que hablase sin comprender lo que decía, no; pero lo hacía sin alma, sin calor. Departía expresiones de la más exaltada y apasionada nostalgia y ella las decía con un tono de fría indiferencia. Saber interpretar estas palabras exige mucha devoción, mucho respeto por el poeta, para conseguir emocionar al público con la sencillez de la verdad cuando brotan de labios de una actriz de hoy. Sin embargo, sus movimientos eran perezosos, fríos, descuidados. Su figura espléndida, no muy alta, pero plena y elegante, se deslizaba como en sueños, como sonámbula. Su mirada, durante los pasajes más llenos de fervor y de pasión que tiene que recitar Fernando, permanecía indiferente en el simple decorado de la escena; y aunque mis amigos no parasen de aplaudir, durante el entreacto pude escuchar algunas conversaciones muy sospechosas. «Quien tan hermosa es —decían unos—, es ya de por sí un espectáculo lo suficientemente atractivo.» Otros, que el papel no iba a su figura; los de más allá, que no podía gustarle representar el papel de un cisne entre una bandada de grajos. Lo que a nadie se le ocurrió sospechar de una actriz al parecer culta y educada como ella, fue que no considerase al público digno de esforzarse por él.

En los dos o tres cartelones que habían pegado en la puerta de la hospedería aparecía ella como señora, aunque su juvenil frescura desmentía esta afirmación. Sin embargo, cuanto más la miraba, tanto menos dudaba de que fuese cierto. Faltábala por completo ese crepúsculo espiritual tan cargado de tristes presentimientos, que tan necesario es para representar el papel de Luisa. Era reservada, pero no tímida; desenvuelta en sus gestos, pero nunca basta ni atolondrada; libre en su espíritu y en la expresión de su pasión, pero no experimentaba ese ardoroso y contenido arrebato de la adolescente virgen. Lo que había de misterio en ella lo completaba el triunfo de su belleza. Cuando acabó la representación de la obra y el director, con secas y malhumoradas palabras, se llevó a la actriz, todas las esperanzas de cuantos querían conocerla se disiparon. Pero el desvarío de los corazones de mis conmilitones se mostró tan violento y unánime, que los sesenta o más rivales se apilaron bajo las ventanas de la bella y cantaron a coro una serenata muy famosa entonces. Las cortinas, entre tanto, permanecieron corridas, aunque dentro ardía luz y las contraventanas estaban abiertas de par en par. Después, muchos jóvenes se quedaron en el jardín bebiendo vino, mientras los restantes regresaban a las cervecerías y las tabernas de Bonn para relatar a los amigos las maravillas que acababan de presenciar.

Yo me había apartado de ellos y arrastré mi rebosante corazón hasta casa, por un solitario sendero que corría a lo largo de la orilla del silencioso Rhin.

No entendía aún cuál era la verdadera situación de mi espíritu. A la mañana siguiente lo entendí con claridad, porque me resultaba imposible encaminar mis pensamientos al trabajo, ni siquiera poniendo en juego toda la fuerza de mi voluntad. Mi vieja patrona, acostumbrada a oírme tocar el violín al alba, acudió preocupada ante el silencio y me preguntó si estaba enfermo. Había dormido mal, desde luego, y si la pereza es una enfermedad, desde luego lo estaba. Medité sobre la mejor cura posible. A lo largo del día llegué a la conclusión de que la abstinencia era el medio más expedito y eficaz. Pero cuando se aproximó la hora de la función pudo más la dolencia que el médico, y fui uno de los primeros en ocupar su asiento ante el fatídico tablado.

La bellísima mujer deslumbraba cuanto más cerca estabas. Vi entonces que ni el arte, ni la luz de las velas, ni los cosméticos, contribuían en su hechizo. También me di cuenta de que se vestía con sencillez mucho mayor que todos los demás miembros femeninos de la compañía, probablemente si hubiera querido la hubieran acicalado con todo tipo de baratijas y afeites. Por el contrario, todo cuanto llevaba parecía ser de su propiedad: la cadenita de oro alrededor de su cuello de cisne, algún que otro broche, y un par de sortijas. Y lo llevaba todo con aquella elegante tristeza y aquella negligencia que tanto hería la pretenciosa jactancia de sus compañeras. Por desgracia, ella era inferior a las demás, tanto en la expresividad de su papel como en el afán de complacer a la gente. Portaba la misma fría pasividad que habíamos visto ayer.

Y así siguieron las cosas durante varios días. Esa visión me hacía abandonarme a mis instintos, a mis ensueños y quimeras de tal modo que si alguien me hubiera llamado a gritos durante la obra y me hubiera preguntado qué se estaba representando, no hubiera sabido qué responder. Cuando no estaba ella en escena, yo clavaba mi mirada en las cuerdas del contrabajo, que estaba junto a mí en el foso de la orquesta, y no veía, ni oía nada más a mi alrededor. Y en cuanto aparecía de nuevo, no podía dejar de mirarla, y parecía que sólo vivían en mí los ojos, que me permitían contemplarla y adorarla.

No pudo por menos de suceder que la fogosa y exaltada juventud acabase con la autoridad del director de la compañía. La tercera noche de su estancia en la ciudad navegaron todos los actores y actrices por el río, y el gallito del grupo, un joven gallardo de porte distinguido y finos modales, tuvo el honor de sentarse en el barco junto a la hermosa Guille y ofrecerle su homenaje y sus galanterías, que ella escuchó con el mismo tono cansado, distraído e indiferente que acostumbraba. Yo les contemplaba desde una barquichuela vecina, con un acelerado latir de mi corazón que interpreté como la fiebre de la resignación. Tenía todavía suficiente raciocinio para ver que no se podía soñar una pareja más adecuada, más espléndida. Pero los pequeños progresos que hacía el dichoso joven me tranquilizaron, hasta me reconfortaron; ella debía de ser una mujer inteligente cuando no sentía el menor interés por su adulador, que era un tipo absolutamente vulgar.

Pronto se extendió el rumor sobre su insobornable virtud, junto con algunas historias que se contaron por algunas damas, que decían conocerla más o menos. Se dijo que tenía una manera especial de cortar cualquier libertad que quisiesen permitirse con ella, de levantar una barrera en torno suyo, sin prescindir de la amabilidad ni de la cortesía, y de hacer como que no veía las tonterías que hacían a su alrededor los más jóvenes; y algunos vanidosos, en exceso pagados de sí, que se habían propuesto conseguir al menos un beso de ella, después de algunos preparativos de conquista, habían preferido dar por perdida la apuesta. Yo escuchaba el ir y venir de los comentarios con verdadero entusiasmo. Por lo menos en esta ocasión nadie me sacaba ventaja, pues ni siquiera los actores con que se permitía ciertas familiaridades cuando bebían todos juntos, podrían vanagloriarse de haber alcanzado la victoria. De su pasado nadie sabía nada. Sólo sabíamos que había llegado a ser actriz gracias al director, que se había presentado en Maguncia, solicitando que la admitiese en la compañía. Jamás había trabajado como actriz. «Con una cara tan bella como la suya —dijo el director— se es actriz sin quererlo.» Desde entonces, llevaba ya un año largo con ellos y no había aprendido nada en absoluto.

Me la encontré un par de veces durante el paseo, y pude oír lo que hablaba con los demás. Todo lo que salía de sus labios poseía una belleza y una melodía especiales. Alguna vez se fijó en mí, sin aquel gesto de sorpresa no demasiado caritativo con que me miraban siempre las demás personas. Fue como un bálsamo para mi corazón, aunque con la confusión y la emoción que me causó, me ruboricé, como siempre me sucedía en estos casos. Aquella serena compasión le sentaba maravillosamente a su belleza, y animaba su rostro con una dulce expresión. Al menos, así se lo figuró el pobre diablo a quien, sin embargo, esta compasión no hizo sino echarle en cara una vez más su insensatez.

En alguna ocasión, aprovechando que no estaban a su alrededor los que le hacían la corte, me dirigí a ella. Me contestó con mucha amabilidad, y hasta me pareció que fue conmigo más locuaz que con los otros. Pero la alegría llegaba pronto a su fin. Unas veces era un tercero el que llegaba y se interponía en nuestra charla; otras, yo mismo me quedaba absorto mirando su cara, sin oír nada ni pensar en nada, cuando ella me dirigía alguna pregunta. Entonces se me agolpaba la sangre en las sienes, y ella, al ver mi confusión, era lo bastante prudente como para interrumpir la conversación con cualquier pretexto.

Su bondad y humanidad me acabó de robar lo que me pertenecía hasta el momento.

No quiero aburrirle a usted y hacerle evocar día por día aquella vida desvariada. Por fin llegó el temido día de la despedida. El director de la compañía, a quien reclamaban en Colonia a causa de un compromiso urgente, no se dejó conmover, ni con halagos ni con súplicas, para que se quedasen allí una semana más, aunque estaba alcanzando buenos beneficios económicos. Para la última noche de representación estaba anunciada una comedia y después un juguete cómico. Cerrarían el bello sueño de estas dos semanas un baile que habían organizado los estudiantes en el salón de la hospedería y una lujosa fiesta.

Durante toda la mañana pesó sobre mi espíritu, como un lastre cuando mi ensueño terminara. A eso del mediodía me trasladé en el transbordador al otro lado del río, para airear mis acongojados sentidos en el camino hasta Königswinter, donde estaba el teatro. No hacía mucho calor, pero estaba muy fatigado y tuve que pararme varias veces a descansar. Me sentía como un miserable que se aproxima a su final.

Llegué, naturalmente, el primero, y hasta tuve la melancólica dicha de saludar rendidamente a la hermosa mujer que estaba en la ventana. Después me deslicé hasta el teatro, que estaba todavía en tinieblas, me senté en mi sitio de costumbre, junto a la orquesta, y me abandoné, sin que nadie perturbase mi soledad, a la voluptuosidad del más rabioso dolor de mi corazón.

Por último, irrumpió en la sala un gentío, que me halló con el rostro entre los brazos. Dije que había dormido allí una hora, porque estaba cansado del paseo. Como estaba oscuro, mi cara no pudo delatarme. La sala se llenó pronto hasta rebosar; las puertas tuvieron que quedarse abiertas, porque el teatro no tenía capacidad suficiente para acoger a todo el mundo. La pésima orquesta empezó a tocar una renqueante obertura y dio comienzo la estúpida comedieta; yo me reí a carcajadas en un par de ocasiones en que no había motivo para ello, porque la farsa de aquella vida me parecía más dislocada e insensata a cada momento. En medio de tanta miseria mis ojos se encontraron con los de la bella mujer, que hoy actuaba con más desgana que de costumbre. Pero su hermosura era, hoy más que nunca, capaz de excitar los deseos más profundos. Un insano sentimiento de placer inundó mi corazón. Quería que esto diera un irrebatible testimonio de que sus pullas, con las que no me habían perdonado los más sagaces y avisados, habían carecido en absoluto de fundamento.

Terminó el primer acto. Los músicos, que acompañaban a la compañía y tenían gran protagonismo en algunas operetas del repertorio, estaban hoy desafortunados en el ritmo y desafinados. Como era el día de la despedida alguno de ellos se había querido llevar un buen recuerdo del vino del Königswinter, y en especial el primer violín estaba muy bebido. Cuando empezaron una de las piezas acostumbradas de su repertorio para los entreactos, robada y arreglada —y por cierto no muy torpemente— del *Don Juan,* se le escapó un acorde chirriante. En mi excitación no pude soportar esto; me subí de un salto al escenario, agarré el humillado violín y me puse a tocar con toda la fuerza de mi alma. Los músicos, contagiados, se dejaron arrastrar, y el murmullo del público se cortó en seco. Cuando me vieron rompieron en un impetuoso aplauso y me dirigieron pullas y bromas sin cuento. Pero enseguida se hizo de nuevo el silencio hasta que terminó la pieza. Vi sobresalir las cabezas de los actores por entre los pliegues del telón, el director salió de detrás del decorado; hasta vi fugazmente ondular en el proscenio el vestido de la hermosa Guille. Esto me sirvió de estímulo y atizó el fuego de mi corazón. En los pasajes más difíciles, hice que mi violín dominase todas las demás voces, todo cuanto me permitía el imperfecto instrumento. Cuando terminé, de nuevo prorrumpieron en bravos y pidieron que continuase en mi puesto y siguiese tocando yo solo. Consentí en ello, gustosísimamente. Sabía que detrás del telón estaba ella y que mis palabras nunca podrían expresarse mejor que la música. Mientras estuve tocando no se oyó ni un susurro en la sala. ¡Muchos se pondrían una mano en el corazón y sentirían que yo expresaba por ellos una parte de sus propios sentimientos! El caso es que cuando terminé, se hizo un instante de profundo silencio; y después, los oprimidos espíritus se desahogaron en un entusiasta e interminable torrente de aplausos.

Durante el curso de la comedia permanecí en la orquesta, mientras el primer violín dormía a mi lado su borrachera. Pero no quise mirar la representación ni un minuto, menos todavía que en días anteriores. No quería levantar los ojos hasta ella, porque me parecía que si lo hacía traicionaba mis sentimientos y ella perdería para siempre el interés que había creído ver en esos rasgos divinos. Terminó así el segundo acto. En el intermedio tuve que empuñar de nuevo el arco, aunque esta vez sólo como lo haría un concertista honrado y de mucha técnica. Después de improvisar durante un rato, no resistí más y, pese a todos los ruegos, me fui del teatro, momentos antes de que se levantara el telón, y salí al jardín.

La noche de verano se cernía sobre los macizos de flores y sobre los olorosos manzanos y el canto de los grillos chirriaba entre la hierba. Una luciérnaga cruzó por delante de mí. La atrapé y la tuve un rato en la mano. «A la luz del día eres fea», dije, y la dejé en libertad. La excitación que me había enervado durante el transcurso del día se apagó, mi corazón había espantado aquellos sentimientos contradictorios de alegría y tristeza. Ahora experimentaba una suave paz, una especie de sordera espiritual y, al mismo tiempo, esa excitación de los sentidos externos que los hace tanto más sensibles ante las cambiantes voces de la Naturaleza. En mitad del jardín crecía un añoso árbol, de anchas y gruesas ramas y tronco bajo, junto a él habían adosado un banco. Se podía subir a las ramas sin dificultad y me busqué entre ellas un lugar cómodo para reposar. Entre las ramas contemplaba el jardín, con el edificio al fondo y las ventanas del salón de baile, cuyas lámparas ya estaban encendidas. A la derecha los tejados de la villa, y a la izquierda el oscuro Rhin, sobre el cual paseaban los barquitos. Delante de ellos, se acercó uno de mayor tamaño con las velas desplegadas. Su linterna de proa se reflejaba en el agua y del fondo del barco emergían caras infantiles, iluminadas de rojo. Yo miraba la cercanía y la lejanía como si se tratase de un mundo extraño, y yo fuera un espectador. En torno mío flotaba el perfume de las flores y el rocío caía sobre mí como un hálito refrescante.

Por el estrépito de voces que salían del teatro, deduje que la representación había llegado a su fin. Y en efecto, momentos después, divisé mucha animación en la sala de baile y vi un nutrido grupo que se precipitaba fuera de la hospedería, con el visible propósito de refrescarse del sofoco con una bebida fresca al aire libre. A algunas familias de Bonn, que no les importaba que los estudiantes se divirtiesen con las actrices, habían decidido tomar parte en el baile, junto a la presencia de algunos inteligentes y honorables profesores convenció a los remisos a quedarse allí. Pronto se llenó el jardín de parejas que paseaban tranquilamente. Carcajadas y murmullos llegaban por doquiera hasta el árbol entre cuyas hojas me ocultaba yo, y solamente cuando los primeros compases de los violines atrajeron a los grupos al interior del salón me quedé otra vez solo en mi oculto escondrijo.

Me esforcé en vano por distinguir entre las sombras que se arremolinaban tras las iluminadas ventanas, una, la que ocupaba mis pensamientos. No logré decidirme a bajar del árbol y buscarla en el salón. Verla pasar de mano en mano, en brazos de los jóvenes más afortunados que yo, saber que más de uno sentiría en su pecho el roce de sus desnudos hombros, era algo que todavía no me había resignado a soportar. Me alegré en mi interior de que la distancia no me permitiese divisarla. Hasta pensé que sería capaz de no volver a verla. Pero los acontecimientos me ahorrarían, momentos después, la vergüenza de adoptar esa resolución y volverme atrás inmediatamente. Porque he aquí que la veo venir del brazo de aquel guapo estudiante que había sido su galanteador durante el paseo por el río, y detrás de ella, la segunda enamorada con su galán, y un camarero que llevaba una mesita y algunos vasos y botellas. Entraron en el jardín y, con gran susto mío, se dirigieron al lugar donde yo estaba escondido. Era demasiado tarde para abandonar el árbol sin ser visto y me abandoné a mi suerte, además no traían luz alguna y mi escondite parecía suficientemente seguro. Llegaron y se sentaron al pie del árbol; el camarero dispuso la mesita y se despidió.

Guillermina llevaba una espesa corona de rosas alrededor de la cabeza. Estaba pálida y pensativa. Escuchó a su acompañante con gesto paciente una interminable charla sobre la comedia que acababa de representar y las excelencias de su arte representativo, y después dijo, tranquilamente: «Creo que usted no está siendo sincero. Sé perfectamente que yo no valgo para el mundo de la interpretación, ni para este papel ni para ningún otro de nuestro repertorio.»

Al oír esto, su galanteador no perdió la ocasión de romper una lanza contra todo aquel necio que no supiese apreciar la plenitud y perfección de su arte en la comedia de aquella noche, y hasta prohibió a la dama repetir sus palabras en menosprecio de sí misma. La otra pareja estaba demasiado absorta en sí misma para poder exponer una opinión sobre el tema en cuestión.

Volvieron a llenar los vasos hasta arriba y el joven levantó el suyo e hizo un largo brindis en honor de la belleza. Chocaron los brazos y Guille mojó los labios en el suyo, mientras la otra brindaba con largueza a la salud de su favorito. Cuando el otro charlatán se disponía a hacer su propio brindis, crujió la rama en la que estaba yo sentado, tan violentamente que los cuatro se sobresaltaron.

En aquel momento hubiera deseado que me creciesen alas de lechuza o de cuervo y me arrebatasen de allí, por encima del Rhin, al último rincón de la tierra.

Naturalmente, no sucedió nada de esto. Y como el pobre animal montés que, acorralado, saca fuerzas de flaqueza y reúne una fiereza desacostumbrada en él, así yo sentí de pronto que mi angustiosa situación me devolvía de golpe el humor y el dominio de mí mismo que me habían faltado ante la hermosa mujer. Los dos muchachos se echaron a reír, y las actrices quedaron mudas de asombro y yo me descolgué de mi árbol con la mayor tranquilidad. Cuando estaba en el suelo, tuve que dar una explicación. Como era sabido, yo sufría con frecuencia ataques de sueño, dije. Y el hecho era que me habían encontrado en el teatro, antes de comenzar la función, durmiendo como un bendito. Después del segundo acto, había salido afuera con la intención de tumbarme en un rinconcito a descansar. Y como los bancos del jardín me resultaron muy incómodos, ¿qué mejor lugar para reposar que las recias ramas de aquel umbroso árbol?

—Pero podía usted haberse caído —dijo Guille con aquella cariñosa amabilidad que me había confortado otras veces.

Fui lo bastante malvado para responder que el que es cojo de una pierna, no teme excesivamente serlo de las dos.

—Pues, durante el primer acto, no tocó usted adormilado —dijo la otra joven.

—Eso cree usted, señorita —repliqué yo—, pero lo cierto es que también entonces estaba dormido, y ustedes no oyeron más que mis sueños apasionados y llenos de angustia. Pido perdón una vez más por haber interrumpido esta reunión íntima. ¡Adiós!

Me dispuse a dejarles. Guille callaba y me miró sin un gesto de complacencia o de disgusto. Pero los demás me retuvieron con cordial insistencia y se negaron en redondo a dejarme marchar antes de haberme sometido a una penitencia por mi cortés somnolencia y haber rehabilitado mi honor levantando mi copa con ellos. Levanté un vaso e hice una loa a la Noche, que es la madre de los felices y de los tristes, de los amantes y de los solitarios, que hace que las flores despidan su mejor aroma y las luciérnagas alumbren su fantástico resplandor, y sobre todo, es la protectora de un pobre como yo que busca en el sueño el consuelo de sus cuitas. Dirigí unas palabras a cada uno de los cuatro; los dos estudiantes vieron en ellas una felicitación por su derecho a gozar de la compañía de las dos bellas mujeres, y al final corearon mi «¡viva!» con entusiasmo.

Estaba todavía yo con ellos y la tiple me halagaba con todo tipo de preguntas y de bromas, cuando se acercó un grupo de bailarinas con sus parejas, que inundó el jardín, y nuestro retiro y sosiego terminaron. En el salón habían echado de menos a las damas, precisamente en el momento en que la fiesta alcanzaba su apogeo. Cuando entonaban la melodía de un baile todos se retiraron al interior de la casa. Sólo yo permanecí ante la abandonada mesita.

—¡Sea, pues! —dije—. La locura debe tener su fin.

Cogí el vaso en el que había bebido ella; estaba aún medio lleno. «¡Por la Belleza —dije en alta voz—, y por la Noche», y me bebí de un trago su contenido. Después me volví y me dirigí directamente al final del jardín, para emprender el camino de regreso a casa.

Me volví para contemplar por última vez la casa y descubrí algo que me dejó paralizado. ¡Era ella, ella misma, que venía por el jardín, con rápidos pasos con un oscuro chal cubriendo su blanco vestido! Mi corazón comenzó a latir con tal violencia que parecía que se me iba a salir del pecho. Durante unos instantes me inmovilizó una sensación de vértigo. «El dolor quiere representar conmigo un último epílogo», me dije. Estaba yo en medio del camino, junto a un macizo de rosas. Quise moverme para esquivarla pero no pude.

Se acercó, pues, a mí, sin demostrar desconcierto alguno al encontrarme allí solo. Yo estaba ya acostumbrado a que no me temiesen en absoluto; sin embargo, ahora me dolió y me devolvió en un instante el dominio de mí mismo. Ella había evitado, en general, hallarse a solas con cualquiera de nosotros, y ahora venía a mi encuentro con pasos desenvueltos y decididos.

—Hace mucho calor ahí dentro —dijo—. Me gustaría que me acompañara a dar un paseo por el jardín. Después de actuar no tengo ganas de bailar. Me quitaría el último resto de descanso nocturno.

Caminamos juntos hasta adentrarnos entre las frondas del jardín. No la ofrecí mi brazo. Durante un buen rato caminamos uno junto a otro, en silencio, por los oscuros senderos.

—Hoy no ha resistido usted la comedia —irrumpió de pronto—. Sea sincero y confiese que no le ha gustado, que tampoco le he gustado yo.

No, no me contradiga usted. Sé desde hace mucho tiempo que el arte me es completamente ajeno y extraño. En parte es culpa mía, porque casi nunca me entrego a mi trabajo con todo el corazón; yo no trabajo en el teatro por vocación, sino por mi belleza, y la gente espera tan sólo que yo salga a escena, abra la boca y repita todo lo que me vaya diciendo el apuntador. Los demás miembros de la compañía, aunque tienen poco que dar de sí, consiguen resultados mucho mejores, porque lo toman más a pecho o sencillamente por pura vanidad. Yo no soy vanidosa.

Escuché esta confesión, tan conmovedoramente sincera, y dicha con un calor insólito en ella, sin sentirme tan reconocido como debiera. «Te toca otra vez hacer de confidente», me dije para mí, y casi para cortar por lo sano esas confidencias, repliqué:

—No tiene usted razones para ser vanidosa. Usted está segura del efecto que causa en el público con sólo presentarse ante su vista.

Se detuvo y me miró a la dudosa luz de la luna con un gesto tan grave y triste que me avergoncé de mis palabras.

—No quiero oír esto de sus labios —dijo—; si dicho por otro resulta áspero, en usted es cruel. Quien lleva la música tan dentro del alma como usted, comprenderá sin duda cuánto pueden ofenderme esas palabras. Usted sabe bien que no soy engreída sino, desgraciada. Si me gustara el mundo y las personas, me interesaría mucho también agradarle a usted.

Una persona desgraciada, aunque tenga talento, nunca llegará muy lejos en el teatro. Al menos a mí mi destino me ha cerrado esta puerta, me la ha cubierto con cien espesos velos. La persona que no puede estar alegre no da importancia a nada que no sea su propio interior, y la vida, en el sentido vulgar de la palabra, le es algo extraño.

Y ¿cómo podría yo ser alegre? Me he criado, sin duda, en medio de la frivolidad; pero con harta frecuencia me horrorizaba de ella, porque la veía estrechamente unida a la miseria.

Yo soy hija de actores. Cuando cumplí diecisiete años, mi madre me vendió a un polaco rico. Tres años conviví con él; me había desposado con todas las formalidades legales, pero en realidad me trataba como una esclava, cuya belleza le complacía. Durante el verano solíamos visitar los balnearios y lugares de veraneo, donde había salones de juego. Entonces él me encerraba en nuestro alojamiento y no me dejaba ver la luz y el aire durante días enteros. Una noche llegó a casa a la hora de costumbre. Yo estaba durmiendo en la habitación de al lado, cuando me despertó un pistoletazo. Aquella tarde había perdido en el juego los últimos restos de su fortuna.

Tuve que malvender mis joyas y mis vestidos para enterrarle. Me quedó apenas lo justo para llegar a la ciudad vecina, en la que había una compañía de teatro. No estaba en condiciones de escoger a mis compañeros y me tuve que dar por satisfecha con que me aceptasen entre ellos, porque nunca había trabajado en escena excepto en obritas infantiles, y además no había estudiado arte dramático. El director se ofreció a enseñarme, pero me di cuenta de que no debía halagarle ni permitirle que se propasase lo más leve.

Por eso no he llegado a ser nada ni he aprendido nada. Y sin embargo, mi sangre no se traiciona a sí misma. Siento como si dentro de poco hubiese de llegar un tiempo en el que se borre por completo el recuerdo de la esclavitud sufrida, en el que sentiré como se derrumba la losa que oprime mi corazón, y pueda dilatarse éste otra vez, libre y alegre. Después intentaré entregarme a tareas más altas y buscar un ambiente que me convenga. Ahora, aunque pudiese hacerlo y no necesitase continuar aquí para vivir, no me serviría de nada.

Y, sin embargo —prosiguió con un tono súbitamente alegre—, me entristece que no se haya quedado usted hoy precisamente a ver la representación. Su forma de tocar me ha impresionado profundamente y después de oírle he actuado mejor, aunque jamás me encontraré en mi lugar en un escenario. Había en su música tanta pasión auténtica como nunca he percibido, aunque también me han cercado el alma un fuego, una fuerza salvaje y un desenfreno semejante a los que latían bajo esas notas.

Habló largo rato sobre mi música y las impresiones que había grabado en su alma. Yo caminaba a su lado, como en sueños.

—Siento de veras que nos vayamos mañana —dijo por último—. Hubiese aprendido mucho de usted. Piense en mí cuando toque el violín. Quizá surta efecto a pesar de la distancia. ¿Me lo promete usted?

No acerté a responder nada. De nuevo habíamos llegado a la entrada del jardín y nos hallábamos ante la puerta de la hospedería. Estaba todo iluminado y la luz que se posaba en su rostro mostraba su belleza. Cogí su mano y la besé sin decir palabra. Cuando levanté la mirada, me encontré con sus ojos.

—He confiado en usted —dijo serenamente—. Ahora usted debe confiar en mí más de lo que lo ha hecho. Usted no es un hijo de la noche, sino un hijo del día, del sol. Adiós.

Cogió mis manos, me besó en la boca y entró rápidamente en la casa.

No intentaré describirle el estado de mi alma en aquellos instantes. Pero le aseguro que nadie entenderá exactamente la tempestad, el torbellino de júbilo y sollozos que despertó en mí aquel beso. Recuerdo que me tumbé en el verde, con la cara apretada contra el suelo húmedo de rocío, y allí permanecí no sé cuánto tiempo, sin tener conciencia de mí mismo ni de lo que me rodeaba. Oscuramente, desde una borrosa lejanía, golpeaba la puerta de mi conciencia la presencia de las personas, las notas perdidas de alguna pieza musical, el perfume de las flores y el frescor de la noche. Sólo sabía una cosa: yo también era, pese a todo, un hijo del día, un retoño del sol.

Cuando me levanté sería ya muy pasada la medianoche. Di unas vueltas por el jardín y después entré en la casa. Todo estaba apagado. La fiesta había terminado hacía mucho. En una mesa colocada en medio del salón estaban aún sentadas algunas personas bebiendo y hablando. El resto, dormía profundamente sobre jergones de paja, tendidos a lo largo de la pared. Era un espectáculo torpe aquella promiscuidad casi animal. Arriba, en las habitaciones de los cómicos, apenas ardía aquí y allá alguna lucecilla.

Mientras reflexionaba si no sería lo más conveniente pasar allí la noche —porque mi frío y duro lecho de hierba me había dejado casi baldado—, vi como un camarero cerraba la puerta principal. Me dirijo a él y le ruego que me indique alguna habitación en la que pueda dormir. La sala estaba tan llena de gente, que no cabía ni un alfiler. El me mide de arriba abajo con sus ojos cargados de sueño y dice:

—¡Vaya! ¿Todavía está usted aquí? He estado al cuidado de todas las puertas de la casa y el chico ha estado vigilando la del patio, pero pensamos que en el ajetreo y el tumulto se nos habría escapado usted. Tengo algo para usted de parte de esa real hembra, la cómica que se aloja en el número diez; he recorrido el jardín de cabo a rabo buscándole, porque no quería creer que se hubiese marchado usted.

Diciendo esto tendióme un sobre cerrado y esperó mis órdenes.

—¡Está bien! —le dije, y le despedí.

Me apoyé en la pared, porque mis pies no podían sostenerme después de tantas y tan inmensas emociones. La ventana que había junto a mí me ofrecía la suficiente luz para permitirme leer. Rasgué el sobre. Me escribía lo siguiente: «He hablado con el director; como desde hace tiempo quería despedir a nuestro primer violín, se ha mostrado del todo conforme para incorporarle a usted a nuestra compañía. Quiere buscar en Colonia algunos buenos cantantes para añadirlos en la *troupe* y ampliar nuestro repertorio poniendo en escena algunas óperas. Si se decide usted, puede venirse con nosotros desde ahora, o seguirnos dentro de unos días. Es cosa que queda a su elección. *Guille.*»

Media hora después de haber leído la carta subía la escalera de la hospedería lentamente. Una débil lamparilla se apagaba lentamente en el corredor entre las habitaciones. Fui leyendo los números de las puertas. Ocho, nueve..., diez. Esta era la alcoba de Guillermina. Un rayo de luz se filtraba a través de la cerradura; oí dentro pasos y, al fin, me decidí a llamar.

Descorrieron el cerrojo y una mano presurosa abrió la puerta.

—Le he estado esperando —me dijo.

Su voz sonó insegura y sus ojos escudriñaban mi rostro. Estaba vestida todavía con el mismo traje; hasta llevaba la guirnalda de rosas sobre sus negros cabellos. En la mesa ardía una lámpara. Nos sentamos junto a ella, tan cerca, que su aliento hacía vacilar la llama.

—Usted ha querido hacerme bien, ha querido aliviarme —comencé a decir—. Y vengo para darle las gracias. Esto que me ha dado usted me acompañará durante toda mi vida y le aseguro que tampoco usted lo olvidará. Pero lo que es ahora hermoso, tanto que podría hacer enloquecer a una pobre mente, puede llegar a ser tan dañino que nos haga desgraciados a ambos; a mí, porque llegaría a destruirme, y a usted, porque podría arrepentirse de haberme ayudado.

Vi que se disponía a replicar algo y le salí al paso. Sabía que su voz habría dado al traste con mi sensatez.

—Usted sabe cuán caro me es —dije—, y me lo ha demostrado al ofrecerme un lugar junto a usted. Pero lo que no sabe es que la amo con locura. Usted está muy por encima de ese capricho cruel que sienten tantas otras, de tener cada día a sus pies una nueva víctima. Después de haberle dicho esto comprenderá usted que no puedo volver a verla nunca más.

Estaba a punto de levantarme, cuando me tropecé con sus ojos, grandes y brillantes.

—¿Y si le dijera que, en contra de lo que usted cree, no me ha dicho nada nuevo? —dijo, con palabras que le salían del corazón—. Si le dijera que, desde aquella tarde sé que no puedo prescindir de usted, ¿me sacrificará usted a su orgullo? ¿Será capaz de hacerlo?

—Se engaña usted —dije yo entonces—. Su corazón la engaña. Sin duda debo creer, con las muchas pruebas de afecto y amistad que me ha dado, que hay en mí algo que me hace digno de su aprecio, y que le hace olvidar, o pasar por alto, ciertas cosas que a la mayoría de las mujeres repugna. Sea lo que fuese, nuestros sentimientos mutuos no son iguales; yo quizá signifique algo para usted y usted para mí lo es todo. Haría usted mal en cambiar algo, aunque sea mucho, por todo. Yo soy un ser defectuoso, una criatura imperfecta, y usted es la más perfecta que jamás han contemplado mis ojos. Sólo una verdadera embriaguez de bondad puede cegarla y hacerla olvidar que no hemos nacido para estar juntos. Aunque no tuviese yo la desgracia de contemplarla a usted con este desesperado dolor..., no, tampoco el trato de la amistad nos haría dichosos a la larga. Solo, como estoy yo en el mundo, no me hacen daño las miradas de compasión de los hombres. En cambio, junto a usted, me sentiría una caricatura y por mi culpa también sobre usted caería el ridículo y la burla, al paso que ahora, por dondequiera que va, lleva la alegría y el encanto.

Mientras yo hablaba, ella miraba fijamente la llama de la lámpara y de cuando en cuando sacudía la cabeza negativamente, con suave firmeza. Sus ojos se llenaron de lágrimas.

—No se preocupe por mí —proseguí, y me levanté—. Seguiré viviendo y espero ser un hombre más útil de lo que hasta ahora he sido y más feliz. Hay viejos soldados a quienes no se les ha podido extraer la bala de la herida y, sin embargo, viven, y sólo cuando el tiempo está tormentoso o se acerca la primavera sienten el plomo en su carne lacerada. Aplíqueme usted el cuento a mí. ¡Que Dios la proteja! Acuérdese usted de mí y piense en mí con afecto.

Seguí sentado, inmóvil. Me di cuenta de que tenía que marcharme de allí a toda prisa si no quería arrojarme a sus pies y retractarme. Me levanté y me marché. Cuando bajaba rápidamente la escalera creí oír que me llamaba. Apresuré el paso, ciego, y eché a correr cuanto pude a través de la casa, del patio, de la callejuela que va a desembocar en el Rhin. No volví atrás la mirada; si ella hubiese estado en la ventana y hubiese hecho un gesto de llamada habría vuelto sin remisión y me habría costado la vida.

A la orilla del río había un puesto de barqueros; golpeé en la puerta y le rogué al hombre que me llevase a Bonn, en la orilla opuesta. Cuando sentí las ondas que rompían contra la barca, como sollozos, en medio de las postreras sombras de la noche, que pronto se desvanecerían, mis penas afloraron con fuerza incontenible. Estaba tendido en la proa de la barca y escuchaba el rumor del agua. «¡Si cediese esta delgada tabla que me separa del abismo —pensaba yo—, qué bien me haría!» En aquellos momentos creía que jamás en la vida podría llegar a ser tan feliz y tan desdichado a la vez.

Pero cuanto más me alejaba de ella, más seguro estaba de que había hecho lo que debía. «O ha sido un momento de generosidad por su parte —pensaba—, o si fuera algo más que eso, de todos modos, no habría podido durar toda la vida.»

Cuando llegué a casa, había logrado calmar mi corazón hasta tal punto, que pude pensar en acostarme y conciliar el sueño. Dormí, en efecto, algunas horas, y me desperté al mediodía de la mañana siguiente.

Mis amigos vinieron al día siguiente y me contaron que habían acompañado a los actores hasta las embarcaciones. La bellísima Guille estaba muy pálida, pero más amable que de costumbre, aunque poco habladora. Yo oí todo esto como si me hablasen de una persona desconocida. La noche transcurrida había cambiado tanto mi vida, que me parecía que habían transcurrido años desde que la confesé mi amor.

Por la tarde, casi al anochecer, me senté ante mis libros, aunque no conseguía concentrarme en nada de lo que leía. Entonces entró mi vieja aya, y me dijo que había venido una dama, pariente mía, que deseaba hablar conmigo. Debía de venir de viaje, porque traía un baúl. Al parecer era joven, pero no podía decir más porque traía la cara cubierta por un espeso velo.

No había terminado aún de hablar la buena mujer, cuando salté de mi silla y me precipité escaleras abajo. A través de la encristalada puerta vi a la persona que esperaba. Una figura alta estaba en pie junto a la ventana y miraba el jardincillo cubierto de flores. Un instante después yacía entre sus brazos, incapaz de decir palabra o de reflexionar lo que hacía.

Pude rehacerme un poco, cuando oí que me llamaban. Era un conocido que venía a buscarme. «El señor ha salido», oí que le despachaba la avisada mujer.

—¡Marchémonos de aquí inmediatamente! —dijo ella—. Quiero hacerte mío antes de vagar de nuevo perdida por el mundo. Anoche, cuando me dijiste todo aquello, casi me convenciste de que era lo mejor que podíamos hacer y la única solución posible; tú puedes convencerme de todo cuanto te propongas. Pero he estado pensando en ello un día y una noche y no he hallado fuerzas suficientes para ser tan sensata. La razón es cosa de hombres. Nosotras nos movemos por los impulsos del corazón y el mío quiere darlo todo por ti. Si después la razón dice que debemos separarnos, por lo menos habré sido feliz por una vez en mi vida, y nadie podrá arrebatarme este recuerdo. Me he escapado de la compañía y nadie sabe dónde estoy. Aquí nadie me ha reconocido, estoy segura. Créeme que me he reído bajo el velo, cuando pensaba que hoy serías incapaz de rechazarme. Piensa ahora de mí lo que quieras: que soy una frívola, una insensata, una importuna, una enamorada. Todo eso es cierto, pero tú no podrás cambiarlo, no, ni con toda la fuerza de tu orgullosa razón. He sido vendida una vez. ¿Cómo podrán reprenderme ahora que me entregue para olvidar el dolor de aquel ultraje?

Todo esto dijo, y mucho más. Parecía otra persona. Orgullosa, burlona, obstinada, con una risa vibrándole en los ojos que arrasó el último pedazo de mi razón. Mandé al aya a buscar un coche y, mientras regresaba, subimos a mi cuarto; ella me ayudó a recoger mis cosas y a meterlas en un par de maletas, todo ello con tan rebosante alegría, que debió de calar perfectamente mi poco amor a la vida casera. Un par de tomos de dramas estaban encima de la mesa; ella los cogió, los hojeó un instante y después los arrojó dentro de la maleta.

—Para los días de lluvia —dijo—. ¡Pero, sobre todo, no nos olvidemos del violín!

Cuando el coche se detuvo ante la puerta de casa estábamos preparados para partir.

Pedí a la patrona que dijese a mis amigos que me había visto obligado a salir de viaje por tiempo indefinido. Después nos fuimos en un coche cerrado, lo que, unido a la media luz del crepúsculo, impidió que nadie nos reconociera.

En un apartado rincón de la Siebengebirge, donde rara vez se pierde un estudiante, tenía yo un conocido. Como puede usted suponer, nunca he sido un montañero. Surgió nuestra amistad en uno de los pueblecitos que están a orillas del Rhin; allí me había encontrado en una taberna, durante la última primavera, a un tipo extraño, que me sorprendió por el gesto de melancolía que tenía su curtido rostro de soldado. Me lo gané con una botella de buen vino y mi paciente escucha. Me contó una desgraciada historia de amor que le había empujado a buscar un empleo de guardabosques en un región semisalvaje de las montañas que hace veinte años era casi inaccesible. Nadie iba nunca al pueblo en cuestión, porque allí nunca había nadie. Pero él buscaba esto precisamente. Todos los meses hacía una escapada al Rhin para visitar su aldea natal y comprar vino. En cuanto a caza, tenía más de la que podía apresar, y un viejo soldado como él sabe ingeniárselas muy bien con la cocina. Me invitó a visitarle alguna vez. Para él era un lujo eso de dormir en la cama de su predecesor. Por los años 13 y 14 no les había ido tan bien ni a los mismos generales.

Así, pues, escondí mi tesoro bajo el techo de aquel buen hombre. Mi querido Lerche se quedó muy sorprendido cuando le dije que abusaríamos de su hospitalidad durante algún tiempo. Después asintió con la cabeza, lleno de comprensiva complicidad, y suspiró. Una hora después estaba plenamente cautivado por la belleza de la huésped; claro que para ello no era necesario tener un corazón tan tierno como el suyo, porque jamás había estado ella tan encantadora, tan dulce y amable, como en aquella agreste soledad.

No recuerdo como pasaron aquellos días inolvidables. El sol brillaba con todo su fulgor, el bosque cubría nuestra casita, en nuestro entorno retozaban los dos canes de nuestro amigo, y a media docena de pasos discurría un arroyuelo serpenteante... Nosotros paseábamos, nos recostábamos, hablábamos, callábamos, según nos lo pedía el corazón, y la noche llegaba cuando no nos lo esperábamos. Un día escalamos un alto risco, descansamos un rato sobre las peñas y contemplamos la llanura a nuestros pies, hasta el Rhin, que fluía a lo lejos. Miré después a mi amada; no había nada en su rostro que pudiera hacer sospechar una mínima nostalgia hacia la vida urbana, tan alejada de nosotros.

Solía ella leer los libros que habíamos traído con nosotros. Después me rogaba que improvisase con el violín. Y yo me recostaba afuera, en algún viejo tronco, y la veía a través de la ventana pasear dentro de la habitación, con el libro en la mano izquierda y gesticulando vivamente con el brazo derecho. Cuando terminaba de tocar, le ardían las mejillas.

—Estoy progresando —decía—. Eres un buen maestro y contigo es fácil aprender.

Una noche le pedí que leyésemos juntos alguna obra. Cogí un tomo al azar y abrí por el *Otelo*.

—Yo he interpretado el papel de Desdémona hace algún tiempo —me dijo—. Pero mi Otelo no supo llevarme a la ilusión, y mucho me temo que todavía no haya comprendido nada el papel.

Leímos, o, mejor dicho, leí yo solo la tragedia, y le dejé a ella solamente el papel de Desdémona. Al comienzo su tono era inseguro, pero pronto se identificó profundamente con ese carácter moldeado en la plenitud del sentimiento. No resistió quieta en su asiento. Se levantó y representó lo que iba declamando. Cuando no tenía intervención en la obra, se iba junto a la ventana y allí se recostaba, cruzados los brazos sobre el pecho y la mirada hundida en el suelo, hasta que la reanimaba otra vez su entrada en la obra. La escena en la que Emilia ayuda a Desdémona la representó sentada y declamó ambos papeles con tanta intensidad y melancólica pasión, que logró conmover hasta lo más íntimo de mi ser. Cantó las dolientes estrofas con una melodía que había improvisado yo poco antes al violín y que me había pedido que repitiera varias veces. Cuando preguntó por segunda vez:

> ¿Harías tú algo semejante,
> aun por todo el oro del mundo?

y después:

> Quisiera morirme, si hiciera tal injusticia,
> aun por todo el oro del mundo.

se me cayó el libro de las manos, no pude contener mis lágrimas, y nos unimos en un abrazo, ahogados en sollozos. El resto de la noche estuve distraído y taciturno. Ella no sospechó nada y pensó que era un efecto de nuestra lectura. También ella estaba silenciosa, pero más de una vez dijo:

—Jamás he sido tan feliz. Es imposible ser más feliz de lo que soy ahora.

Estas palabras maduraron mi decisión.

A eso de la medianoche, cuando ella dormía, me levanté. La claridad nocturna bañaba su bellísima cabeza. Respiraba plácidamente, como un niño, tenía entreabiertos los encendidos labios. Oprimí los míos, en un último beso sobre sus suaves y mullidos cabellos, y salí sin hacer ruido de la habitación. Nuestro amo de casa yacía en su duro jergón, que había aderezado quince días antes, junto al hogar de la pequeña cocina, cuando llegamos nosotros.

—Arriba, mi querido amigo —le dije cuando abrió los ojos, sorprendido en su ligero sueño.

Salimos al bosque; los perros no ladraban. Le dije que tenía que partir y le di una carta para mi amada, que había escrito a escondidas, antes de acostarnos. En ella me despedía para siempre. No necesitaba suplicarle que no dudase de mi corazón por haber sido capaz de apartarme de ella, porque ella conocía mi inquebrantable decisión de no presentarme ante el mundo a su lado. Sabía también que no me separaba de ella ningún temor miserable, ningún miedo a que la dicha que poseíamos pudiese agotarse si el otoño nos hallaba otra vez en el bosque. Pero si teníamos que hacer lo necesario, entonces no convenía hacerse obligar.

Le dije una vez más que había llegado el momento de partir, pues no la dejaba ya sola, porque con ella quedaba el genio como compañera de su vida, y una tarea y un porvenir. La rogué que me escribiese, que no me olvidase y que si algún día encontraba de nuevo la felicidad no la rechazase por mí. Pregunté a Lerche si podía acompañarla hasta tanto que ella le despidiese.

—Hasta el mismísimo infierno la seguiría si fuera necesario —dijo enérgicamente.

Me lo imaginaba. Le di todo el dinero que llevaba conmigo y que le bastaba y sobraba para los primeros meses y le hice prometer que me escribiría si su señora se encontrara en una situación difícil. Después nos despedimos.

—Quisiera que se llevase usted unos de los perros —dijo por último—, pero el animalito volvería enseguida, porque ya no pueden vivir sin este ángel que es su nueva ama. Sólo el cielo sabe cómo puede usted separarse de ella.

Así la abandoné, amigo mío, otra vez en medio de la noche, pero sintiendo en el corazón todo el vigor y la luz de un cielo puro. Anduve durante toda la noche, descansando a ratos, y escuchando a mi alrededor. No debía volver a escuchar su voz. Llevaba conmigo el violín, pero todo lo demás lo dejé allí. Cuando por fin vi salir el sol, canté desde lo más hondo del corazón la canción de Desdémona. Y lloré, lloré una vez más hasta hartarme. Después proseguí mi viaje.

Al día siguiente llegó una carta suya, escrita por la mañana, en el primer impulso irreflexivo de la soledad. Después de muchas tiernas y dolorosas quejas, escribía que se sometía a mi voluntad y esperaba hallar conformidad y dominio de sí misma, antes de regresar entre las gentes. Pensaba dirigirse a Frankfurt para buscar allí contacto con alguna compañía teatral. Ahora sentía que sí podía ser actriz y sabía quién le había enseñado.

Poco después me escribió desde Frankfurt diciéndome que pensaba quedarse allí. El fiel Lerche no quería abandonarla. La contesté con todo el calor y la pasión que en mí guardaba y con toda la serenidad que pude. Desde entonces, no volvimos a decir la palabra «nostalgia» en nuestras cartas.

No había pasado mucho tiempo cuando los periódicos empezaron a llenarse de testimonios vehementes de sus éxitos. Entre mis compañeros, naturalmente, se habló mucho de ello; la mayoría no habían pensado que pudiese obtener otra clase de triunfos que los de su belleza. Ella me enviaba cartas muy a menudo, contándome con todo lujo de detalles todo lo concerniente a su arte y su carrera. Ante mí vi desplegarse todos los tesoros de la más incomparable naturaleza. A veces, empero, surgía en mí un oscuro temor cuando veía con cuanta pasión acogía cada nuevo trabajo y más de una vez le pedí y rogué que mirase por su salud y no se consumiese. Ella me tranquilizó siempre con joviales palabras, asegurándome que por primera vez en su vida sabía lo que era el bienestar físico y el espiritual.

Y así prosiguió mi vida, una vida feliz, pero en la sombra, sin anhelos, ni deseos insatisfechos, atravesada por el recuerdo de aquella maravillosa luz solar que había gozado sin medida en aquellas semanas pasadas en las montañas.

Pasaron algunos años, y durante el tiempo que pasé estudiando sin descanso para superar mi último examen, lo único que me hacía feliz era recibir una carta suya. Muchos de mis conocidos que la habían visto en el teatro de Frankfurt y desahogaban conmigo sus rebosantes y extasiados corazones me desvelaron en más de una ocasión. Pero mi determinación de no volver a verla jamás resistió firmemente todas las tentaciones.

Y un día, por fin, llegó desde Frankfurt una carta de Lerche, que contenía otra de ella, muy breve, escrita en el lecho, y más apasionada que todas las que hasta entonces había recibido. Cuando estaba aún sumido en la insólita delicia de disfrutar otra vez aquel lenguaje, mi mirada leyó las últimas líneas, escritas de puño y letra de Lerche. En ellas me decía que había muerto. «Anoche representaba por última vez el papel de Desdémona, con un éxito inaudito. Yo la acompañé hasta casa. Estaba excitadísima y se metió en la cama sin cenar. Al día siguiente, a eso de las diez, y al ver que no respondía a mis constantes llamadas, forcé la cerradura y entré. Estaba tendida en el lecho, con los ojos cerrados, muerta. El médico cree que ha sido un ataque cerebral. Cogí el papel que encontré encima de su colcha, y aquí se lo envío. También he cortado un mechón de su pelo, que yo mismo le llevaré.»

El narrador calló y se levantó del sillón, en el que había estado hundido e inmóvil. Acercóse a la ventana y permaneció allí un largo rato, durante el cual, sus palabras resonaron en mis oídos, y mis ojos no quisieron apartarse del cuadro que tenían delante. Por último oí cómo cerraba la ventana. Después se acercó otra vez a la mesa y llenó los vasos.

—Bebamos juntos un último vaso. ¡Vivan los vivos y los inmortales! —dijo—. ¡Brinda conmigo! A partir de ahora te llamaré de tú porque conoces todos mis secretos.

Me abrazó. Después cogió la lámpara y me acompañó hasta la habitación en que estaba dispuesta mi cama.

—Yo duermo junto a mi tesoro —dijo, sonriendo y refiriéndose al diván que estaba ante el cuadro.

Arrojé sobre él una postrera mirada; a la mañana siguiente, cuando me despedí de él, estaba echada la cortina que lo cubría.

PÁJAROS CAUTIVOS

«Madre, la mi madre,
¿guarda me pondrás?
Si yo no me guardo,
¿quién me guardará?»

(Canción popular española.)

Cualquier persona que haya leído el *Viaje a Italia,* de Goethe, sabrá que hace poco más de cien años, para ser más exactos, el 11 de septiembre de 1786, nuestro primer poeta nacional descubrió el lago de Garda.

Naturalmente, con este hallazgo ocurrió lo que con tantos otros, incluso más importantes para el progreso cultural de la Humanidad: fue enseguida encubierto de nuevo, antes que el mundo hubiese reconocido su existencia, como ocurre con esas fuentes que surgen de repente, corren un poquito y después la tierra las absorbe sin dejar rastro de su existencia. Porque aunque Goethe había dicho del lago de Garda que era «una obra espléndida de la Naturaleza», y «un delicioso espectáculo», y del terreno comprendido entre Gargnano y Salò, lo que hoy se llama Riviera, que «es inefable el encanto de esta fértil comarca», durante todo el siglo siguiente no se ha hablado palabra, que nosotros sepamos, del encanto del viejo *Benacus,* ese *Benacus* del que alababa ya Virgilio: «Su oleaje susurra y muge como las olas del mar.» *Los novios,* de Manzoni, y el *Alexanderzug,* de Thorwalsen hicieron famoso al lago de Como, y las islas Borromeas, por su parte, atraían a sus jardines a un gran número de curiosos; pero la batalla de San Martino se había librado sin que ni vencedores ni vencidos se fijaran en el primoroso espectáculo que se divisa desde las faldas de Monte Baldo.

Y he aquí que el redescubrimiento del lago de Garda hace más o menos un cuarto de siglo, estaba reservado a un pintor de paisajes.

Mi amigo Bernhard Fries regresó un día de sus habituales excursiones otoñales con una carpeta llena de bocetos, dibujos y estudios al óleo, que extendió ante mí con su alegre sonrisa jupiterina. El era un artista de la vieja escuela, cuya idea más importante es plasmar la belleza, el culto a las líneas hermosas, a la forma delineada con firmeza de trazo, a los hermosos y diversos colores. Entonces no había irrumpido todavía en el arte ni en la literatura la «devoción por lo insignificante», la pintura de los andrajosos, la desenfrenada inclinación por la disonancia. Impresionismo, individualismo sin límites, o como se llamen las palabras mágicas del nuevo concepto del arte, aún no sonaban en los labios de la gente joven y ávida de novedad. Esas pedanterías academicistas no se manifestaron hasta diez años más tarde.

Bernhard Fries vivió el comienzo de esos nuevos tiempos; y cuando se tropezó con este arte moderno en exposiciones y círculos artísticos, lo contempló con un silencioso movimiento de cabeza, alabó el talento del pintor en este o aquel punto, pero después le volvió las espaldas tranquilamente y dijo: «No soy un consumidor de estas cosas.»

Y se ausentó en su modesto taller, acomodado en una habitación de su propia vivienda, y prosiguió pintando sus cuadros tal y como le salía del corazón, y siempre halló *consumidores* para ellos, pese al triunfo de la nueva corriente.

Resulta fácil comprender que el arte nuevo no hiciera mella en él porque era un artista especialmente dotado para descubrir una Naturaleza «cuya dulzura no hay palabras que puedan expresar». A mí me fue imposible no contagiarme con su entusiasmo. Yo me había entregado con fervor a emborronar algunos paisajes en anteriores viajes a Italia. Pero como yo no tenía talento de pintor tampoco podía esperar que mis modestos lápices crearan una atmósfera, o produjeran un ambiente, los motivos paisajísticos me eran los más caros, me complacían las firmes líneas, llenas de atractivo, de las tierras y montes, y por lo que toca a la vegetación, los perfiles rotundos de pinos, cipreses, palmeras y olivos.

Pues bien: todo esto lo encontré recogido de bellísima manera, en los estudios y apuntes del lago Garda realizados por mi amigo Fries. Y así, no resistí la tentación de vagar yo también un par de semanas del otoño por estas benditas orillas, como un pirata del arte, y hacer algún pequeño progreso en mis ejercicios de aficionado.

Fries me había aconsejado ir primero a Toscolano, pasar la noche en el *Caballo Blanco*, único albergue que había en el pueblecito, que era además muy barato y limpio.

Cuando llegué al *Caballo Blanco* y descubrí estas dos virtudes, encontré plenamente justificada su alabanza. Pero Toscolano mismo no me pareció un pueblo que mereciese la primacía ante las vecinas aldeas de Gargnano y Maderno. Llegué a él en el barco que sale de Desenzano, pasando por delante de Salò, la entonces todavía desconocida Gardone Riviera y el alegre Maderno, bajo el cálido sol otoñal de un 3 de octubre. Por cierto que la carretera que parte de aquí, entre altos laureles, me encantó; pero cuando llegué a Toscolano me oprimió cierta tristeza al pasar por aquellas callejuelas sombrías, y me arrepentí de no haber seguido mi primer impulso y no haberme quedado en Maderno.

El amable recibimiento que me brindó el dueño del *Caballo Blanco*, en cuyo honrado y ancho rostro se abrió una bonachona sonrisa cuando le entregué el saludo de su viejo huésped *sor* Bernardo, me ofreció el alojamiento que me había sido recomendado.

La casa no estaba mucho más soleada que las demás. Parecía más una posada de camino que un *albergo* como Dios manda, hasta en el sentido italiano de la palabra. La única habitación, que alojaba a un desconocido, y que había sido también la de mi amigo, era una estancia grande, fría, enjalbegada, sin otro mobiliario que una cama de hierro cubierta con bastas aunque blanquísimas sábanas, una solitaria silla de paja, una palangana en un caballete de hierro y una mesita coja. Algunos ganchos y alcayatas clavados en la puerta hacían el papel de armario y cómoda. Sin embargo, era una habitación acogedora y alegre, desde la ventana se podían contemplar unas vistas maravillosas, en primer lugar un pequeño patio que daba al jardincillo, todavía lleno de dalias y de rosas tardías y cerrado al otro extremo por una larga *serre* de la que sobresalía el lujo amarillo de los limoneros; y, coronándolo todo, las cumbres redondeadas de las montañas, que iluminaba en esos momentos el fuego del crepúsculo.

Pero, pensé, que no había ido hasta allí para sentarme en mi cuarto, sino que en éste debía hallar tan sólo el sitio donde descansar después de un ajetreado día.

Vacié mi maleta; la mesita y las escarpias de la puerta me bastaron para la colocación y acomodo de mi ligero equipaje. Ajusté con el posadero un precio verdaderamente módico, y antes que el sol hubiese desaparecido totalmente tras los montes había estrenado ya mi cuaderno de dibujo, en el que tracé, desde mi ventana, los contornos del jardín y del paisaje.

Aquella misma noche conocí a la familia del posadero, que salió a saludarme cuando recibí mi frugal *cena* en otra habitación, algo más grande, y que, salvo la mesa colocada en el centro, estaba totalmente vacía de muebles.

Primeramente vino el hijo de la casa, Battista, un sencillo muchachote de unos veintitrés años, que me dijo que era un gran aficionado al arte, habló con admiración de los estudios y apuntes de *sor* Bernardo y me demostró a mí también su alta estima cuando le hube enseñado el comenzado boceto. Más tarde, una vez que estaba yo dibujando en el patio un borrico que, atado a un poste, comía su pienso, se acercó respetuosamente por detrás y prorrumpió en las siguientes palabras, demostrativas de que era versado en el asunto: *Ah! Pittura de carattere!*

La madre era una mujer taciturna y muy amable, que me miraba con curiosidad mientras examinaba entre las puntas de sus dedos el lino de mi ropa interior. La primera inspección pareció satisfacerla, pues la persuadió de que yo no era ningún vagabundo, sino *un signore* y un *galantuomo.*

También pude ver a la hija del posadero, una mujer larguirucha con una cara llena de atractivo coronada por una bella cabellera rubia recogida con dos trenzas, un peinado en forma de torre con el que se engalanaban por aquel entonces las más lindas cabezas italianas y que daba a las feas el aspecto de ridículos espantapájaros.

Esta muchacha parecía conocer muy bien el efecto que causaba en los hombres. Pasó una sola vez por la habitación, con su andar majestuoso, mientras respondía a mi saludo con un leve movimiento de cabeza, y me lanzó desde el umbral de la puerta una mirada que manifestaba claramente su convencimiento de que yo también caería en su hechizo.

Sin embargo, aquella noche dormí sin el más mínimo desasosiego y conseguí mantenerme al margen del hechizo cautivador durante los siguientes días, pese a haber estado una vez lo suficientemente bien dispuesto como para dibujarles a los padres el retrato de la hija. La verdad es que ni siquiera otra más bonita habría sido capaz de cautivarme, pues yo había venido junto al famoso lago no para ver sus figuras decorativas, sino el paisaje. Y la comarca, por otra parte, no se distinguía por poseer una raza de especiales atractivos.

A la mañana siguiente, cuando muy tempranito, bajé a las orillas del lago y caminé entre los olivares que crecen en estos parajes, donde hace mucho tiempo debió alzarse el viejo *Benacus,* el corazón me brincó de gozo y rompí a cantar un himno exaltado de gratitud hacia el amigo que me había indicado este camino. Realmente, era un panorama lleno de un esplendoroso lujo de luz y color; el monte Baldo permanecía allá arriba, sosegado e imponente, reflejado en el espejo azul púrpura del lago, al que aún no había escrespado el viento; las pequeñas olas que murmuraban en las márgenes parecían con los primeros rayos de la mañana como si fueran oro líquido, y un dulce sueño parecía acunar las plateadas copas de los olivos. Ante este espectáculo me di cuenta que mi pobre y vulgar lápiz iba a ser incapaz de recoger una brizna de esta «espléndida obra de la Naturaleza», como la había llamado el poeta, en una hoja blanca de papel. Me sentí incapaz, por el momento, a cualquier otro estudio que no fuese el directo con la mirada, y pasé unas horas inolvidables paseando a lo largo de la costa, bajo las altas copas de los laureles que cubrían la carretera.

Cuando regresé a mi oscuro *Caballo Blanco*, bien entrado ya el mediodía, el posadero salió a mi encuentro desde la cocina, llevando en cada mano un pedazo de carne cruda, y me preguntó cuál de los dos prefería para comer, si el de vaca o el de ternera. Así, con esta llaneza, me preguntaba todos los días sobre el *pranzo;* pero yo estaba tan hambriento de arte y de belleza, que sólo raras veces me interesaba por mi nutrición corporal, y aún hoy, después de tantos años, no sé si la cocina de la casa habría podido satisfacer más altas pretensiones.

No pudo pasarme inadvertido que los habitantes de Toscolano eran también gente de muy sobrio y contentadizo natural, cuando, a la mañana siguiente a mi llegada, se me ocurrió desayunar en el único café que había en el lugar. La casa, en cuyo piso bajo campeaba un estrecho rótulo con la leyenda: *Luigi Caramella, Cafè e Liquori*, estaba situada oblicuamente delante de mi *Caballo Blanco*. Desde la ventana de la habitación exterior había visto por la tarde un pequeño grupo de gente, los principales personajes del lugar, sentados ante la puerta del local, fumando y bebiendo en unos delgados vasos diversas bebidas rojas, amarillas y verdes, y metidos de lleno en una acalorada discusión, de la que yo, aunque hubiese estado allí, no habría entendido ni una palabra, pues en el pueblo todos, hasta el párroco y el maestro, hablaban en ese dialecto que recuerda a los incomprensibles brescianos. Aproximadamente a las diez, se marcharon, pero el tabernero se quedó allí en la entrada, cogió su mandolina y se acompañó con ella una cancioncilla popular que, para mi asombro, cantó en el más puro dialecto napolitano.

Al día siguiente cuando entré en el café —yo conocía ya la costumbre italiana de no desayunar nunca en el sitio donde se está hospedado—, el señor Giggi Caramella apareció ante mí, con su inconfundible aspecto de auténtico hijo de la bella Nápoles, nacido en pleno barrio de Santa Lucía;

un esbelto y morenísimo muchacho, cuyos pequeños y ardientes ojos chispeaban de socarronería y picardía, muy distinto a cuanto suele verse en las caras de la Lombardía.

Durante los primeros cinco minutos de conversación me contó toda la historia de su vida: cómo había venido hasta Génova, traído por los negocios de su hermano, que tenía grandes viñedos en Posilip, para vender allí sus vinos. Desde allí hizo una pequeña escapada al lago de Garda, y aquí se había quedado, pues el anterior propietario del café acababa de morir y él había pensado instalarse como sucesor suyo, no por los parroquianos, de los que poca ganancia se podía esperar, sino con la idea de fundar aquí arriba una filial del negocio de vinos del hermano. En este asunto también le había salido bien la cosa, pues su *vino del Vesuvio* se había hecho rápidamente popular; y me preguntó si yo quería también probarlo, porque en el *Caballo Blanco* no se lo servirían ya que en el albergue no le tenían en mucha estima, allí los huéspedes sólo comían las verduras amargas de su propio huerto.

Yo le di las gracias por ese placer, tan insólito y poco apropiado en tan temprana hora, y le rogué que me sirviera café. Pero para lograr esto pareció haber ciertas dificultades; al fin, tras de una larguísima espera, el locuaz joven me trajo un turbio brebaje en una abollada jarrita, unos polvorientos terrones de azúcar y un pan duro. Si quería leche, dijo, mandaría enseguida por ella; sus parroquianos solían beber el café solo, y, generalmente, eran más dados a las restantes *bibite, liquori, acqua gazosa* y demás, de las que me presentó una larguísima lista para que eligiera uno de mi gusto.

Después de esta experiencia, no volví a desayunar en el café y me hice preparar por mis patronos algo parecido a un café con leche.

Los momentos más emocionantes del día eran las horas tempranas de la mañana que rebosaban de una belleza especial y no quería desperdiciar estos momentos perdiendo el tiempo con los desayunos y me marchaba al campo, lleno de impaciencia. Me recorrí todas las colinas, ribazos, lomas o solitarias alquerías, en todo el espacio que había entre el monte Maderno y la blanca iglesita de Caino. Lo exploré todo, en busca de motivos pictóricos. Pero no llegué a dibujar ninguno porque amaba tanto la belleza de lo que veía que sentía que mis pinturas sólo podían violar estas maravillas de Dios.

Pero me quedaba aún lo que era mi verdadera afición; en aquellos días incomparablemente bellos, mi cuaderno de apuntes se llenó de líricos «paisajes con figuras», cuyos temas o motivos acudían a mi cabeza de todas partes, del aire y del lago y de las copas de los laureles. Tuve un feliz ataque de lirismo agudo, que ardía en mis venas como una fiebre en todo semejante a la del amor. Y en el ocaso, cuando el sol irradiaba sus últimos rayos detrás del lejano Salò, cantaba y sonaba en mi cabeza, como en mis tiempos juveniles de «escolar viajero»:

«Silenciosamente recoge ahora
sus alas el viento del monte.
Las oscuras llamas de los cipreses
se alzan ardiendo en la colina.»

Esta música interior me poseía tan plenamente, que me resultaba una insoportable disonancia escuchar después, antes de irme a dormir, las cancioncillas populares de Giggi Caramella, que acudían a mi alcoba por la ventana abierta, por muy bien que entonase las bellas melodías.

Por lo demás, no me era lícito escuchar nada más, pues los cantos de los pájaros que se oyen en primavera, pese a las escopetas de los cazadores, lazos y trampas con que se acecha a los pobres cantores, según costumbre nacional italiana, enmudecen en el otoño. En las casas del lugar, junto al hogar, el huso o el telar, no se escuchaba ninguno de esos cantos con los que las mujeres suelen acompañar su trabajo en la Italia meridional; por las mañanas veía a los hombres trabajar en viñedos y olivares sin cantar ni despedir de sí el más leve sonido, y a los carreteros tendidos en lo alto de sus carros pesadamente cargados, sin otra música que el chasquido de sus látigos, con el que estimulaban a sus jadeantes caballos.

La vida en la pequeña aldea serrana no era muy alegre, y salvo la risa contenida de Giggi Caramella, sólo se veían gestos serios y huraños, incluso en los rostros de las muchachas y los niños.

Mi posadero me contó la causa de este humor general, abatido y deprimido. Los últimos tres años habían sido malos años de uva y los olivos habían traído también poco fruto. Esto había obligado a muchos hombres, que antes no hacían más que holgazanear, a buscar trabajo para sí o para sus hijos en la fábrica de papel que está allá arriba, en la quebrada de Toscolano, trabajo que estaba muy mal pagado y que convertía en máquinas a los hombres, que son imagen y semejanza de Dios. La fábrica era una verdadera ruina para el país. ¡Cuántos se habían entregado en cuerpo y alma, para que se enriqueciesen los propietarios! Y además de eso, ¿para qué demonios se necesita tanto papel? Libros hay ya bastantes en el mundo, en los periódicos no se dicen más que mentiras y las muchachas de bien, con su Marieta, no escriben cartas de amor. Si no hubiese papel no molestarían al pacífico ciudadano con los volantes y las cédulas de las contribuciones, ni le podrían presentar un buen día un contrato que él, en un momento de debilidad, había firmado en su propio perjuicio. El papel es una invención que sólo perjudica al hombre y el Santo Padre debería prohibirlo a todos los cristianos.

No quise descubrir al buen hombre que yo mismo hacía un uso abundante del papel y que tenía mucho interés, a causa de mi profesión, por las fábricas donde se preparaba. Me propuse en secreto visitar la del barranco de Toscolano al día siguiente. Pero perdí la senda, al bajar desde Caino, y llegué al barranco, después de caminar aquí y allá, muy tarde, cuando los empleados abandonaban el lugar de trabajo. Así que tuve que renunciar a ver al diablo en plena faena, y me dediqué a vagar lentamente por los sinuosos senderos que bordean la abrupta pared de roca cortada a pico hasta la hondonada por la que corre el torrente, que, en esta época del año, es sólo un delgado hilo de agua que se desliza entre los peñascales.

En la hondonada de la fábrica había un ambiente muy húmedo y yo aceleré el paso para salir lo antes posible al llano. Cuando ya estaba en la carretera que lleva, hacia la izquierda, al pueblo, y hacia la derecha, a Maderno, me dio en la cara un cálido soplo del sol vespertino. Me detuve en el ancho puente por debajo del cual pasa el arroyo que baja de la montaña. Junto a él, bullía la vida: hombres en mangas de camisa, con las remendadas chaquetas colgadas al hombro —sin duda, obreros de la fábrica—, estaban en grupos, charlando y fumando, y mujeres jóvenes paseaban de un lado a otro, cogidas del brazo, gozando del puro aire del crepúsculo después de la monótona jornada de trabajo en el asfixiante ambiente de la fábrica. Estaba yo observándoles, cuando se alzó un alegre canto entre el murmullo de voces. Salía de una casita solitaria, situada al otro lado de la carretera, junto al hondo lecho del arroyo. Pude distinguir la melodía de la canción que cantaba el joven napolitano, el dueño del café, con aquel melancólico estribillo:

Te quiero bastante,
y tú no piensas en mí.

¿Qué muchacha habría aprendido en la escuela de Giggi Caramella?

Empecé a caminar hasta llegar a la casa, vieja y de un solo piso, y en cuyas paredes en otro tiempo el rojo revoco se desmenuzaba en grandes manchas. Junto a la gran puerta de entrada había una ventana, y en el piso superior, que debía de ser muy bajo de techo, dos agujeros cuadrangulares cerrados con recios postigos. Al lado, junto al muro, había un jardincillo, separado por delante de la carretera con una descuidada y pequeña valla. En otros tiempos debía de haber sido bello: grandes setos de laureles y granados rodeaban un pequeño prado, en cuyo centro se alzaba un naranjito cargado de frutos, pero estaba cubierto de polvo y abrasado por el sol como todas las plantas del jardín.

Observé todo esto con una mirada fugaz, pues mis ojos se quedaron prendados de una figura femenina que estaba sentada en la puerta abierta de la casa, sobre dos escalones de piedra, y que tenía sobre sus rodillas un viejo trozo de tela de algún vestido, que estaba ocupada reconstruyendo. Junto a la jamba de la puerta colgaban cuatro jaulas de madera, no más anchas que el doble de la mano. En la primera había un hermoso tordo —el «gorrión solitario» de Leopardi—, en la segunda, un delgado ruiseñor; en la tercera, un pequeño abejaruco; la cuarta jaula estaba vacía. De estos tres cautivos sólo el abejaruco parecía acordarse de su antigua libertad, pues saltaba entre los estrechos barrotes con toda la fuerza que le permitía la estrechez del recinto y lanzaba pequeñas y desesperadas quejas. Los otros dos estaban sentados, permanecían mudos e inmóviles sobre el corto palo transversal; esta visión cautivó mi corazón.

Me detuve delante de la casa: el canto que salía del interior persistía incesante; ahora entonaba la canción *Pare nu sogno, pare pazzia*, que era otra de las piezas, precisamente, del *signor* Caramella.

—¿Cómo pueden ustedes tener encerrados a estos pobres pájaros con tanta estrechez? —pregunté a la dueña de la casa—. Han dejado de cantar, porque en cada revoloteo se machacan la cabeza o las alas. Si los han de tener presos proporciónenlos, por lo menos, unas jaulas mayores.

La mujer sentada levantó sus ojos con hostilidad, como un perro guardián que pone un gesto amenazador ante el indiscreto desconocido que se acerca a sus dominios. Entonces me di cuenta de que era jorobada y contrahecha y tenía la cabeza hundida entre los hombros. Sin embargo los rasgos de la cara eran regulares y no muy viejos todavía, tendría unos cuarenta años, y en su abundante pelo negro todavía no acampaban las canas. Me examinó aguda y agriamente, y después respondió:

—No tengo jaulas más grandes; y tampoco las necesitan —¡esto dijo!—, y el ruiseñor canta cuando anochece. El mirlo está enfermo y no cantaría más aunque le pusiese en una jaula como una casa de grande. *Zitta,* Adele —se interrumpió de pronto, volviéndose a medias.

La melodía del interior se interrumpió abruptamente. A través de la puerta, que había permanecido abierta, pude ver que se comunicaba directamente con la cocina y que la que cantaba había estado trajinando al fondo, en el fogón, y desde allí había dejado de escucharse su clara y fresca voz. Algo blanco se movía de un lado a otro en la oscura estancia y un par de inquietas y parpadeantes llamitas relucían en el hogar e iluminaban un suelto corpiño y unos esbeltos brazos. El rostro permanecía en sombra.

—Escuche —insistí—, me dan pena los pobres pájaros. El ruiseñor cantaría muchísimo mejor si estuviese allí, en vuestro jardincito, y el tordo sanaría quizá si estuviese en libertad. Querría compraros los pájaros para dejarlos volar. En definitiva, son también criaturas de Dios, y no han cometido ningún crimen por el que se les deba tener presos.

Los agudos ojos azules de la mujer me arrojaron una recelosa mirada; por lo visto, todo aquel asunto, la conversación que yo había iniciado con ella, el negocio de los pájaros, le resultaba sospechoso. Me dio la impresión de que creía que a mí me interesaba el pájaro que estaba dentro de la casa.

—No vendo los pájaros —dijo con voz más áspera—; no les traería provecho alguno que los dejasen en libertad; los cogería otro o los matarían de un tiro. En la jaula están bien cuidados, y el que tengan poco espacio está bien también; cuanto más tuvieran, más querrían tener. Les pasa como a las personas: demasiada libertad causa daño y los lleva a la perdición. Dentro de un convento no hay ninguna libertad y los que están dentro llevan la vida más feliz de todas y no tienen nada de qué arrepentirse.

Diciendo esto, se levantó violentamente, agarró su costura y entró en la casa, cerrando de un portazo la puerta tras de sí. Yo pude alcanzar a ver que renqueaba de un pie. Vista de espaldas, sin ver su rostro fino y todavía juvenil, parecía una vieja bruja jorobada.

Ya había renunciado a conocer a la hija de este hostil y áspero ser, cuando hete aquí que precisamente al día siguiente, me encuentro a la vieja con la joven en mitad de la carretera. En mi vida he visto pareja más desigual. La sarmentosa y encorvada figura, que se cubría la cabeza y los hombros con un espeso tul negro, hacía más atractiva la esbeltez de la muchacha, desnuda la cabeza, la visión era semejante a un joven ciprés frente a un retorcido tronco de sauce. El parecido en los rasgos de la cara era sorprendente; pero la cabeza de la joven tenía una gracia especial, aumentada por el encanto de los negros rizos ensortijados que caían sobre su frente casi hasta las finas pestañas y temblaban ligeramente a cada paso. Sus ojos, no eran azules como los de la vieja sino muy negros y tenían un húmedo brillo, como dos chispeantes piedras preciosas.

Las dos llevaban colgando de la cintura grandes tijeras, como es costumbre de la tierra entre las sastras y costureras cuando van a su trabajo.

Las saludé con cortesía al pasar; la más joven hizo un breve gesto de correspondencia, y la mayor devolvió el saludo con una rabiosa mirada y aceleró el paso, sin duda para evitar tener que cruzar unas palabras. Después desaparecieron ambas en el portalón de una de las casas más distinguidas del pueblo.

Por la noche, cuando mi patrona me sirvió la frugal cena, le pregunté por las dos mujeres. Me dijo que la vieja era la hermana de la linda muchacha, y que era la mayor de las cuatro hijas de un jardinero a quien se le había muerto la mujer dejándole una hija tardía. La mayor, Giuditta, educó y mantuvo a las tres hermanas porque el padre murió poco después. Las dos hermanas de en medio habían trabajado en la fábrica de papel y habían acabado por echarse a la vida, y hacía ya tiempo que habían muerto las dos. La Giuditta se encargó de cuidar a la pequeña Adela, veinte años más joven, con el mismo rigor y severidad que educó a las otras hermanas y que fue tan ineficaz. No la deja apartarse de ella ni un palmo, y aunque la quiere como una madre, la atormenta mucho más que si fuera una mala madrastra. Da lástima de la pobre niña, tan linda y tan decente; su propio hijo, el Battista, ha puesto los ojos en ella, y a ella misma, la patrona, le gustaba como nuera, a pesar de ser pobre como las ratas. Pero la cosa no acaba de cuajar por muchas razones.

No quiso la mujer dar más detalles sobre estas ocultas razones, ni yo le pregunté sobre el particular; pero muy pronto había de enterarme de todos los misterios del caso.

A la mañana siguiente, cuando subía desde mi bosquecillo de olivos al pueblo, con mi cuaderno de apuntes bajo el brazo —cuaderno al que de nuevo habían venido a parar, junto a un tronco de olivo fantásticamente retorcido, un par de estrofas—, la vi a ella en persona, para jubiloso asombro mío, a Adela. Venía en dirección contraria, llevaba sobre la cabeza un cesto plano, en el que había un montón de ropa blanca amontonada. Me guardaré muy bien de intentar describir el aspecto de la esbelta y ya madura figura, sosteniendo en equilibrio el cesto con un brazo y con las trigueñas mejillas suavemente arreboladas por el fresco aire mañanero.

Vi que ella no esta dispuesta a detenerse en su camino hacia el lugar donde se suelen poner las lavanderas, allá abajo en el lago; sin embargo, me detuve un par de pasos ante ella, me quité el sombrero y dije:

—Buenos días, señorita Adela; veo que vais abajo, a lavar al lago. Pero antes querría preguntaros algo.

Clavó en mí solenciosamente sus brillantes ojos, estaba muy desconcertada y no sabía qué hacer, si seguir tranquilamente su camino o detenerse y escucharme.

—Mirad —proseguí yo—, soy pintor y dibujo en mi libro las cosas que me gustan. Me gustaría hacer un retratito vuestro, para que mi familia vea en casa que también en Toscolano hay muchachas bonitas. Ayer no me decidí a abordaros; pero ahora, que os encuentro aquí sola, querría preguntaros si no os importaría posar para mí durante una horita. Sería para mí un honor y un grandísimo placer.

Ella se puso como una amapola y bajó los ojos.

—¿Para qué queréis pintarme, señor? —preguntó al fin—. Yo soy fea.

«¡Oh, hija de Eva! —pensé yo—, también tú necesitas que te alaben.

—No, Adela —dije—, no sois fea en absoluto; solamente vuestros rizos son ya de por sí una belleza. Ved, ved —abrí el cuaderno y le mostré en él algunos retratos de mujeres—: todas estas damas serían felices si tuviesen el mismo aspecto y figura que vos. Tardaré muy poco tiempo y os pagaré por esta horita el triple de lo que ganáis en todo un día de trabajo con vuestras tijeras. Mañana es domingo y no trabajaréis; si queréis podéis venir al *Caballo Blanco* donde me hospedo con vuestra hermana, si no os atrevéis a estar a solas conmigo.

Mientras yo hablaba, ella meditaba mi propuesta con visible seriedad, y de pronto, cuando yo temía escuchar un rotundo «no», dijo con viveza:

—Me gustaría que mi hermana no se enterara de esto. No lo permitiría, es tan severa... Pero si vos tenéis en realidad tanto interés..., bien, iré mañana, cuando vaya sola a Misa, porque Giuditta tiene que quedarse en casa, por sus ataques de gota, que le han venido de nuevo. Pero nadie tiene que saber esto, y no debéis enseñar a nadie el retrato, tenéis que prometérmelo. ¿Queréis?

—¡Venga esa mano, Adela! —dije—. Os doy las gracias, y os aseguro que no tenéis nada que temer. Nunca he hecho mal alguno a una chiquilla simpática. *Addio,* Adela! ¡Hasta mañana!

Ella hizo un rápido gesto de despedida, lleno ya de familiaridad, y echó a andar rápidamente, mirando a todos lados por si alguien había espiado nuestra charla. Pero a esas horas nunca había nadie en el camino del lago.

Me sentía eufórico con este insólito y rápido éxito, que no hubiera podido ni sospechar el día anterior, aunque las chicas bonitas no se suelen sentir ofendidas por una petición como esa de un pintor, y menos aún las feas. Pero también es verdad que no todas estarán custodiadas por un carcelero receloso como Giuditta.

En cuanto a Adela..., era sin duda alguna un modelo bastante distinto a mis nudosos y ásperos olivos, y su suave y lisa piel, ligeramente sonrosada era mucho más atractiva que la agrietada corteza de una rama de olivo, aunque la acaricie el sol del atardecer. Ahora más que nunca me habrían hecho falta los colores más delicados, pero también las líneas eran un delicioso tema, para resolver el cual, un lápiz aficionado tenía que emplear todo el arte y la fuerza de que fuera capaz, sin muchas esperanzas de salir airoso en el empeño.

Esperé impaciente la llegada de la mañana siguiente. Desde el domingo anterior, sabía ya que toda la familia de mi *Caballo Blanco* iba a misa de diez; sólo el *piccolo,* un chiquillo de doce años, se quedaba custodiando la casa y aprovechaba el tiempo para recuperar el sueño nocturno. A las once regresaban, normalmente, de la iglesia el patrón y la patrona, porque a esa hora solían acudir algunos huéspedes y convecinos para tomar el aperitivo. Esta hora, precisamente, debía pertenecer por entero al arte y a mí, pensaba yo.

No veía el momento, tan impaciente estaba, de que se pusiera en movimiento la familia. Las campanas habían dejado de sonar hacía ya tiempo, las calles estaban ya desiertas; por fin vi salir de la casa a toda la familia, Marieta con un traje azul celeste y un imponente miriñaque, y en la rubia torre de su peinado algo así como un ave del paraíso. Lanzó una rápida mirada a mi ventana en la que espiaba yo prudentemente, para ver si yo también admiraba su lujo deslumbrador. Después, desaparecieron todos por la esquina de la calleja.

Yo agucé mis miradas en dirección opuesta. La casita de las dos hermanas estaba apenas a doscientos pasos de mi casa. Pasó un buen rato, y no distinguí ni una sombra. Ya iba a renunciar a la sesión —quién sabe, pensé, la habrá encerrado la hermana, por cualquier motivo—, cuando escuché un leve golpear en mi puerta, y entró ella en persona, pálida de agitación, pero le brillaban los ojos en la penumbra con más ardoroso fuego todavía que ayer al pleno sol de la carretera.

Me dijo que se había venido por el callejón de al lado, y que no la había visto nadie, pues el *piccolo* estaba abajo en la cocina echado sobre un banco y roncando. Me sugirió que comenzara rápidamente, porque sólo disponía de tres cuartos de hora, antes que volviese a casa la gente de la posada.

Cogí su mano para dirigirla hasta mi ventana, donde había preparado una silla para ella, frente a la mesa de dibujo. Sentí que su mano estaba fría y temblaba, y para calmarla adopté una actitud paternal, la llamé de tú, y *figla mia* y la dije que una de mis hijas se parecía mucho a ella —lo que no era verdad—, hasta en el color de los ojos. Su turbación desapareció entonces, el tierno pecho juvenil palpitó con más suavidad, y se sentó, obediente, siguiendo mis indicaciones. Yo me recreé entonces, detenidamente, en el puro y delicado óvalo de esta cara, en los finos bucles negros que caían sobre su frente, en la recta y un poco respingona naricilla. Se disculpó por no haberse peinado tan bien como Marieta, pero —me dijo— que no tenía una trenza postiza como ella, y además, su hermana se habría olido el engaño si la hubiese visto arreglarse tanto para ir a misa.

Yo le aseguré que su pelo al natural era mucho más bonito que un edificio tan artístico y tan falso como el de la otra; durante un rato permanecimos en silencio, pues yo me concentré en un esfuerzo máximo por trazar con la mayor precisión y exactitud los primeros rasgos. La encantadora chiquilla estaba inmóvil, como una imagen de la *Madonna*; y tampoco movió un dedo, ni hizo el más pequeño gesto cuando yo comencé a charlar de nuevo.

—¿Te controla mucho tu hermana? —pregunté.

—Sí, señor. Vivimos muy retiradas.

—Pero los días de fiesta irás a bailar un poco, ¿no es verdad?

Hizo un gesto negativo con la cabeza.

—Jamás. No puedo bailar nunca. Además, en Toscolano hay pocos bailes, y yo nunca voy a otros pueblos. En toda mi vida he estado tres veces en Maderno y una en Gargano. ¿Qué se nos ha perdido allí? No conocemos a nadie, y como somos pobres tenemos que trabajar.

Me traspasó una honda compasión por aquella bella muchacha.

—Pero tu novio no estará de acuerdo con esto, Adela —continué—. Los domingos querrá sacarte de paseo un poco más lejos que por los alrededores de Toscolano.

Se puso roja como una granada.

—No tengo novio —dijo lentamente—. Giuditta no lo permitiría. Además, ¿quién querría casarse conmigo? No tengo más que seis camisas y esta cadenita de plata que llevo al cuello.

—Bueno —dije yo—, cuando un hombre se enamora el dinero es lo de menos. Ahí tienes al mismo Battista, sin ir más lejos, el hijo mayor del *Caballo Blanco*, de quien yo sé que sería muy feliz si pudiera hacerte su esposa.

—¡Ése! —su labio inferior se contrajo ligeramente—; ése no tiene voluntad. Yo sé que le gusto. Pero como su hermana me odia, no se atreve a acercarse a mí. *Poveretto!*

—¿Qué Marieta te odia? Pues ¿qué daño le has hecho tú?

Se encogió de hombros y calló. Afuera, en la puerta de mi cuarto, algo rozó suavemente. Ella se levantó de la silla para escapar.

—Será el gato —dije—; en la casa no hay nadie. Pero si quieres cerraré el pestillo.

—¡No, no, por Dios! —dijo alterada—. Por favor, vaya usted a ver qué es, pero deje usted la puerta abierta.

Había sido el gato, en efecto. La joven se sentó otra vez y yo seguí dibujando. Para mantener viva la expresión de su rostro, seguí charlando.

—¿Cómo es que tú cantas las mismas canciones que Giggi Caramella? ¿Te las ha enseñado él? ¿Le ves a menudo?

De nuevo se ruborizó.

—No le conozco, de veras que no. Giuditta habla muy mal de él y dice que no tiene buen carácter; pero habla así de todos los hombres, y de él no me lo creo, porque siempre está alegre y sabe unas canciones tan bonitas. Nosotras hemos trabajado durante una semana entera enfrente de su café, en casa del doctor, haciendo un vestido para su mujer. Entonces le oía cantar a todas horas y se me han quedado algunas de sus canciones. Allá abajo en Nápoles, de donde él ha venido, la vida debe de ser mucho más alegre y divertida que aquí.

Su pecho se alzó en un suspiro, cerró levemente los ojos, y pareció abandonarse a un ensimismado ensueño. Para arrancarla de su melancolía, dije:

—Quién sabe, Adela, si no irás tú también algún día a la bella Nápoles. Sólo es necesario que te descubra un pintor que no tenga, como yo, mujer e hijos en casa, o cualquier forastero que se enamore de ti, se case contigo y te lleve a viajar por esos mundos. Entonces tú cantarás todo el día alegres canciones.

Movió lentamente la cabeza.

—Eso no ocurrirá, porque mi hermana quiere que sea monja. Si no fuera porque necesita mi ayuda en el trabajo ya hubiera ingresado en un convento. De todas formas la vida allí no puede ser más triste de la que llevo ahora. Bueno, que pase lo que Dios quiera.

Estaba a punto de intentar disuadirla de esta mansa resignación con su triste destino, cuando en la calle empezaron a sonar las campanas de la iglesia. Se levantó sobresaltada.

—¡Dios mío! —dijo—, se me ha hecho muy tarde. ¡Cómo puedo escaparme sin que me vean! Adiós.

Corrió hacia la puerta. Yo me apresuré a darle el dinero prometido.

Ella lo aceptó, en su confusión, sin darse cuenta ni darme las gracias. Un instante después se escabulló por el pasillo y desapareció.

Pasaron unos segundos cuando llamaron de nuevo a mi puerta. Me quedé realmente sorprendido al descubrir en el umbral de ésta a la señorita Marieta, que normalmente su concepto demasiado rígido de la decencia no le hubiera permitido hacer una visita a un huésped masculino.

Estaba muy congestionada y sus rasgos estaban desencajados por una agitación, que hacía chispear sus pequeños ojos de rubias pestañas.

—¡Perdón, señor! —dijo con voz excitada—, pero querría preguntarle a usted si ha invitado realmente a esta... muchacha —prefiero no repetir el epíteto insolente que pronunció— a una sesión, que es precisamente lo que ella pretendía. Sería capaz de ofrecerse a señores completamente desconocidos sin invitación alguna, pues es tan vanidosa y desvergonzada que cree que hace un favor a quien le permite quedarse embobado mirándola. Y eso que de bonita no tiene un pelo. Hace un año estuvo aquí un pintor francés, y dijo que yo tenía la cara más bonita de todas las chicas de Toscolano. Yo no soy engreída, y creo que cada una debe conformarse con la cara que Dios le ha dado, pero eso de que haya personas que traten de embaucar y trastornen la cabeza a esta... (aquí, de nuevo, una palabra disonante) Adela, ¡ah!... —señaló amenazante en dirección a la casita de las hermanas. Pero enséñeme usted el retrato, si es verdad que la ha dibujado.

Yo no quise hablar más del tema, y dije que el cuadro estaba comenzado, pero que no sabía si llegaría a terminarse alguna vez.

—Bueno —dijo ella, algo más tranquila—; si usted examina su rostro con detenimiento, se dará cuenta de que no vale un comino ni hay nada digno en ella; mejor dicho, sí, hay algo: una manchita sobre el labio superior (realmente tenía allí una pequeña manchita, que hacía más graciosa aún la roja y suave boca). Ya ve usted, Dios la ha señalado a ella, lo mismo que le ha dado a su hermana una espalda jorobada y un pie baldado. ¿Y hubiéramos sido capaces de emparentar con estas despreciables criaturas si mi hermano hubiera seguido tras ella? ¡Por Dios, mientras viva en esta casa estas... (tercer insulto) no pisarán nuestra puerta!

Alzó su flaca mano, como para jurar, y abandonó la habitación creyendo haber causado en mí un profundo arrepentimiento por haberme relacionado tan irreflexivamente con un ser tan despreciable.

Sin embargo, no me fue posible reírme de esta furia como se merecía; la compasión por el indefenso objeto de su odio me llenaba de tristeza.

Desde aquel momento también sentí lástima, por el bueno de Battista, pese a su pusilanimidad, viéndole vagar por la casa acobardado, sirviendo a los huéspedes domingueros. «La muchacha —pensaba yo— hubiera sido mucho más feliz como futura patrona del *Caballo Blanco* que encerrada tras los fríos muros de un convento.

Pero, como ella decía, sucede siempre lo que Dios quiere. Sin embargo yo estaba contento de haber conquistado, al menos para mi cuaderno, el dulce rostro, y así, me senté a la mañana siguiente otra vez ante el dibujo, para retocarlo un poco —tengo que confesar que me había aprendido de memoria sus rasgos—, pero apenas había empezado a dibujar, cuando llamaron a mi puerta.

Alcé la voz en un «¡Adelante!», lleno de alegre emoción, porque, aunque era inverosímil, pensé que mi modelo habría encontrado quizá el camino para llegar hasta mí; pero en el umbral apareció esta vez no la esbelta joven, sino su contrahecha hermana.

Entró en la habitación. Caminaba con dificultad apoyada sobre su bastón. Cuando me crucé con la seca mirada de sus ojos grises, sobre los que colgaban dos mechones de negros cabellos —no ciertamente atractivos como los rizos de su hermana—, surgiendo del negro marco de su pañoleta, confieso que no me sentía muy seguro.

Sin embargo, procuré no dejarlo traslucir, e hice un amable gesto hacia ella.

—¡Ah, la señora Giuditta! —dije, levantándome—. ¿A qué se debe su visita? Pasad, pasad, y sentaos —le ofrecí mi propia silla—. ¿Cómo anda vuestra gota? Y ¿qué tal los pájaros?

Ella se había detenido en mitad del cuarto, y permanecía inmóvil.

—¿Mis pájaros? —dijo con voz áspera—. No les falta de nada; ésos están bien guardados. Ojalá todas las personas lo estuvieran.

—Muy bien, Giuditta; pero las personas no necesitan jaulas. Tienen conciencia y pueden guardarse a sí mismas.

Se encogió de hombros.

—Las personas siempre logran ser insensatas. ¿Era razonable que ayer Adela no fuera a misa para venir a su casa y para que toda la ciudad hablase después de ello? Porque, naturalmente, la Marieta..., *questa vipera di Marietta!*, se la encontró, y lo ha proclamado a los cuatro vientos. Ahora, todos la señalan con el dedo.

—No tiene por qué preocuparse por esto si no tiene nada malo en su conciencia. No es ningún pecado mortal sentarse ante un pintor. La *Madonna* se dignó posar ante San Lucas para que la pintase un retrato.

—¡Sí, claro, la *Madonna!* Ella puede hacer lo que quiera. Pero Adela es una pobre muchacha que no tiene más honra que su buen nombre, y vos, señor, no sois ningún santo. La sesión, a buen seguro, no era más que un pretexto.

Cogí el cuaderno de la mesa y le mostré el retrato de su hermana.

—Aquí tenéis —dije—. Apenas estuvo Adela más de media hora conmigo, y en ese tiempo dibujé este retrato. Comprenderéis que no había tiempo además para hablar de amor, aunque yo fuese un galán frívolo y no un respetable padre de familia.

Escudriñó el retrato. Sus duros rasgos se dulcificaron y la mano con que había cogido el papel tembló ligeramente.

—Sí —dijo al final, moviendo la cabeza en un gesto ensimismado—, sí es ella, sólo le faltan los colores. Supongo que, ¿la encontráis bella vos también? ¡Ah!, tendríais que haber conocido a sus dos hermanas, que eran mucho más guapas, y, sin embargo..., mejor dijo, por eso precisamente... Porque es mentira eso que se dice: *Chi bella non è, fortuna non ha.*
Es mentira, sí. A las guapas la vida no les sonríe, todo maquina contra ellas, y alcanzan su perdición con los ojos bien abiertos; porque su belleza, con la que les regalan los oídos a todas horas, las hace perder la cabeza, y su propia vanidad las ciega. No creáis, señor, que yo tenía envidia de las pobres niñas, porque yo he sido siempre fea y repugnante como un escuerzo. Porque pronto descubrí que estaba protegida contra las tentaciones, pues los hombres son todos malos —*bricconi, furfanti!*— y a mí ninguno me decía palabras bonitas; por eso nunca perdí la cabeza, y como era la mayor de todas, me propuse proteger a mis hermanas de los lazos y trampas de los cazadores de pájaros. Sin embargo, cayeron en sus redes, porque no estuve lo suficientemente alerta y haré todo lo posible para que Adela no siga ese camino. ¡Se lo he prometido a la *Madonna*, y lo cumpliré!

—Adela me ha confesado que queréis materla monja. Supongo que para usted ésa será la jaula más segura. Pero mucho me temo que ese retiro del mundo le hará perder su juventud, su ilusión y su alegría y olvidará por completo cantar, como vuestro mirlo. ¿No os da lástima de su juventud? ¿No sería mejor buscarle un buen esposo y llenaros de alegría vos misma con vuestros sobrinitos?

Permaneció en silencio durante unos segundos. Luego dijo:

—No, no; ¿quién va a querer a una muchacha tan pobre? y tampoco es tan fácil entrar en un convento, sin llevar dote. Pero nuestro párroco me ha prometido arreglar el asunto, y esperamos que tome los hábitos en otoño. ¡Un buen marido! Parecía que lo habíamos encontrado, el Battista de aquí del *Caballo Blanco*, pero ha resultado un bobo, un tonto de capirote, y, además, no es muy dado precisamente a los amoríos. Claro que la habría mantenido bien, y los padres la habrían aceptado... Pero la Marieta *questa vipera di Marietta!...*, ¡y sólo de puros celos, porque no quiere tener en casa una cuñada más guapa que ella! Pero basta. Es mejor así. El convento la mantendrá apartada de las engañifas de la vanidad y después se irá directa al cielo. Perdonadme que os haya robado tanto tiempo. Espero que sea verdad que no habéis llevado a cabo ningún asunto turbio con Adela; pero si os ha prometido volver, he de advertiros que no puede ser.

—¿Y si viniera acompañada por usted?

Hizo un gesto negativo con la cabeza.

—No debe andar con vanidades y presunciones; eso no está bien en una futura monja. Y aquí tenéis esto, señor...

Me devolvió la moneda de cinco táleres que había dado a Adela.

—¿Estáis loca? —exclamé—. ¡Este dinero está ganado tan honradamente como si lo hubiese conseguido cosiendo!

—Es dinero del pecado, quedaos con él. Arras del demonio, con las que compromete y agarra a las almas. ¡Tomad, tomad!...

Retrocedí un par de pasos, pero ella, viendo que yo no estaba dispuesto a ceder, arrojó la moneda sobre la mesita, de donde cayó y fue a parar, rodando, hasta un oscuro rincón. Después me dirigió un saludo de despedida y salió del cuarto, apoyando su cojera en el bastón.

Mi tiempo de estancia en Toscolano había tocado a su fin. Dos días después de la visita de Giuditta dije adiós al hospitalario *Caballo Blanco*. Mis huéspedes me regalaron todo tipo de obsequios, frutas y pastelillos, y Battista se empeñó en cargar con mi maletín hasta el embarcadero de Maderno. Después de una despedida afectuosa llena de «¡Hasta la vista!», echamos a andar calleja abajo muy de mañana.

Giggi Caramella estaba tumbado sobre dos sillones de paja, ante su puerta, fumando un largo cigarro. No quiso despedirse de mí, quizá porque no había vuelto a desayunar en su casa desde aquella primera mañana. Cuando llegamos al puente, ambos nos detuvimos involuntariamente.

De la casita que había a la izquierda salía una alegre y bien conocida voz, y pudimos escuchar claramente:

Te quiero bastante,
y tú no piensas en mí.

Battista palideció, a pesar de lo congestionada que tenía la cara por el peso del maletín. Enseguida hizo un esfuerzo, contuvo un profundo suspiro y comenzó a andar otra vez, cortando en seco mi reflexión sobre si debía entrar o no en la casa para despedirme de las hermanas. También desistí porque me habría encogido el corazón, sin duda, el ver por última vez a la pobre y hermosa niña, sentenciada de por vida a ser la esposa del Señor.

Durante el trayecto, apenas cruzamos un par de palabras, aunque nuestros pensamientos seguían la misma dirección. Cuando llegamos al atracadero y mi acompañante dejó en el suelo su carga, me puse a pensar, lleno de perplejidad, cómo podría agradecerle su amabilidad al buen muchacho, que me había tratado siempre como a un huésped respetado y querido, no como a un viajero desconocido. Pero cuando eché mano al bolsillo, dijo:

—Por favor, señor, no quiero dinero... Pero si usted quisiera hacerme un favor muy grande, que no podría admitir gratuitamente, claro... ¿Podría sacerme usted una pequeña copia del retrato, ya sabe usted..., sólo un par de rasgos?... Yo le pagaría a usted por ello lo que quisiera; no conozco el precio de las obras de arte, pero ya sabe usted que soy un gran aficionado, y, además..., me gustaría tener un recuerdo...

Estas últimas palabras podían referirse tanto a mí como a cierta persona, y el muchacho traicionó su pensamiento con el rubor que tiñó sus mejillas. Le prometí copiar el retrato tan pronto como llegase a mi casa, y cumplí mi promesa. Pero no me llegó respuesta alguna. Y desde aquel entonces los habitantes de Toscolano desaparecieron de mi vida por completo.

Y así hubieron de permanecer casi un cuarto de siglo.

Pero hace un par de años fui a pasar unas semanas junto al lago de Garda, esta vez en Salò, en primavera y en compañía de mi esposa.

Cuando gozamos de la primera tarde hermosa y cálida, tomamos un carruaje y nos dirigimos hacia mi antiguo Toscolano.

Yo iba lleno de curiosidad e interés por ver de nuevo el viejo pueblecito serrano y saber qué había sido de sus habitantes durante aquellos años. Para mi sorpresa descubrí que el tiempo no había variado en nada las casas, pero sí habían cambiado las personas que habían tenido amistad conmigo. Sin embargo, miento; una de las casas de entonces no existía ya: la casita de las dos hermanas, junto al puente, ni tampoco el jardincillo. Por el contrario, mi *Caballo Blanco* —que ahora se llamaba *Cavallino Bianco*— había resistido impertérrito las lluvias y soles de estos veintitrés años.

Ascendí acompañado de mi mujer por la lúgubre escalera hasta alcanzar el tan evocado lugar donde había descansado tantas noches del ajetreado y cansado día; el tiempo no había pasado por esa habitación. Todo estaba igual, hasta el desconchado de la pared, que se había cuarteado aún más, y las escarpias de la puerta, una de las cuales estaba torcida. Mi esposa se sorprendió mucho de mi buen contentar y mi sobriedad, que, en esta fría alcoba, había escrito a su casa cartas entusiasmadas e incluso durante unos instantes sospechó que cierto rostro, lindo y joven, lleno de negros rizos, había causado en mí un hechizo de encantamiento que había truncado aquella miseria en belleza.

Luego nos sentamos en el fresco y ya florecido jardincillo de abajo, y la patrona nos ofreció el dulce *moscato* que era la bebida típica del Cavallino, nos sentimos los dos muy a gusto. La actual dueña del albergue era natural de Toloscano y nos contó que mi antigua patrona murió y la posada había cambiado de dueño tres veces desde entonces.

También nos contó que el marido de la patrona resistió dos años más, y después de su muerte los hijos se marcharon de Toscolano, pues una vieja pariente les ofreció encargarse de la casa de huéspedes que ella poseía junto al lago del Idro. Les convenció diciéndoles que allí prosperarían más rápido. Marieta pensó que en otro lugar se reconocerían mejor que aquí sus encantos y virtudes, porque en Toscolano todo el mundo la conocía como lo que era: una mala lengua y una trastornada repugnante. Las cosas no le fueron tan bien como creía en el otro pueblo, y tampoco encontró marido y se fue volviendo cada vez más irritable y malvada. El buenazo de su hermano, a quien ella le impedía tener novia, y casarse, buscó el consuelo de su triste vida en la bebida, que fue lo que le mató.

—Y ¿qué fue de las dos hermanas que vivían allá abajo en la casa que había junto al puente, Giuditta y Adela?— pregunté.

—¿Las conocísteis también? Tampoco se puede contar nada bueno de ellas. La Giuditta, con la mejor intención, estimó que debía meter a su hermana en un convento. Señor bendito, todo el mundo sabe que sus otras dos hermanas, a las que trató como a sus propias hijas, no le brindaron muchas alegrías ni mucha honra que digamos. Pero Adela no sentía ninguna vocación por la vida de santidad. Ingresó en un convento muy distinguido donde sólo admitían a muchachas bien acomodadas. A ella la admitieron sin dote por su preciosa voz, que era un verdadero tesoro para los cánticos de la iglesia y el coro... La noche antes de tomar los hábitos de novicia la pobre muchacha se escapó, llena de angustia, y corrió a casa de aquel bribón que era dueño del café y que la había seducido con sus pícaras canciones, y se metieron en una barca y tiraron lago adentro. Como era una noche de bochorno, en pleno mes de agosto, no tuvieron que parar hasta la mañana siguiente, ¿sabe usted?...

El alboroto que causó esta aventura os lo podéis imaginar, señor. Pero ¿qué se le iba a hacer? La Giuditta tuvo que aceptar la decisión de su hermana querida: ser la mujer de aquel granuja, de aquel *briccone*. Pero no tuvo trato con ellos ni volvió a pronunciar el nombre de su hermana. Solamente cuando su hermana dio a luz una niña al año siguiente, y le pidieron que fuera su madrina, se resignó con lo irremediable y recibió a la pequeña Adelina igual que si fuese su abuela. ¡Y bien que lo necesitaba la pobre criatura! Porque el grandísimo granuja de su papá no aguantó más de medio año después de nacer la chiquilla, y un buen día se marchó. Se había hundido hasta el pescuezo en deudas, lo del negocio de los vinos había sido un engaño y a su mujer no le tenía demasiada estima. Embargaron el café y lo sacaron a subasta pública y la pobre muchacha tuvo que conformarse con hallar refugio en casa de la hermana, con la criatura.

Al fin y al cabo, mejor allí que en un convento; tenía a su hijita y ahora, como ya no había nada que proteger ni guardar en ella, la hermana no la tenía encerrada como antes. Pero a ella parecía que no le importaba ya su libertad, y nunca salía de casa como no fuese para ir a casa de alguna cliente, donde se sentaba, silenciosa y melancólica, a cortar y coser. Muy rara vez se la volvió a oír cantar, y sólo si tenía a la pequeña en el regazo, y es que su salud había sufrido mucho en su corta vida matrimonial con aquel mal hombre, y su misma belleza caducó temprano. Cuando la pequeña Adelina tenía ocho años, su madre murió. La niña se convirtió en una muchacha preciosa. Era, por donde se la mirase, el vivo retrato de su madre, su mismita imagen. Una cabeza más baja que ella, todo hay que decirlo, y, cosa chocante, muy rubia; pero un verdadero ángel, *fatta a penello,* y con su misma alegría y salero, con la boquita siempre a punto para echarse a reír, aunque la vida que llevaba con la tía Giuditta no era precisamente muy alegre. Volvía a repetir con la sobrina lo que había hecho con la madre: no podía salir sola a la calle, ni jugar con los chiquillos, y cuando tenía que salir ella, la dejaba encerrada en casa bajo llave. Al pasar por delante de la casa se oía cantar allá dentro a la pequeña, igual que un pajarillo en su jaula, las mismas canciones que cantaba su pobre madre. El futuro de la niña iba por el mismo camino que el de la madre. Era la obsesión de Giuditta y también la del señor cura. Adelina lo sabía también, pero no parecía preocuparle lo más mínimo; en esto se parecía también a su mamá, pues tenía su misma terquedad y un carácter muy suyo. Y una mañana —había cumplido ya los dieciocho— corrió por el pueblo la noticia de que Giuditta había tenido un ataque: al levantarse por la mañana se había encontrado con que estaba vacía la cama de su sobrina, que estaba junto a la suya en la misma habitación. Nadie sabe cómo pudo escaparse de casa; probablemente lo hizo por la ventana, aunque era muy estrecha. Pero ella parecía una lagartija, por lo esbelta y flexible.

Dos días después llegaron noticias de la niña. La habían visto en Verona junto a tres músicos ambulantes que iban tocando y cantando por las casas. Uno de ellos era un mozo veneciano de pelo rizado, que tocaba la mandolina y cantaba canciones de su tierra con una dulce voz de tenor. La habían visto colgada de su brazo, muy alegre y sin una chispa de vergüenza. Cuando se acudió a la Policía, para que la detuvieran y la llevaran otra vez a su casa —medida, por lo demás, bastante necia—, la tropa había desaparecido de Verona.

Giuditta no pudo sobrevivir este golpe mucho tiempo. Está enterrada junto a sus tres hermanas, a las que no pudo guardar, por desgracia. Y cuando se haya encontrado con ellas en el paraíso, las habrá perdonado sin duda el que hayan escuchado antes a su corazón y no a los consejos y advertencias piadosas. Esto nos contó la buena mujer.

Tres semanas después, nos hallábamos en Venecia, porque sentimos la necesidad de saludar de nuevo a la *Assunta* del Tiziano y la *Santa Bárbara* de Palma el *Viejo,* antes de regresar a nuestro país.

Cuando, la segunda noche de nuestra estancia allí, estábamos cenando en la *Trattoria del Vapore*, escuchamos de pronto una alegre y clara voz de soprano que cantaba afuera, ante la entornada puerta; pero no en la callejuela que conduce al restaurante y que es tan angosta que no permite el paso de dos personas a la vez, sino en el zaguán de acceso al local, donde había un par de mesitas, pero en el que jamás se detenía ningún huésped. Escuchamos algunas cancioncillas venecianas de moda entonces, *La biondina in gondoletta, Fenesta vascia* e *Padrona crudele,* cantadas por una aguda y bien timbrada voz de mujer, con el acompañamiento de una mandolina cuyo sonido vibrante y agudo acompasaba muy gratamente con la vocecilla de pájaro. Y ahora, después de las dos canciones venecianas, empezó a cantar aquel estribillo napolitano que aún no se había hecho famoso aquí:

Te quiero bastante,
y tú no piensas en mí.

Los huéspedes del restaurante, todos italianos, escuchaban con verdadera pasión, y uno de ellos dijo en voz baja a su amigo:

—Está muy bien hoy de voz nuestra pequeña Patti.

Tenía yo en la punta de la lengua decirle a mi mujer: «Esta no puede ser otra que la Adelina de Toscolano», cuando se abrió la puerta y entró la cantante.

Era ella, sin duda, la niña de mi pobre Adela tal y como me la había descrito la patrona del *Cavallino Bianco*. Sobre su frente, casi hasta las cejas, caían los finos rizos, pero, en vez de negros los tenía rubios, lo que la hacían aún más atractiva, quizá por el contraste con los vivos y brillantes ojos negros.

Iba vestida muy decentemente, con un velo negro sobre la cabeza, que alcanzaba a cubrirle también los hombros, y en sus orejas destellaba el oro, que llevaba también en el pecho y en uno de sus finos y delicados deditos, entre los que sostenía un platillo de metal. Con él fue recorriendo una por una las mesas, y cuando alguien le dejaba caer una moneda, hacía una pequeña reverencia y descubría sus blancos dientes en una sonrisa.

Cuando se acercó a nosotros, saqué del bolsillo una pieza de cinco liras y se la puse en el plato. Me miró llena de asombro por mi generosidad.

—Tomadlo, Adelina —dije—. Es dinero que le debía a vuestra madre y me alegra poder saldar, por fin, mi deuda.

—¿A mi madre? ¿La habéis conocido?

Iba a contestarle cuando se entreabrió la puerta y el mandolinista llamó a la cantante con un gesto. Ella le dio a entender con otro que enseguida estaría con él, levantó en alto la moneda de oro que yo le había entregado y me señaló. El joven se quitó el sombrero, hizo una inclinación y después repitió su señal. Ella entonces me tendió la mano, con una conmovedora gracia infantil, saludó a mi mujer con una inclinación de cabeza y abandonó la sala con su acompañante.

Por fin uno de los pajarillos cautivos se había liberado de su jaula.

ÍNDICE